待ち遠しい

柴崎友香

毎日文庫

待ち遠しい

1

大家さんのお葬式のときにいちばん泣いていた人だ。

と、春子は、すぐにわかった。

和装の喪服に髪もまとめていたあのときと、オレンジ色のブラウスにウェーブのかかった髪が肩まで下りている今とでは、かなり印象が違うが、ドアを開けた途端に、あ、あの人、と葬儀の光景が思い浮かんだのだった。

見た目からすると、五十代半ばというところだろうか、と春子は推測した。その人は、玄関先に立ったまま、途切れることなく話し続けている。春子が一言答えれば、十倍くらい返ってくる。

「わたしもね、一人暮らしなのよ。だからね、お互いにね、助け合いましょうよ。心強いわぁ。春子さんは、もうここに住んで長いのよね？」

「五年、あ、六年です」

「六年！　じゃあ、このあたりのことは何でも知ってるわよね。おいしいお店とか安いスーパーとか。それに、一人暮らしも大先輩じゃない？　わたしなんてね、まだ二年も経(た)ってないの。おととし夫が亡くなってからだから。初心者よ、初心者。一人分のごはんがなかなか作れなくて。分量がわからないっていうか、単純に半分にしても、味が違うのよ」

開けっ放した玄関扉の向こうに、空が見える。秋らしい、澄んだ濃い青。

北川(きたがわ)春子が住む離れ、小さな二階建てに続くいくつかの敷石沿いに植えられた楓(かえで)や櫨(はぜ)が穏やかな風にときおり揺れている。紅葉にはまだ遠い。しかし、ついこのあいだまで暑い暑いと挨拶代わりに言っていた日々の湿気は、もう忘れそうになっていた。

「めんどうですよね、一人分って。わたしもつい、買(こ)うてきたり外で食べてきたりで」

春子の一人暮らし歴は、十年目だ。

二十九歳で実家を出て以来、この家で三軒目。ようやく、気に入った住処(すみか)に出会えた。

「あらっ、春子さんも？　そうよね、仕事帰りなんて疲れちゃってそれどころじゃないわよね。あ、じゃあね、もし、食べたいときがあったら、うちは作り過ぎちゃっていつも余ってるから、いつでももらってもらえれば助かるわ。遠慮なく、言ってちょうだい。ほんと、遠慮なんてぜーんぜんしないでね」

玄関で話し始めて、そろそろ二十分になる。上がってください、と言うタイミングを逃したと思いつつ、春子は、部屋に入ったら入ったでずっと話し続けて一日が終わってしまうのではないかとも危惧していた。

今日は土曜日で、今週は残業が続いて疲れていたから、昼前まで寝るつもりだった。出勤する日と同じ六時半にいったん目が覚めたが、可燃ごみを出してから寝直した。気分よくまどろんでいたところに、十時前にインターホンが何度も鳴った。すみませーん、と声も聞こえるので、飛び起きて慌ててスウェットパーカを羽織り、階段を駆け下りた。ドアを開けると、ブラウスの鮮やかなオレンジ色が目に飛び込んできた。

青木（あおき）ゆかりと言います、昨日からね、ここの家に住んでるの、貸し主ってことにもなるからね、ご挨拶に、あ、わたしは娘なんです、長女なの、このあいだまでここに住んでたのが母で、あなた、お葬式にも来てくださったんですってね、ありがとうございます、これ、ご挨拶です、引っ越しの、実用的なもののほうがいいかと思って。

とめどなく続く言葉と共に差し出されたのは、洗剤のセットだった。

大家さんが住んでいた母屋（おもや）は、春子が住む離れと同じ敷地に建っているが、入口が反対側にあり、高齢の大家さんと顔を合わせるのは週に一度あるかないかだった。しばらく見ないな、と思っていたら、管理をしている不動産屋から、亡くなったと連絡があった。

大家さんの葬儀の日も、土曜日だった。雨が降っていた。梅雨がそろそろ明けるかどうかというころで、駅から十分ほどの道を脚に水が跳ねるのを気にしながら歩いた履き慣れない黒パンプスの感触が思い出される。焼香のとき、かたわらの親族席で洟をすすり上げ、ときどき、ううっと声を出して泣いていたのが、この人だった。

大家さんは九十歳だったそうだ。大往生やねえ、こないだまでお元気やったし、と不動産屋は言っていた。葬儀の出席者は、悲しんではいてもどちらかというと穏やかな表情で、一人だけ目を腫らして泣くその人は、ずいぶん目立っていた。それで、春子はよく覚えていた。とっさに、苦手なタイプ、と思ってしまったことも。

「不便はないかしら？　ここ、古いでしょ。築何年だか、わたしもよく知らないんだけど」

「八年くらい前にリフォームしたそうで、中は新しい家と変わらないんですよ。内見に来たときにびっくりしたくらいで」

春子の住む二階建ては、外装は何度も塗り直した焦げ茶色の板壁に一部トタン張りで、相当に古く見える。築年は不明。五十年くらいちゃいますかねえ、でもちゃんと補強工事もしてるし、追い焚き付きのユニットバスにシステムキッチンですから、と不動産屋はやけに機嫌良く説明していた。

「そうなの、そのときはね、姪が住んでたのよ。わたしの妹の、あ、妹は二人いるの、三人姉妹の長女なの、わたし。姪っていうのは上の妹の娘でね、この近くの大学に通うからってせっかくお金かけてリフォームしたのに、結局マンションのほうがいいって言い出して、一年もしないうちに出ちゃって。まあ、仕方ないかもね、生まれたときからずっときれいなマンションにしか住んだことないんだもの」

「その妹さんがときどきここに来てはった……」

「会ったことあるんだっけ？　京子っていうんだけど、母が足を悪くしてからは、ここに世話しに通って、あの子も大変だったと思う。……いいわね、大阪のそういうの」

「え？」

「なんとかしてはる、とか、はった、とか。情緒があっていいじゃない。三姉妹の中でわたしだけずっと東京で、あっ、東京って言ってもね、おしゃれな都会でもテレビドラマに出てくるみたいな下町でもなくって、ちょっと駅から離れたらまだ畑が残ってる郊外なんだけどね。昔からなーんか羨ましかったのよね、大阪の言葉って。なんだか優しい感じがするじゃない？　わたしなんか、ほら、こう早口でしょ？　うるさいってよく言われるのよ」

　賑やかすぎるほどよくしゃべったり、会ったばかりなのに十年前から親しいような距離感は、むしろ大阪の人の特徴かと思っていたが、そうでもないようだ。

「あの……、よかったらお茶でも飲みはりますか？」

　はりますか、をつい意識して使ってしまったので、なんだか妙な発音になった。

「あら、ありがとう。やーだ、もうわたしったら、話すとつい長くなっちゃって。ごめんなさいね。それでね、あっちの裏の黄色い家あるでしょう？　そこに、甥っ子が住んでるの。あ、こっちは下の妹の長男なの、一人息子。おととし結婚して、奥さんと二人。騒がしいときがあるらしくって、ご迷惑かけてない？」

　裏手の家に大家さんの孫が住んでいるとは、春子は知らなかった。間口の狭いこぢんまりした二階建て、よくある建売住宅という感じの、壁がパステル調の黄色という以外には特徴のない家だ。

　その家も同じ大家さんで以前は親戚が住んでいたとかなんとか、不動産屋から聞いたことがあったし、去年の春頃に住人が代わったらしいことは、春子も気づいていた。それまではベランダに子供服がたくさん干してあって兄弟が多い家族なんだと推測していたが、このごろは大学生が着るようなスウェットやTシャツばかりになっていた。そして月に一度くらい、若い人たちの騒々しい声が聞こえることが、確かにあった。その家も、入口は春子の家とは別の路地、母屋の玄関と同じ側にあり、住んでいるのがどんな人なのか、春子は見たことがなかった。

「いえ、人の声がしてるほうがほっとするっていうか」

「あら、春子さんも？　わたしもなの！」

夫を亡くして、と会話のどこかで青木ゆかりが言ったことを、春子はふと思い出した。お葬式であんなに泣いていたのは、そのせいもあったのかもしれない、と思った。

約一時間、青木ゆかりは話し続け、そして帰って行った。帰ったのは、宅配便の車が来て、母屋の玄関先で呼ぶ声が聞こえてきたからだ。それがなければ、まだまだ話が終わらなかったかもしれない。

「ほんとに、遠慮しないでね。いつでも声をかけてちょうだいね、なんなら今晩だって」

慌てて母屋のほうへ庭を横切りながらも、青木ゆかりは振り返ってそう言った。どうも、ありがとうございます、と春子は曖昧に言って見送った。

眩（まぶ）しい空を見上げて、とりあえず、洗濯するか、と春子は二階に上がって布団カバーを外した。

春子の住む「離れ」は、小さいが二階建てである。

一階はトイレ風呂洗面の水回り、階段を上がると左右に部屋があって、右手が台所と居間、左手が六畳ほどの洋室になっている。洋室の床はフローリングに見えるが木目調のクッションフロアで、最初は風情がないと思ったが、掃除は楽なので今はこれでよかったと思っている。

洋室の窓の外には、ベランダがある。膝上の高さをよいしょっと乗り越えて出なければならない上に、洗濯物を干すだけで身動きの取れなくなる細長いベランダである。

朝食兼昼食として喫茶店のモーニングセットのような組み合わせの食事を取り、それから洗った布団カバーとシーツを抱えて、ベランダに出ると、頭の上はまさに雲一つない青空という形容がぴったりだった。ちちちっと鳴いて雀が飛んでいった。昼まで寝ていなくてよかったかもしれない、と春子は思った。

春子は、ベランダから庭を見下ろした。庭は、夏の間に木々の枝も雑草も伸び放題で、野原みたいになっていた。大家さんがいるあいだは草刈りはきちんとされていたのやな、と今になって春子は感心した。何か月かに一度来る植木屋か、世話をしに通ってきていたというゆかりの妹か、もしくは大家さん自身か。

十年も前に他界した春子の祖母も、足腰を悪くしても草刈りを欠かさなかった。畑をやってると癖になってんのや、と言って道端の雑草も抜いていた姿を、春子はふと思い出した。

自分にはそういうこまめさはない。庭のない家に育ったし、ここで初めて植物が身近にある暮らしをしている。楓の枝がいっそう伸びて、不格好に飛び出している。植物ってごはんを食べるわけでもないのになんであんなに育つんやろか、と春子はしばらく庭木を眺めていた。

洋室の真下、一階の半分は、大家さんが物置として使っていた。浴室の脇にあるドアは塞がれ、春子が入ることはできない。大家さんやその娘さんは庭に面した側から出入りしていたようだが、普段は雨戸がぴったり閉じている。濡れ縁もあって、もし使えたらいちばん居心地がいい部屋なのではないか、と春子はときどき想像する。あの濡れ縁に座ってぼんやりできたらいいのに、たとえば今日みたいなお天気のいい日に、とベランダから身を乗り出して真下を見るが、そんなに自分の都合のいいようにはいかない。大家さんも庭を勝手にうろうろされたくなかったのだろう。

大家さんの家は、どの窓も全部開いている。一階から掃除機の音が聞こえてきた。

青木ゆかりの姿を、春子は容易に思い浮かべることができた。

駅のほうまで出てこない？　と高校時代の同級生の森田直美から、春子のスマートフォンにメッセージが入った。午後二時で、春子も掃除機をかけ始めたところだった。森田直美は、線路の向こう側のマンションに住んでいる。子供と京都の鉄道博物館へ出かける予定だったのが夫が急に実家の買い物に呼び出されたので明日になり、機嫌が悪くなった息子を連れて買い物に行く、と続きのメッセージにあった。

四時に待ち合わせた。当初行こうとした新しくできたカフェは満席で、次に行ったスーパーのフードコートも人がいっぱいだったが、ちょうど席を立った家族連れがいて、春子と、森田直美と五歳の息子は座ることができた。

「基本的に、いい人っぽい」

春子は、今朝の訪問者について直美に一通り話したあと、感想を述べた。

直美は、たこ焼きをつつきながら、険しい表情をしていた。

「いやー、どうやろねえ。気をつけたほうがいいかもよ、悪い人じゃなくても、詮索好きっていうか、距離感が難しい人って困るよ」

「そやねえ、直美は前の家のとき大変やったもんね」

直美の夫は、春子とも同級生である森田孝太郎である。結婚した当初は、孝太郎が当時勤めていた会社にほど近いアパートに住んでいた。はす向かいの戸建てに、孝太郎と同じ営業部の部長が住んでおり、あれこれ世話を焼いてくれたのだが、そのうちに、近所の人に孝太郎の会社での評判や失敗談なども話すようになった。

「いやー、ほんまに。親切にしてくれてて助かってたし、悪気はないというか、本人的には親しさを表現してはったんやと思うけど、それだけに止めようもなくて。そのうえ、子供のためには母親が家におらなあかん、保育園に預けるなんてかわいそう、って世間話の一環やったけど力説されて、この先子供生まれたら厳しいな、って」

直美の傍らで、長男の明斗はピンク色のアイスクリームをなめている。来年は小学校に上がる。家でも図鑑や電車のおもちゃを眺めているのが好きで、今も買ってもらったばかりの危険生物図鑑に見入っている。

「まあ、結局、仕事は辞めてもうてんけどね」

明斗を産んだときに、直美はそれまで十年働いていたデザイン事務所を辞めた。それからはアルバイトをしたりしなかったりだったが、二年前からはここから電車で二駅の会計事務所で働いている。所長自身が子育て中なのもあって、勤務時間など融通が利くそうだ。

「いいとこ見つかって、運がよかったとは思うけど、あのまま続けられてたらどうやったかな、って思うことはある」

直美の横顔は少しさびしそうに、春子には見えた。

六年前、直美が駅の西側にあるマンションに引っ越し、新居に遊びに行った帰りに春子は、駅近くの不動産屋の前で足を止めた。当時住んでいた大阪市内のワンルームマンションが狭いうえに日当たりが悪かったので、引っ越し先を探していた。このあたりはいくらくらいなのかと眺めていたとき、ガラスにずらっと貼られた間取り図の中に、「離れ」と書いてあるのが目に留まった。掘り出し物件ですよ、と不動産屋はやたらと愛想よく言い、想像したような情緒のある建物ではなかったが、確かに、家賃に比していい住まいだった。

あれからもう六年か、と春子は今朝の会話を思い出した。

「明日、わたしも京都に行こうかな。見たい展覧会が三つぐらいあって、まとめて回って、あ、お茶も買いに行きたいし」

「ええなあ、わたしもぱっと思いついて展覧会とか行きたいわ。そや、明斗もいっしょでよかったら来月にでもどっか行かへん？」

アイスクリームを食べ終わった明斗が、帰りたいと言い出した。

直美と別れたあと、書店と食品売り場で買い物をして、春子は家路についた。天気のいい昼間はのんびり三十分近くかけて歩いて駅まで来たが、帰りはもう暗くなっていたのでバスを使った。

バス停から家まで、さらに歩いて七分ほどかかる。あたりの路地は曲がって見通しが悪く、三叉路（さんさろ）や脇道が多くてわかりにくい。大家さんの家は、とりわけ細い路地のいちばん奥にある。

その路地の手前の二股に分かれたところを曲がり、別の路地というか家と家の隙間のような通路を通った先に、春子の離れに通じる裏門がある。

暗い路地を抜け、錆（さび）の目立つ門を入ると、母屋の一階が明るかった。黄色いカーテンがつけられ、煌々（こうこう）としていた。

暗いよりこのほうがいい、と春子は思った。

2

電車が地下から地上に出るときの感じが、春子は好きだ。

どの線でも、そこから飛び立っていくような浮遊感があるし、昼間なら車両の中が光に満ちて、気分が変わる。たとえ毎日、朝と夜と通勤で何千回も乗った電車でも、毎回ささやかながらその気持ちよさはあった。

だから、二時間残業した帰りで、吊革にぶら下がるように立っている今も、電車が地上に出たのはすぐにわかって、ぱっと目が冴えた。

まだ夜にはなりきっていなくて、空は薄紫色が残っていた。高速道路やビルがひしめいて見通しがいいわけではないが、地上に出てすぐ川の上を走る。水辺は、なんとなくいい。ビルも車もない場所があって、見えるわけではないがそこがゆらゆら揺れている感覚がなんとなく伝わってきて心地いい。

春子が今の部屋を選んだのは、勤め先に乗り換えなしで行けることも大きかった。

急行か準急で二十分ちょっと。行きも帰りも座れないことが多いが、出勤時間が平均的な会社よりも少し遅いこともあって、そんなに苦ではない。

　春子の勤め先は、販促用のパンフレットやグッズの製作、展示会のブースを企画する小規模な会社である。秋の展示会が増える時期で、見積書や仕様書を作ったり、工程表をやり直したり、印刷物を発注したり、と今月に入ってから忙しい日が続いている。

　さっきからちくちくして気になっていた指先を見ると、やはり作業中に紙で小さく切ってしまったようだ。

「あらー、すんませんねえ。ありがとう」

声がしたほうに春子が目を向けると、和菓子店の紙袋を両手に提げた七十歳ぐらいの女性が、若い男性に頭を下げながらシートに腰を下ろすところだった。リュックを背負った眼鏡の男性が、席を譲ったようだ。

「学生さん？　お家（うち）帰りはるとこ？」

座った女性は、布製のくしゃくしゃした鞄（かばん）に手を突っ込むと、小さな包みを差し出した。

「これ、よかったら食べる？」

なにかははっきり見えないが、お菓子らしい。

ほんとうに、いる。と、春子は思う。しょっちゅう見かけるわけではないが、それでも年に何回かは電車の中でこんなやりとりを目撃する。男性はお菓子は遠慮したが、女性と会話は続けていた。

自分も「大阪のおばちゃん」にそろそろなるわけだが、「飴ちゃんを配る」なんてことは、何歳になってもないような気がする。それとも、あれくらいの年齢になればできるようになるのだろうか。自分の友人の中にはできそうな人は誰かいるだろうか。順番に顔を思い浮かべて考えているうちに、女性は「学生さん」に何度もお礼を言って降りていった。


最寄り駅からバスに乗って三つ目の停留所、そこから徒歩七分。

目をつぶっても歩けるほど慣れた道と言えるが、実際にはスマートフォンを見ながらだと電柱にぶつかりそうになるので、人間は不便やなあ、と春子は思う。

離れにつながる通路の両脇の家は、かなり高齢の人が一人暮らしをしている。確か、右側の家はおばあさんで、左側の家はおじいさん。二階建ての、五人家族でもゆったり住めそうな大きさの家だが、明かりがついているのはいつも一階だけだ。

離れの玄関のドアに、紙袋が掛けてある。ドアの上の照明で中身を確かめると、濃い紫色の丸いものが入っている。無花果(いちじく)だった。

新しい大家さん。紙袋が目に入ったときから、顔が頭に浮かんでいた。というよりも、彼女の声が聞こえてきていた。メモもなにも入っていないが、間違いない。

春子は、玄関を開けていったん荷物を置くと庭を横切って、母屋の玄関に向かった。不動産屋さんから大家さんの庭には入らないようにと言われていたので以前の大家さんに用事があるときは裏門からいったん路地をぐるっと回っていたのだが、もう暗いし、と自分に言い訳をして庭の隅を歩いた。

母屋のインターホンを鳴らした。玄関ドアの横には、前はなかった陶器のうさぎが置いてある。

「はーい」

明るい声がした。

「あの、こんばんは、北川です」

すぐに、青木ゆかりがドアを開けた。

「春子さん！　どうしたの？」

「あのー、これ、届けてくださったんですよね。どうもありがとうございます」

「あらー、ごめんなさいね、わざわざお礼なんてよかったのに。傷まないうちに、食べちゃって食べちゃって」

「ええ、あの……」

「今日のお昼は妹のとこに行っててね、この家のこともいろいろ相談しないといけないから、それで妹の夫の親戚からちょうど大量に送られてきたとこで、たくさんもらってきたのよ。どこだったかな、そうそう、和歌山。すごくおいしいのよ、スーパーで売ってるのとは全然違うから」

　春子の背中側から、笑い声が聞こえてきた。振り返って見ると、黄色い家の二階の窓が開いている。大家さんの親戚、若い夫婦が住んでいる家。音楽も聞こえる。今の流行(はや)りの歌だと思うが、春子には誰の曲なのかわからない。

　ゆかりも、窓を見上げて言った。

「賑やかでしょう?」

「そうですね」

「っていうか、うるさいわよね。なんだかお友達が来て飲み会やってるみたいで。試験に合格したとかなんとか言ってたけど、この時期ってなにかある?」

「いえ、ちょっとわたしには……。なんでしょうね」

「うるさかったら、言ってちょうだいね」

「だいじょうぶです、ほんとに。では、これ、いただきますね」

今日は、話を切り上げて帰ってくることができた。二階に上がり、紙袋から無花果を取り出して座卓に並べた。プラスチックのパックが二つ。計十個。

どうしよう、と春子は思った。

無花果は、苦手なのだった。食べられないこともないが、十個。直美に持って行こうかなあ、と思いつき、スマートフォンからメッセージを送った。

しばらく待ってみたが、返事はない。この時間は、夕食の片付けをしたり子供を風呂に入れたり、忙しいに違いない。小さい子供がいる友人たちからのメッセージは、しばしば午前二時や三時に届く。ずっと起きていたのか、子供が泣いたりして起きたのか、春子には想像しきれないところがある。返信は気にせんでいいよ、と春子はメッセージに添えるようにしているが、たいてい皆、律儀に返してくれる。

作り置きしていた塩豚と青菜炒めを食べ、テレビでドキュメンタリー番組を見てから風呂に入った。ベランダ側の窓のカーテンを少し開いて外を見ると、黄色い家は、まだ明かりがついていた。窓を閉めたのかもう声も音楽も聞こえてこないが、まだ来客がいるような雰囲気だ。

ちょっと前まで、自分もあんなふうに友人たちとよく集まってたな、と春子はその明かりを見ながら思った。

ちょっと前、と言いながら、もう何年も経っている。同級生たちは仕事や子育てで忙しかったり、東京やほかの街で仕事を見つけて移ったりで、大人数で集まることは今はめったにない。

春子は、ベッドに横になりながらスマートフォンで検索し、無花果はジャムにしてみよう、と思った。

翌朝、春子が出勤しようと玄関を出ると、ゆかりが庭にしゃがんでなにかをしていた。春子に気づいたゆかりは立ち上がって、大きな声で言った。

「おはようございまーす。ちょうどよかったわ。あさっての夜なんだけど、うちにごはん食べに来ない？」

3

春子が住む離れの二階、階段を上がって右手は台所兼居間で、広さは八畳ほど。テーブルではなくて、毛足の長いラグを敷いて広めの座卓を置いている。

土曜日の午後。座卓の上に、コーヒーの入ったカップと、彫刻刀とデザインカッターを並べた。春子は、正面に腰を下ろすと、表面に黄色く色がつけられた平べったい消しゴムをそこに置いた。

葉書(はがき)サイズで、絵を彫ってはんこにするためのものだ。「消しゴムはんこ」を彫り始めて、二年くらいになる。最初は、三センチ角に、花や動物など簡単なものを彫っていたが、だんだん大きく、凝った絵になってきた。

図案は、インターネットで公開されているものもあるし、図案集も売っている。消しゴムでもこんなに精巧に、木版画のような絵が作れるのかと感動する。いつか自分もと思いながら、今作っているのは、歌川国芳(うたがわくによし)の猫の絵を元にしたものだ。

春子は、子供のころから細かい作業が好きで、手を動かしてなにか作るのが楽しい。

大学も、美術学部のテキスタイル科というところに行った。布を染めたりデザインしたりするのが専攻で、卒業制作はフェルトで古代魚を作った。

たまに刺繍もする。東北地方のこぎん刺しという方法だ。ただ、どちらもあまり使い道がないのが難点だ。今どきは葉書や手紙を出す機会も少ないし、刺繍も小さな額に入れて壁に掛けたりしているが、それはつまり、自分以外ほぼ誰も見ることはないということだ。

描いた線に沿ってゴムにデザインカッターで切り目を入れ、そこを目安に彫刻刀で彫っていく。木の板と違って、すうっと滑る感覚が心地いい。同じ動作を繰り返す。始めたときに頭を占めていたごちゃごちゃしたこと、職場や実家の面倒なことなどがだんだん消えて、ただ無心に手を動かすとできていく溝のことだけを考える。きれいに全部彫ってしまうより、少し彫刻刀の線を残すくらいのほうが雰囲気が出る。

台所の開けた窓から、ときどき鳥の声と風の音が聞こえる。窓を開けていられる季節は、一年のうちに半分もない。こんな気温がずっと続けばいいのに、と春子は思う。

疲れた指を止めて、壁に掛けた時計を見た。

もうすぐ、五時。六時ごろ来てちょうだいね、と青木ゆかりは言った。人の家に呼ばれるとき、少し早く行くものだろうか、それとも準備する側のことを考えれば心持ち遅れて行ったほうがいいのだろうか、と春子はいつも迷う。ごはんは用意するから、とゆかりが言っていたので、手土産に会社の近くの人気がある店で黒豆の入ったパウンドケーキを買ってある。

結局、六時ちょうどに部屋を出た。三日前の晩と同じく、庭の隅を歩いた。庭は、雑草がきれいに刈り取られ、楓の枝も整っている。広々してるなあ、と春子は眺めながら歩いた。こういう広い感じって、それだけで気分がいい。よく見ると、庭は片付いただけでなく、新しい植物がいくつかある。赤い花をつけているあれはなんやろう。

細長い葉がしゅうしゅうと茂る陰から、なにかが覗(のぞ)いているのが目に入った。

「わっ」

春子は、思わず飛び退いた。おそるおそる確かめると、犬の置物があった。黒い子犬。よくできているので本物かと思ってしまった。パウンドケーキを落とさなくてよかった。

呼吸を整え、緊張気味にインターホンを押した。応答はなく、突然、ドアが開いた。

「あ、ども、こんにちは」

そこにいたのは、青木ゆかりではなかった。

初めて見る、若い女だった。前髪を眉のあたりで揃えた、黒髪のストレートロング。淡いピンクのカーディガンに、膝丈のフレアスカート。近頃のやたら人数の多いアイドルグループにいそう、というのが第一印象だった。

「こんにちは、わたし……」

「どうぞ、スリッパ、それ使ってください」

小柄な彼女は、にっこりと笑顔を見せたが、名乗ることも春子に誰かと尋ねることもなく、さっさと上がって部屋に戻ろうとした。春子は、その背中に声を掛けた。

「あの、北川です、離れに住んでて」

彼女は、振り返った。色白で黒目がちの、かわいらしい顔だちだった。

「知ってます。わたしは、そこの」

指さした先は、裏手の黄色い家だった。

「遠藤沙希（えんどうさき）です。ゆかりさんは、買い物に行ったまま、まだ帰ってこないんですよねえ。どこかでしゃべってるのかなー」

「そうですか」

やはり、青木ゆかりの甥の妻のようだ。予想していたよりずいぶん若いので、春子は戸惑っていた。

「おじゃまします」

春子は、真新しいスリッパに足を入れた。リネン地に蔦の葉が刺繡してあって、なかなか趣味がいい。遠藤沙希は、玄関を入ってすぐ左手の台所へ入ろうとしていた。

「これ、会社の近くのお店ので」

「わあ、わたし、ここのお菓子、大好きなんですよう」

素直な反応に、春子はほっとした。

庭に面した部屋に案内された。二間続きの和室。昔の間取り、と春子は見回した。台所と居間が分かれているのも、そうだ。今どきの家は、ＬＤＫが一体になって、カウンターキッチン、アイランドキッチンと、台所がどんどん真ん中に移ってきている。

以前大家さんを訪ねてきたときは玄関先までで、部屋に上がったことはなかった。多少リフォームしたようで、和室の壁紙や畳は真新しくなっている。いつのまに、と意外に感じるが、自分は仕事に行っていて平日の朝から夕方までここにはおれへんのやな、と今さらながらに春子は思った。

手前の和室には、緑色のカーペットが敷かれ、低めの木製テーブルが置かれていた。テーブルもセットの椅子も、どこか外国の素朴な人形が飾られた棚も、無垢材がほどよく使い込まれた色になっていた。おしゃれなおうち、と春子は感心して見回した。

和室の障子の外側には、広縁もある。そこは古びた板のままで、足を乗せるとぎいっとかすかに音が鳴った。

ガラス戸越しに、春子が住む離れが見えた。五年も六年も住んでいるのに、この角度から自分の部屋を見たことはなかった。見慣れた大家さんの家と比べると、とても小さく感じる。なんだか妙な気分だった。

「北川さんは、一人暮らしですか？」

振り返ると、遠藤沙希がテーブルにお茶を出してくれていた。

「そうなんです」

「変わってますね」

どういう意味で言っているのかわからず、春子は次の言葉に迷った。遠藤沙希は、春子をじっと見て続けた。

「おばあちゃんの家の中に住んでるって、なんか不思議な感じします」

「あ、でも、あの離れ、中はすごく新しくて」

と、春子が言いかけたら、玄関の扉が開く音と同時に、ゆかりの声が飛んできた。

「ごめんなさいねー、駅前で不動産屋さんと会っちゃって、つい話し込んじゃって。

あの角の家、やっぱり取り壊して、アパートかなんかが建つらしいわよ、あら、春子さんはあっちの部屋でゆっくりしててね」

しゃべりながらゆかりは、台所に入って買ってきた食材を皿に分け始めた。それを見て、沙希が声を上げた。

「手巻き寿司？　なんか、子供の誕生日会みたいな」

「そう？　そうかしら、春子さん」

「ながらく食べてなかったですけど、たまにはいいんじゃないでしょうか」

話しながら皿を出したり運んだりしていると、沙希が言った。

「さっきから気になってたんですけど」

そして、ゆかりと春子を順に指さした。

「おんなじ服、着てるやんね」

「え」

春子とゆかりは、声を揃えて聞き返した。沙希は、自分の着ている淡いピンクのカーディガンを指で引っ張って、言った。

「これも、いっしょ」

春子は、自分のライトグレーのカーディガンを見、それから、ゆかりの黄色いカーディガンを見た。春子のカーディガンは、日本中の人がなにか一つは持っているであろう、低価格カジュアル衣料品店で買ったものだった。

「全然違う服に見えますよね」

沙希は、真顔で三人のカーディガンを見比べた。確かに、同じVネックのごくシンプルなカーディガンである。

小柄な沙希は、ギャザーの寄った白いTシャツにサイズの大きいカーディガンを合わせ、全体にふんわりした雰囲気にしている。ゆかりは、太っているというほどではないが年相応に肉がついており、明るい茶色のロングワンピースの上に羽織った出汁(だし)巻き卵みたいな黄色のカーディガンも肩から背中にかけてむっちりと丸いシルエットになっている。

春子はというと、平均より高い身長で、最近年齢と共にますます胸元の肉が落ちて不健康そうに見えるのではないかと本人だけが気にしている厚みのない上半身に、ボートネックのボーダーTシャツにライトグレーのカーディガンのボタンを全部留めていた。なにを着ていこうか迷った挙げ句にごく普通の服がいいに違いないと思ったので、下は細身のデニムだった。

「ほんとに？　よくわかったわね」

ゆかりは、目をこらしてそれぞれの服を見比べた。

「買うとき、どの色にするか店ですごい迷ったんですよ。散々見たから、Vの開き加減とか色味とか完全に覚えてもうて」

言われてみれば、確かに生地の目の詰まり具合や風合いも、同じである。

「いっしょってわかると妙な感じがしますね」

「気が合うってことかしら？　幸先いいんじゃない？　ね、春子さんはビールは飲む？　沙希ちゃんは飲むわよね」

ゆかりは明るく笑い、春子は多少照れくさいような気持ちのまま、夕食の準備を手伝った。

手巻き寿司のほかに、パプリカとりんごのサラダやトマトのゼリー寄せや、色鮮やかな料理がテーブルに並んだ。お寿司だけのわけはないか、と春子は最初にそう想像した自分をおかしく思った。

外は、すっかり暗くなっていた。縁側のガラス戸に、三人がテーブルを囲んだ姿が映っていた。三人は、それぞれにビールを注ぎ合った。乾杯の音頭を取ったのはもちろんゆかりだった。

「それでは、これからよろしくお願いします。かんぱーい」

沙希は、細長いグラスの中身を一気に飲み干した。幼く見えるが、二十五歳なのだと、準備をしているあいだに聞いた。駅前の整形外科で受付をしており、その前に働いていた接骨院は隣の駅前、実家もここから車で十五分くらいのところで、幼いときに両親が離婚したので母親が一人で暮らしている、母は美人だ、ということを、沙希はサーモンやマグロを寿司に巻きながら話した。

「地元ですよー、もうほんまに、ずーっと地元」

「沙希ちゃん、若く見えるわよねえ。高校生って言っても通るくらい。拓矢くんとは、どこで知り合ったの」

沙希の夫、ゆかりの甥である遠藤拓矢もこの夕食会に誘ったが、今日は男友達と出かけているらしい。

「いきなりきますねえ。先輩の、バイト仲間ですね」

「先輩って？　高校？　中学？」

「中学ですね。その頃ってわたし、ちょっと学校行ってへんくて、まあいろいろあったんですよ。そのときによくしてくれてた二コ上の先輩がいてて、今でもなんやいうたらそのエミちゃんに頼ってまうんですけど、エミちゃんがバイトしてた飲み屋に行ったときに、拓ちゃんがおって」

携帯電話をなくして困っていたときに拓矢がいっしょに探してくれた、夜中の道を原付に乗って見て回ってくれた、と楽しげな調子で話しながら、食べたり飲んだりも忙しくこなし、その軽やかな動きに春子は見入ってしまった。

「ちょっと頼りないとこもあるんですけど、あんまり怒ったりしないのもいいかな」

「子供の頃から、拓矢くんは優しかったからねえ」

「エミちゃんは、わたしを導いてくれるだいじな先輩なんですよー」

確信を持った声で話す沙希を、春子はじっと見て、思わず言ってしまった。

「先輩かー。ほんとにいるんですね」

「なんですか、それ？」

「いや、わたしはあんまり先輩っていう存在に縁がなくて」

春子の身近なところでは、先輩、という言葉をやたら口にし、学校外や年齢の違う仲間とばかり遊んでいたのは、当時いわゆる「ヤンキー」と呼ばれる子たちだった。あまり学校に来なくて、夜も出歩いていた同級生たち。沙希はストレートの黒髪で、服装も春子の時代の感覚ではどちらかといえばお嬢様っぽいと分類していたが、今どきはスタイルで単純に分けられないのかもしれない。それに、自分が見た目から勝手なイメージを持っているだけでもある。

イクラをごはんに乗せた手を止めて、春子は話した。

「部活もほとんどやってなかったし、運動部の子たちはもちろん先輩がいたけど、上下関係がものすごく厳しくて、仲いい感じじゃなかったんですよね」

ゆかりは、減ったグラスにビールをつぎ足した。

「春子さんくらいの世代ってそうなの？　うちの娘も、そんなこと言ってたわ。礼儀だの挨拶だのが大変だから部活はやりたくないって。うちは部屋で音楽聴いたり本ばっかり読んでるタイプだったけど」

「娘さんがいらっしゃるんですか」

「ええ、娘と、その上に息子が」

「外国にいてるんでしたっけ。わたしまだ会うてないですよね」

沙希も、ビールをお代わりした。酒は強いようだ。

「娘のほうがね。ニュージーランド。ワーキングホリデーでちょっと行ってくるって、そしたら向こうで結婚相手見つけちゃって、そのまま帰ってこなくて、今年三十四歳になったかな。気候もいいのんびりしたところで、性に合ってたみたいなんだけど」

「ゆかりさんって、何歳ですか？　拓ちゃんのお母さんより上ですよね」

「六十三よ。もうすぐ、四になるけど」

春子は、今聞いた年齢よりも青木ゆかりのことを十歳くらい若いと思っていたので、少々驚いた。自分の母親と五つしか違わない。

よく考えれば、仕事で関わる六十代の女性たちも若々しいし、どの年代でも周囲の人はたいてい年齢より若く見える。春子は、少し前にテレビで見た昭和四十年代の青春映画を思い出した。高校生なのに老けてるなあ、と出演者に対して思った。実年齢が役柄より上の俳優がやっているというのもあっただろうが、年齢から思い浮かべるイメージが昔のままなだけで、現実の年齢と見た目の相関はかなり変わってきているのだろう。

「おねえさんは、えっーと」

沙希は、少し首を傾げて春子を見た。黒目の大きい丸い目が、うさぎやりすを思わせた。

「北川春子です」

「北川さんは、何歳なんですか？」

「先月、三十九になったところで」

「バツイチ、とかですか？」

沙希になにを聞かれたのか一瞬わからず、春子はどう答えればいいのか戸惑った。

「ちょっと、沙希ちゃん、いきなりそれは失礼でしょう」

ゆかりが、強い口調ですぐ沙希に言った。沙希は、ゆかりの言葉の勢いにかえって驚いたようだった。

「おばあちゃんの家の離れで暮らしてるっていうから、なんかワケありなのかと思って……」

「なあに、それ、すっごく偏見じゃない。それに、たとえそうでも、ワケありそうな人にワケありかなんて聞くもんじゃないわよ」

怒っているという感じではなかったが、眉根に皺を寄せ、きっぱりとゆかりは言った。慌てた春子は、明るさを心がけて話した。

「あの、離れと言ってもですね、茶室みたいなのでも怪しい隠れ家みたいなのでも全然なくて、普通に賃貸で不動産屋さんに出てて、中身はリフォームされてて普通にキレイなアパートって感じなんですよ。広さの割に、家賃がお得だったんで。それに、借景ですけど、お庭もあるし」

「そうそう、庭は入ってもらってかまわないわよ。不動産屋さんから立ち入らないように伝えてるって聞いたけど、高級なお花を植えてるわけでもないし、バーベキューするんだとちょっと困るけど」

「ほんとですか、ありがとうございます」

ゆかりさんと親しくなったらそのうちにお庭にも、と期待していたのがあっさり実現して、春子は心の中でよろこんだ。

どうぞどうぞ、と言ってビールを注ぎ合うゆかりと春子を、沙希はじっと見比べた。

「北川さんは、結婚とかはしてなくて、一人で住んでるんですよね」

ひと言ひと言、確認するような響きだった。

「そうです。一人暮らし歴は十年かな」

「不安じゃないですか？　子供いないと将来さびしいっていうか厳しいじゃないですか」

沙希に嫌味を言っている様子はなく、あまりにストレートで、小動物のような丸い目が悪気なさそうに見える。その屈託のなさに、ゆかりもどう返せばいいかわからなくなってしまったようだった。

春子は、グラスのビールを飲み干し、テーブルに手を置いて、沙希のほうを向いた。

「わたし、女友達と、年取ったらいっしょに一軒家を借りて住もうねって言ってるんですよ」

テーブルの上には、まだ料理が多く残っていた。トマトやパプリカの原色、鮨飯(すしめし)と海苔（のり）の白と黒。こんなふうにいろんな種類の料理があるのが好きだ、と思いながら春子は話した。一人の食卓だとこうはいかない。

「一人は高校の同級生で今は東京に住んでて、もう一人は大学のときに制作を、あ、わたしテキスタイル科って、布を織ったり染めたりが専攻だったんですけど、それをいっしょにやってた子で今は京都で作品を作ってて。東京にいる子は写真家をやってるんですけど五十歳くらいになったら大阪に戻るって言うてて、そしたら、三人でシエア、ちょうど、こういうお家（うち）なんて素敵やなって」

「あらー、いいわねえ。そういうの、わたしもときどき話すことあるわよ、友達と。女だけで気楽に暮らしたいわねーって」

ゆかりは身を乗り出して頷（うなず）いた。

「そういうのって、言ってるだけじゃないんですか？」

沙希は、心から信じられないという様子だった。そんなことを現実にやろうとする人がいるなんて思いもよらなかった、と表情に出していた。

ゆかりは、お皿に残っていたサーモンとクリームチーズが乗ったクラッカーを、沙希と春子の取り皿に二つずつ置いた。

「いろんな生き方があっていいじゃない。わたしたちのときは、女は結婚して子供産んで当たり前、っていうか、それ以外を考えたこともなかったもの。二十二、三になれば当然結婚するもの、って思ってたから、そのときちょうど勤めてた会社の上司に営業部の人を薦められて、半年くらいおつきあいして。まあ、半分お見合いみたいなもんよね。自分も、夫も、両親や周りの人も、結婚するんでしょ、ってどんどん進んでいって。そうじゃなかったら、結婚しなかったかも」

「え、だんなさんのこと、好きじゃなかったってことですか？」

「そういうことじゃないのよ。好きとか、好きじゃないとか、それとはもっと違う……。なんて言ったらいいのかな、夫婦って、恋愛ドラマみたいに盛り上がってるわけじゃなくて、ずっとこの人がいっしょにいるんだからやってくしかない、そのうちに、やっていくことが前提でなんでも考えるようになって……」

そこで言葉を切って、ゆかりは、部屋の奥を見た。

「こんなに早くいなくなっちゃうとは思わなかったけど」

ゆかりの視線の先には、飾り棚の上に置かれた、白木の観音扉の戸棚があった。扉は開いていて、フレームに入った写真が立ててあった。

近頃の仏壇はおしゃれなんやな、と春子は少々不謹慎なようにも思ったが、それをじっと見つめた。昔、母親の部屋にあったネックレスやブローチが入っていた寄せ木

細工の箱を思い出した。それより二回りほど大きく、写真の前に並ぶ鈴(りん)や線香立ても
シンプルな、インテリア雑貨のようなデザインだった。

　写真の中の男性は、笑っていた。茶色い縁の眼鏡をかけて白いポロシャツを着て、
穏やかな人のよさそうな顔だった。

「わたしも五十年くらい経ったら、そんな境地にいたるんかなあ」

　沙希も、仏壇のほうを向いてそう言った。

「五十年も経ってないわよ、まだ四十年……」

　ゆかりは言いかけて、

「三十八年、か」

　とつぶやいた。その差の二年が、ゆかりが夫を亡くしてからの時間だった。何秒か
沈黙が流れたが、ゆかりがぱんっと手を鳴らした。

「そうだ、春子さんが持ってきてくれたケーキ食べましょうよ。お茶、なにがいい？

紅茶？　緑茶？　ほうじ茶？」

「黒豆だから、ほうじ茶が合うかも」

　春子が手伝おうと立ち上がると、ゆかりは掌(てのひら)を向けて止めた。

「いいのいいの、お客さんなんだから」

ゆかりが台所へ行ってしまうと、春子は部屋を見回した。片付いていて、だけどモデルルームのような不自然なのではなく、趣味がうかがえる小物が並べてあって。友人たちとこんな家で暮らせたら、と想像していると、沙希がささやいた。

「ゆかりさんのほうが、なんかありそうな感じしませんか？」

小首を傾げる沙希はやはりアイドルのような愛らしさがある、と春子は思った。ピンクのカーディガンがとてもよく似合っている。自分はこんな色を買ったことはない。

「だって、住み慣れたところから引っ越すって、たいていの人はいやがりますよ。うちの病院に来るおばあちゃんとか、子供がいっしょに住もうって言うけど知らんとこに行くんはいやや、ってしょっちゅう言うてるし。夢見た田舎暮らし、とかいうのでもないのに」

「だんなさんが、亡くならはったから……」

「それやったら、余計じゃないです？　一人になったら知り合い多いとこのほうがいいじゃないですか」

沙希は、真剣な顔だった。サスペンスドラマを見て犯人を考えているような……。と春子が思って見ていたら、沙希が言った。

「どっか笑うとこありました？」

「わたし、笑ってたかな？」

「うん。にやっとしてました」

「いや、なんか人と話すのっておもしろいなあ、と思って。予想外のこと、いろいろあるから」

　ケーキをお盆に載せて、ゆかりが戻ってきた。

4

　土曜日、春子は、直美ともう一人、高校の同級生だった友人と三人で京都へ行った。国立近代美術館と細見美術館を回り、学生の頃にときどき食べに行っていたスフレを何年ぶりかで食べ、おいしいおいしいと言い合って、南禅寺や蹴上（けあげ）のインクラインのほうまで歩いた。紅葉はまだまだだったが、暑くも寒くもなく、日差しが心地いい中でいくらでも歩けた。

　直美の長男の明斗は夫とその両親が海遊館に連れて行っていて、もう一人の友人の子供は彼女の実家に遊びに行っている。

今は京都に住んでいる同級生は、長女が小学校五年生で中学受験のための塾に送り迎えするのが忙しいし勉強も難しいと言っていて、直美はその話を熱心に聞いていた。子供のいない春子は、普段は触れる機会のない話なので、最近は子供も親も大変そうやな忙しそうやなと思ったり、塾で指導される面接テクニックの話に感心したり、自分も子供がいたら今の時代はやはり受験を考えるのやろうか、と想像してみたりした。

子供のいる二人が夕食の支度に帰らなければならないとのことで、もう一軒行きたかった喫茶店があったがあきらめて帰ることにした。春子と直美は京阪電車でいっしょに戻ってきたのだが、その途中で結局直美の夫から両親たちとどこかへ食べに行くと連絡があった。それやったら京都でごはんも食べてきたらよかったわ、と直美は言ったが、すでに最寄りの駅まで帰ってきていたので、春子の家に寄ることにした。

バスを降りて日が暮れていく緩やかな坂を歩いていると、どこの家からか、ギターの音が聞こえてきた。アコースティックギターで、なにかの曲を練習しているのか、同じフレーズばかり繰り返している。たまに、あぁーとかうっうーとか、歌声とも呼べないような裏声なのか妙に高いトーンだが、男の声も混じった。昭和の歌謡曲のように春子には聞こえたが、断片的でわからなかった。

風に乗って音が流れてくるほうを振り返り、直美が言った。

「ギター、実家の物置やなあ。うち、狭いから」

直美はギターもベースも弾けた。夫の孝太郎はドラムをやっていて、二人は高校を卒業するころには半年ほど同じバンドにいた。当時流行っていたイギリスのロックバンドのコピーがメインだったが、たまにはオリジナルも演奏することがあった。春子が最初に直美を見たのは高校一年の文化祭で、そのときは女子ばかりのスリーピースバンドで直美が黙々とギターを弾く姿をとてもかっこいいと思っていて、二年で同じクラスになって友達になれたときはうれしかった。

しかし二人とも、二十代の終わりに友人の結婚式で演奏して以来、音楽からは遠ざかっていた。

「もう弾かれへんようになってたりして」

直美は冗談めかして言った。

「体を使うことは、忘れたりせえへんよ」

と春子は返したが、適当なことを言ってしまった気がした。

路地を進むにつれ、たどたどしいギターの音は遠ざかり、やがて聞こえなくなった。

直美が春子の家に来るのは、一年ぶりだった。

「これ、下描きの絵も自分で作ってるの？」

玄関の壁に飾ったクロスステッチの額を見て、直美が聞いた。

「やってみてんけど、今ひとつ微妙やなあ」

半年ほど前に完成した刺繡は、歌川国芳の金魚の絵から写したのだが、形が崩れたし色のグラデーションも難しく、体調の悪そうな金魚になってしまった。直美は褒めてくれたが、春子は別のを掛けておけばよかった、と思った。いつかは伊藤若冲の絵を刺繡で作ってみたいのだが、実現できないのではと少々悲観的になり始めていた。

駅前のスーパーで買ってきたお惣菜を、二人で食べた。

「なにそれ、めっちゃ感じ悪いやん。そんなん言われてなんで怒らへんの」

二週間前の夕食会での遠藤沙希の言動を春子から聞いた直美は、あからさまにむっとした表情になった。

「いや、わたしがその子の感じをうまく説明できてないんやと思う。悪気はないっていうか」

「悪気ないのがいちばんあかんやん。本気でそう思ってるってことやろ」

「それはそうなんやけどね」

「そういう子にはちゃんと言い返さへんと、調子に乗るで」

「そういう感じでも……。あっ、そや、洗濯もん、忘れてた」

春子は、出かける前に干した洗濯物を取り入れようと、洋室へ入って窓を開けた。タオルやTシャツを取り入れていると、ふと視界の端の影に気づいた。

外はもう、暗かった。庭は、大家さんの家の一階の明かりで、まだ紅葉の始まらない楓や草花が照らされていた。

縁側に、人影があった。ガラス戸が一面だけ開けられ、そこに腰掛けている。ゆかりだった。ぼんやりと庭を眺めているようで、じっと動かなかった。ゆかりはそこに住んでいるのだから縁側にいるのは当たり前なのに、春子は目を凝らしてゆかりの顔を確かめた途端に、少し動揺した。

多少の距離があって二階から見下ろしているし、逆光になっているので、はっきり見えるわけではない。だが、なんとなくその表情がぱっとわかったような気がしたのだった。

ゆかりはどこも見ていない、と春子には思えた。年季の入ったアルミサッシは開けるときに軋(きし)むけっこうな音がしたのに、こちらには気がついていないようだ。

「春子ー？　手伝おか？」

居間から、直美の声が飛んできた。

「だいじょうぶ」

と春子は、なるべく音を立てないように窓を閉め、カーテンも閉めた。外ははっきり見ないようにしたが、縁側のゆかりが立ち上がったのがわかった。

「春子はなー、いっつも怒らへんからなあ。昔から、そう。心が広いわ」

「だって、怒るのってエネルギーいるやん。ものすごく近しい人やったらまた違うかもしれへんけど、言うたら他人やし、そこまで労力を使われへんというか」

直美は、きなこのおはぎに伸ばしかけていた手を止めて、春子の顔を見た。

「それはなんとなく、わかってる。そういうとこ、ある」

「うん」

春子は、職場の人たちやときどき会うだけの友人には、穏やかだとか温厚だとかよく言われるが、高校から二十年以上のつきあいである直美にはある程度わかってもらえていると思った。そのことを気楽に感じてもいた。

二時間ほどして、遅くならないうちに、と帰る直美を見送るのに玄関を出たら、

「春子さーん」

と声が響いた。直美は、それがゆかりだとすぐにわかったようだった。春子は、声

の明るい響きがいつも通りのゆかりだったのでほっとした。

　庭を横切ってきたゆかりの背後には、もう一人女の人がいた。

「あら、お客さん？　ねえねえ、春子さん、今さっき聞いたんだけどね、このあたりにときどき変質者が出るらしいから、気をつけてよ」

「変質者」

「夜の道で、若い女の人の眼鏡ばっかり取るんですって」

「眼鏡？」

「そうなのよ、路地からいきなり出てきて肩をつかんで、眼鏡だけむしり取って行くんですって。怖いわよねえ」

「気ぃつけなあかんよ、ほんま。びっくりして転んだり抵抗して倒されて骨折しはった人もおるらしいし、なにより気色悪いわ」

　ゆかりのうしろにいた、もう少し年配の小柄な女性が深刻そうな声で言うと、直美も、自分のところにもメールで不審者情報が届いたし、子供の保育園のママ友からもその話は聞いた、と言った。

　散々話してからやっと、ゆかりはもう一人の女性を紹介した。

「あ、こちらはね、中川さん。三叉路の角のお家の……」

「あなた、お勤めしてはるでしょ。毎朝、洗濯物干すときにうちの前通ってはって」
「中川さん」に言われ、春子は驚いた。

5

春子の職場の窓から見えるのは、自分が働くのと同じようなオフィスビルである。全面ガラスがぴかぴか光る高層ビル、なんかではなく、白いタイルに少々汚れが目立つようになった、七階や十階建ての、これといった特徴もないビルだ。春子の席は残念ながら窓から遠いコピー機の隣の落ち着かない場所で、窓際の営業部、といっても三人だけだが、に行くと、代わり映えのしない景色でも視界が広がるのはうれしい。

春子は五階にいて、道路を挟んだビルの似たような階が視線の先にある。

昼間はガラスが反射してよく見えないが、あの窓の中にもこっちを見ている自分と同じような人がいるんじゃないか、とふと思いもする。なんの会社だろうか。何人くらいいるのだろうか。八年近く見ているのに、知らないほうが妙なことのように思えてくる。

渋滞している道路を見下ろしながら、春子は、通勤途中の道を思い返した。

今朝も、三つ辻を通るとき青い屋根の家を見上げた。二階のベランダにはすでに、洗濯物が干されていた。ゆかりといっしょにいた中川さんという女性に「毎朝見かけている」と言われるまで、あの家を意識したことはなかった。朝はたいていバス停まで急いでいて余裕がないし、夜帰ってくるときにはもう暗くてよく見えない。それに、人間は上を見上げることは少ないものだ。春子がこの窓際から道を見ていても、そこを歩く人の顔が見えることはない。物音でもしない限り、人間の意識は上方に向かない。

見かける、と言われただけで、別にどうということもないはずなのだが、なんとなく落ち着かない気分が続いていた。あの離れに住んで六年以上経つが、大家さんとときどき訪れていたその娘さんと挨拶程度に話す以外、近所の人と交流はなかった。姿を見かけることすらほとんどなかったが、高齢者の一人暮らしが多いようだし、その前に住んでいたところでもやっぱり近所づきあいはないに等しかったから気にならなかった。

自分の知らないところで、自分が知られていた。今朝も姿は見えなかったが、あの人はわたしを見ていたやろうか。

自分だって今こうして、赤の他人を上から眺めているのだが。

「北川さん、去年まで三年分の仕様書、準備しといてもらえますか」

振り返ると、営業部の岩井みづきが客先から戻ってきていた。

二か月後にある展示会のブースを企画していて、出かける前には見積書を渡した。

「あっ、はい」

「いつも急に言うてすみません」

よくできた子や、と春子は感心する。

春子より八つ下だが、もっと年上の男性たちが割にいい加減な指示をすることが多いのに対して、彼女はいつも時間に余裕を持って的確で、気遣いも忘れない。

岩井みづきは、東京の美術大学で空間デザインを勉強して、そのまま東京の広告会社で五年ほど働いてから、この会社に来た。社長の親戚だそうだが、コネというよりは、社長のほうが以前から仕事ぶりを知っていて熱心に誘ったらしい。東京の業界では名の知られた会社からこの小規模で決して条件もよくない職場に移った理由を聞かれると、東京が合えへんかったんですよねー、とみづきは笑うが、春子は詳しい話を聞いたことはない。

春子は、大学を卒業したとき、正社員で就職することはできなかった。超氷河期、などと呼ばれていた頃で、友人たちも半分以上が正社員にはならなかった。学生時代にやっていたアルバイトをそのまま続ける人もいれば、遠い地元には仕事もないし大阪にいるためにはどうしても就職しなければならないからと言って少々怪しげな健食品の会社の契約社員になった人もいた。派遣会社に登録する人も多かった。直美は、友人の中ではめずらしく希望に近い仕事を続けていた一人だったが、出産を機に辞めることになった。

春子は、大阪の船場にあった繊維卸の小さな会社にアルバイトで入ったが、二年してそこが事業をたたんだために、派遣社員やアルバイトを転々とした。今の会社も、最初の三年は契約社員だった。そのときは給料は少ないがたいてい定時に終わって帰りに映画を観に行ったりもしていたが、正社員になった途端、手取りの額はたいして変わらないのにあれもこれもと業務が増えて、今では定時きっかりに帰れることのほうがめずらしい。

春子も美術系の学部を出てはいるが、布や繊維関係の制作を勉強していたので畑違いではある。資料用に簡単な図やイラストを描くことはあるが、基本的には事務職で、学生時代に思い描いていたような仕事とはほど遠い。

それでも、正社員になれた自分は恵まれているのだ、と本来は苦手な細かい数字を入力しながら、春子は自分に言い聞かせるように思う。

ちょうど資料ができたころに、岩井みづきが取りに来た。

「あの並んでた店、かなりおいしいらしいですよ」

駅の近くにできたうどん店のことだった。いつも行列ができている。

「やっぱり。でも昼休みに並ぶのはなー」

「落ち着いたぐらいにいっしょに行きましょうよ」

「せやね。わたし、並ぶんめっちゃ嫌いやし」

「北川さん、のんびりしてそうやのに、二、三人でも待ってたら絶対行かないですよね」

岩井みづきは笑って、また出かけていった。

春子は、いつものんびりしてていいね、と人からよく言われる。確かに自分は、怒ったりすごくはしゃいだりすることはほとんどないので、そう見えるのだろう、と思う。だけどそれは、のんびりだとかおおらかだとかいうのとは少し違うと、自分では感じている。

とにかく、感情が上がったり下がったりすることや、無理をすることが、子供の頃から好きではない。皆で熱狂して盛り上がる学校行事は特に苦手だった。その期間は居心地が悪く、級友たちが練習に来る来ないでもめたり、あるいはみんなで力を合わせたことが成功して感極まって泣いたりすると、どうふるまっていいかわからず、その場から離れたくなった。

そんな自分の性格はよくわかっているので、希望通りの職務内容や条件でなくても、今の仕事や暮らしはそれなりにいいのではないか、と春子は思う。

大家さんの庭に入れるようになったのは、そんな生活の中でもいい変化だった。一階の入れない部屋の外にある濡れ縁に腰掛け、見るたびに色や形が少しずつ変わっている草花を眺めると気持ちがなごんだ。ときどき、ゆかりも庭に出てきて、世間話をする。ほとんどはゆかりがずっとしゃべっているのだが、週末だけならそれも楽しかった。

会社の帰り、春子がバス乗り場の長い行列の最後尾にいると、

「北川さーん」

と声がして驚いた。

少し先に停まった青い軽自動車の運転席から、遠藤沙希が手を振っていた。

「帰らはるとこですか？　乗って行きます？」

一瞬迷ったが、バスが遅れているようだったし、春子は後部座席に乗り込んだ。

「どうも、遠藤です。お世話んなってます」

助手席で振り返ったのは、沙希の夫、ゆかりの甥である遠藤拓矢だった。拓矢も仕事帰りらしく、スーツを着ていた。

春子がなんとなく想像していたいわゆるヤンキーっぽい感じではなく、どちらかというと気の弱そうな、でも愛想のいい若い男だった。

「えっ、北川さん、車ないんですか？　どうやって生活してはるんですか」

沙希が素直に驚いた声で言い、春子は思わず笑ってしまった。

助手席の遠藤拓矢は、グレーのスーツを着ており、そのよれ具合も、短い黒髪も、いかにもごく普通の勤め帰りに見えた。確か、物流関連の会社で働いていると聞いた。まいど、と言い出しそう。春子は、自分の職場や仕事先で接する男性のことを連想した。大阪の街なかにある会社で働いていると、若くても彼らは商売用大阪弁とでも名付けられそうな挨拶や会話の調子を短期間に身につけていく。さすがに「どないでっか、ぼちぼちでんな」は漫才の世界だが、「そらあきませんわ、ほんまですか」など抑揚の大げさな言葉は仕事の場で飛び交っている。

「車なしで買い物なんかできるんですか？」

滑らかにカーブを曲がりながら、少々頓狂な声で沙希が聞いた。走行は安定していて、普段から運転し慣れているのがわかる。

「バスと、電車で」

春子は以前は自転車も使っていたが、このあたりは坂が多いこともあって、ほとんど乗らなくなってしまった。

「えー、重いじゃないですか」

「それなりに、なんとか」

沙希はここよりも国道沿いに二十分ほど走ったあたりで育ったと言っていたから、買い物も車で行くのがごく普通の生活だったのだろう。

春子の実家は、大阪の真ん中の繁華街、狭い道を車と自転車と人が接触しそうになりながら暮らしている場所にあり、車で移動するのはかえって不便なくらいだった。

「免許も持ってないんですか？　ほんまに？」

「うん。運転、向いてないから」

小学校六年のときだったか、同級生たちと行った遊園地でカートに乗ったところ、カーブを突っ切ってフェンスに衝突し、春子は左腕を骨折した。慌てるとアクセルを踏み込んだりハンドルを握る手が硬直したりしてしまう自分の性質を、春子はよく理解した。高齢者の運転する車がアクセルとブレーキを間違えて店に突っ込み、などといったニュースを見るたび、他人事ではなく怖ろしくなる。しかしそのことは、沙希や拓矢には話さなかった。

沙希は車を運転するのが好きなようだった。ときどき一人で、生駒の山道を走ることもあると言った。

「あ、そうや、聞きました？　眼鏡強奪するやつ」

「ああ、ゆかりさんと、中川さんっていうご近所の人から……」

「わけわからんな。そんなん集めてなにするんやろ。人の眼鏡なんか、度が合うてないから使われへんやん」

拓矢は、心底理解できないという口調だった。

「世の中いろんな人がおるなあ」

「眼鏡の中古買い取りってあるんかな」

「中川さんて、今、うちの整形外科に来てる腰痛のおばちゃんと息子同士が同級生やったらしくて、その息子さんは国道沿いの中古車センターにいてるらしいねんけど」

「あ、おれ知ってるわ、その人って……」

沙希と拓矢が話すのを聞いていて、自分よりもかなり若いのにそれなりに近所づきあいがあるのやなあ、と春子は思った。拓矢は亡くなった大家さんの孫だから、子供のころからあの家には来ていただろうし、今はゆかりさんがいることもあるが、自分とはずいぶん状況が違う。

直美も、この街に暮らしている年数は春子と変わらないが、地元の行事にも参加しているし、保育園に子供を通わせている親同士で交流があって、いくつかの家族でバーベキューに出かけたりもしていた。やはり一人暮らしは近所づきあいや地域社会の人間関係から外れた存在なのかもしれない、と春子は思った。

車のヘッドライトに照らされる町は、歩いているときとは違った、見慣れない家たちに思えた。

「北川さんは、一人って、勇気ありますよね」

沙希が言って、春子は我に返った。沙希は、例によって、嫌味も悪気もない声だった。

「一人で住むこと？　今はなんでも便利やし、そんなたいしたことじゃないよ。気楽やし」

「わたしは無理やなあ。ずっと一人やなんて、さびしすぎるやん」

「おれも、結婚する前は実家やったんすよね。なんでも自分でせなあかんのって、めんどくさいやないですか。えらいですね、一人暮らし続けてはるって」

沙希と拓矢が住む黄色い家の前で春子は車を降りた。その隣には大家さんの家の門があった。春子が使っているのとは別の、門柱に石の表札がついた立派な門だった。その手前のスペースに、白い軽自動車が停まっていた。大家さんがいた頃は、車はなかった。ゆかりさんも車を運転するのか、と春子は気づいた。東京でも郊外のほうに住んでいたと言っていたから、車が当たり前の生活だったのかもしれない。

門が閉まっていたので暗い路地をぐるっと回って自分の部屋に向かいながら、春子は、免許を取ったほうがいいのだろうか、と今さらながらに考えていた。

6

「ほとんど趣味でやってるようなお店なんだけど、今日はね、ライブがあるんだって。ライブって言ってもね、それもまたご近所の人が趣味でやってるのを披露するってだけみたいなんだけど」

坂を下りながら、ゆかりはこれから行く店のことを春子に説明した。祝日の午後、周囲の家の木々は紅葉が始まっていた。

　バスが通る道沿いにあるその店「山帰来（さんきらい）」は、住宅の一階を改装して、先月オープンしたばかりらしい。二人いる子供が独立したから夢だった自分の店を、と楽しげに話しかけてきた店主でこの家の主婦だった女性は、ゆかりにタイプがちょっと似ている、と春子は感じた。手作りのステンドグラスやいびつな形のコーヒーカップを眺めて、同級生の家を思い出した。あのお母さんもいつか喫茶店をやりたいって言ってたっけ。

　店の中は、似たような年齢の女性たちで半分ほど席が埋まっていた。

　濃いコーヒーを飲み終わったところで、ギターを抱えた、春子より一回りほど年上と思われる男性が出てきた。握り鮨の絵が描かれたTシャツにジーパンといういたって普段着の、無精髭（ひげ）に濃い眉毛。彼は、店主にこの町の若大将だとかなんとか紹介されると、カウンターの前で演奏を始めた。

　春子は、そのギターにも声にも聞き覚えがあった。先日、直美と歩いていたときに聞こえてきた、あの歌だった。とてもうまいというのでもないし、曲が特別いいのでもなかったが、気分よさそうに歌っているのを見て、春子はなんだか羨ましいと思った。

演奏が終わって帰るとき、ゆかりは店にいた他の人と挨拶をしあっていた。春子はそれを見て、なんかすごいなあ、と思った。

越してきてひと月半くらいなのに、六年以上住んでいる自分よりこの町に馴染(なじ)んでしまっている。自分は昼間は会社に行っていて不在だとはいえ、どこかで人づきあいを避けていたのかもしれない。ゆかりさんをきっかけに少し交流が広がりそうだし、これからはもっと近所に目を向けてみようか、と思いながら部屋に戻って、掃除をして、消しゴムを彫った。

春子は、今の生活が、じゅうぶんいい、と思った。仕事があって、明日や来月のことがだいたい予測できて、それなりに好きなことも楽しめて。やっと、自分自身の生活というものを自分の力で営んでいる実感が持ててきたのだ。

二日後の土曜日、天気がよかったので、春子は、洗濯をして布団を干した。十一月に入って朝方は寒いというほどでもなくひんやりした空気は心地よかったが、そろそろ冬物の服を出さなあかんな、と階段下の納戸から洋服の入った布製の収納ボックスを出し、二階の洋室へ運んで床へ置いた、その瞬間のことだった。

突然、右の脇腹に激痛が起こった。

腹の中から殴られたような、強く重い痛みだった。春子はうずくまり、そのまま床に倒れ込んだ。

7

春子は床にうずくまったまま、じっとしていたが、痛みは脇腹から腰まで広がっていた。盲腸？　それとも婦人科系のなにかだろうか。以前、検診で小さな筋腫があると指摘されたことはある。重いものを運んだからぎっくり腰というやつだろうか。人の体験を聞いたことは何度もあるが、自分は腰痛もほとんどないタイプだったのでわからない。

床に転がった状態で体の向きを変えるだけでも、鈍い痛みが襲い、冷や汗が噴き出した。腰を伸ばすことができないのでほとんど膝を抱えるような姿勢で横向きになっていたが、一向に治まる気配はない。それどころか、だんだんと痛みは増しているように感じる。これ以上の痛みはないと思えるような重く鈍い痛みが、体の内部からぐいぐいと腰骨を押してくるようだった。

腕を伸ばしてなんとかスマートフォンをつかみ、やっと硬い床からベッドに這(は)い上がった。

横になった姿勢で見にくい画面に症状を入力し、検索してみた。虫垂炎、腸閉塞(へいそく)、腸捻転……。しかし、自分で判断できるはずもなかった。その間にも、全身から冷たい汗がだらだらと流れてきた。

救急車。さっきから何度か思い浮かんでいた言葉がだんだんとはっきりしていく。ベッドの端まで移動して母屋を見たが、めずらしく雨戸が閉まっていた。ゆかりさんは、どこか遠くへ出かけたのだろうか。遠藤宅も、窓は閉じているし、沙希や拓矢に助けを求めるのは気が引けた。

タクシーを呼んでどこか救急病院へと頼むことは可能だろうか。こんな状態で乗り込んでは迷惑をかけてしまうだろうか。救急車。でも、必要のない人が救急車を呼ぶことで医療機関に負担がかかってほんとうに緊急の人の命に関わると、よく報道されている。腹痛くらいで救急車を呼ぶなんて、それもやはり社会に迷惑をかけてしまうのではないか。それに、サイレンが鳴って救急車が到着したら、近所の人が驚くかもしれないし。

痛みのあまり周期的に頭から血が引いていって、貧血のような症状にも耐えながら、春子は救急相談ダイヤルというのに電話を掛けてみた。女性の相談員がすぐに出て、的確に症状を尋ねていった。そして、言った。

「救急車を呼んでください」

「ほんとうに、呼んでもいいんでしょうか」

「ええ、今の状態をうかがうと、救急車を呼んですぐに病院で診察を受けたほうがいいです。この電話を救急につなぐこともできますよ」

迷惑、社会の負担、ご近所……、それまでも散々考えたことが頭に浮かび、そうするとこんな痛みはたいしたことがないのではないか、自分が大げさなのではないか、とやはり春子には感じられた。

「……もう少し、様子を見ます」

早いうちに病院に行ってください、と電話の向こうの女性の声が、水の中で聞くようにぼんやりと響いた。はっ、と春子は我に返り、もしかして気を失いかけたのか、と不安になった。そのまま、ただじっとしていた。直美は夫の実家で明斗の誕生日会だとインスタグラムにケーキの画像をあげていたし、両親は一週間旅行に出かけると四日前に電話があった。しかも、ハワイ。自分の今の状況と南国の島はあまりにも結びつかず、また頭がぼうっとなった。以前働いていた職場の上司が、自宅で脳出血を起こした際に自分で救急車を呼び、玄関を開けておくから入ってくださいと告げて鍵を開けてから倒れ、そして助かった、という話を思い出した。

十分、十五分、二十分。じりじりと進む時間を何度も確かめたが、痛みは治まらないどころか、吐き気まで強くなった。春子は意を決し、スマートフォンで、一一九番に掛けた。

狭い路地をストレッチャーに乗せられて運ばれるとき、きれいな青空が見えた。秋の終わりの高く澄みきった空だった。救急隊員の質問に答えながら、そのときでもまだ春子は、自分はそれほど重症ではないのではないか、休日にこんなに何人もに来てもらって迷惑をかけている、ということばかりが気になっていた。救急車に乗っても、隊員が病院に連絡をしては断られているのが聞こえてますますその気持ちは大きくなった。


春子は、初めて名前を聞く病院に到着し、裏手の救急入口から移送車に乗せられて長い廊下を移動した。病院内には人はあまりおらず、休日やもんな、と春子は薄い意識の中で思った。気が遠くなりかけるたびに、強い痛みでまた意識がはっきりとした。医師の診察、レントゲン、採血、と部屋を移った。広そうだが、どのくらいの規模の病院なのか、春子にはわからなかった。どこにあるのかもわからなかった。そして痛みの原因も、なかなか判明しなかった。車椅子に移って、超音波の検査を待っているとき、あまりの痛みに上半身を完全に折り曲げて腹部を押さえていたら、通りかかった人が「わあ、痛そう」と言ったのが耳に入った。

まだ原因は突き止められない、次はCTをとるので少し待っていてください、と告げられ、診察室の隣のベッドに春子は寝かされた。部屋を出て行こうとした看護師に向かって、春子は、やっとのことで声を出した。

「あの、痛いんですけど、これだけでもどうにかならないでしょうか」

原因が確定しなければ痛み止めは使えない、と看護師は申し訳なさそうに説明した。痛いので眠ることもできなかった。CTでもわからず、次は血管に造影剤を入れて撮影をしたいので、承諾書に署名をしてほしい、と書類を渡された。なんとかボールペンを握って名前を書いたが、そこには家族が署名する欄もあった。看護師は、今の状態だと入院になりそうなのでご家族に連絡を、と言った。今遠方にいて、と春子は答えた。ハワイの時差は何時間だったか、そんなことを考える余裕はなかったし、いずれにしろ両親を呼んで署名をしてもらうのは無理だった。

家族の承諾がなければ、検査や入院や、もしかしたら緊急に手術なんていうことがあったらどうなるのだろうかと思うと不安になり、ますます気分が悪くなった。

原因が判明するまで、病院に到着してから五時間近くかかった。尿管結石、と説明された。結石がレントゲンやCTに写りにくい場所にあり、なかなかわからなかったらしかった。やっと、痛み止めの点滴が始まった。春子は少しだけうとうとしたが、すぐに目が覚めた。痛みはましになったような気もしたが、もう自分がどれくらい痛みを感じているのか、判断できなくなっていた。

外は、もう暗かった。春子は、入院の書類にサインをし、点滴をつけたまま車椅子で運ばれ、六人部屋に入った。三階、ということはわかった。廊下側、ドアのすぐ右のベッドに寝かされた。他の病床は全部埋まっているようだった。食事の時間らしく、閉めたカーテンの向こうで、人が行き来する気配があった。

春子が持ってきたのは財布とスマートフォンだけだった。休日なのでスウェットパンツとTシャツにカーディガンを羽織っていて、その格好のまま寝ていた。スマートフォンは充電が残り少なくなり、誰にどう連絡するか、考えなければならなかった。

朝、目が覚めて、自分を取り囲む薄い黄色のカーテンを見たとき、春子は自分がどこにいるのか、一瞬わからなかった。自分の左腕に刺さった針から伸びるチューブを目で追うと、つり下げられたパックから透明な液体が一定のリズムで落ちているのが確認できて、ほっとした。

春子は、直美に着替えを持ってきてほしいとメールを送った。送信した直後、電話がかかってきた。知らない番号だった。病室なので出られず、切れてから留守電のメッセージを聞いた。電話をかけてきたのは、ゆかりだった。


薄黄色のカーテン越しに、窓際の患者を訪ねてきた人の声が聞こえてくる。周りに遠慮して小声で話しているからはっきりとは聞こえない。さっきカーテンの隙間からちらっと見えた姿から、患者の家族、おそらく夫と娘だろう、と春子は推測した。隣は高齢の女性、通路を挟んだ廊下側のベッドには四十代後半くらいの女性がいるのはわかった。

夜中に春子は、周りの人を起こしてしまっては申し訳ないと思いつつ、痛み止めが切れた途端にやっと治まっていた激痛が戻ってきて、ナースコールを二度も押してしまった。

それが朝起きたら、痛くなかった。腰から脇腹にかけて覆っていた鈍い重さのようなものがすっきりしていた。痛くない、それだけでどんなに幸せなことか、と天井を眺めながら春子は思った。窓から離れていても、穏やかな陽光が部屋を照らしているのが感じられた。日曜日か。昨日の突然の痛みからまだ丸一日も経っていないなんて、信じられなかった。ずいぶん時間が経った気がする。

春子は起き上がって、おそるおそる足をベッドから降ろした。痛みを感じないのは痛み止めが効いているからで、痛みの原因そのものがなくなったわけではないのはなんとなくわかる。輸液パックから伸びたチューブは、左腕につながっている。キャスターがついた金属製のポールごとうまく歩けるのかと不安だったが、そろそろと動き出してみると意外にスムーズに進んだ。

廊下を歩き、ナースステーションを通り、突き当たりの談話室まで行ってみた。休日だからか、三組ほどがソファに腰掛けて話している。春子はテレビからいちばん遠い椅子に座ると、ゆかりに電話をかけた。

「春子さん⁉　だいじょうぶなの？」

大きな声に思わずたじろいだ。

ゆかりは、春子が搬送されるのを目撃した近所の人から連絡をもらったらしい。救急車で運ばれたらしいとだけ聞いたから、かなり心配していたようだった。

所用があって東京に来ているが今から帰るので病院に向かう、なにか必要なものはあるか、といつもの早口で言う。必要なものは友人に頼んだ、すぐに退院できそうだと告げても、ゆかりは心配そうだった。

春子はそのまま、売店まで行ってみることにした。エレベーターの横にある院内図で経路を確かめ、一階に下りた。長い廊下を進む。けっこう大きな病院やったんやな、とあちこちを見回した。昨日は周りを見る余裕などまったくなかった。

外来病棟のいちばん端で、売店はひっそり営業していた。今日は、お昼過ぎには閉めてしまうようだ。週刊誌、スナック菓子、衛生用品……。春子は今まで、自身も入院したことはなかったし家族の看病に通った経験もなかった。棚に並ぶものを見ていると、入院や病気というものが、急に実体のあるリアルなものに感じられた。なにを買えばいいのか迷ったが、とりあえず、歯ブラシと保湿クリームを買って部屋に戻った。

午後三時過ぎに、直美がやってきた。

「ごめんね、遅なって。こんなときに限って明斗はごねるし、森田くんは残業続きやってしんどいから明斗は連れて出てって言うし」

「いいねん、いいねん、こっちこそせっかく休みの日に……」

春子がメールで頼んだ着替えや充電器を直美はきっちり買ってきてくれていた。

「それはもう、すごい痛さやって、今、痛くないのが信じられへんくらい」

談話室で春子が話す一部始終を、直美はホラー映画でも観るような表情で聞いた。

直美が帰って一時間後、ゆかりがやってきた。タオルや雑誌を買ってきてくれていた。


「心配したわよ、救急車だなんて」

「すみません、結石で、たいしたことなかったのに、お騒がせしてしまって」

「痛いわよ、結石は。うちの夫も二回なったんだけど、いい年して泣いてたもの。二回とも。なんとかしてくれ、なんて叫んじゃって」

ゆかりが身振り手振りで話す様子がおかしく、春子は思わず笑ってしまったが、そうするとまた腹の奥に痛みを感じた。春子が部屋の戸締まりなどを頼み、しばらく話したあとで、不意に、ゆかりがつぶやいた。

「病院って、どうしてどこも同じにおいがするのかしら」

ゆかりは、照明が半分消されて薄暗い廊下のほうにぼんやりと視線を向けていた。消毒液ともうすぐ運ばれる夕食のにおいと、それからなにかはわからないが水っぽいむっとするような空気がそこに満ちていた。

少し前に、母屋の縁側に座っていたゆかりの姿を、春子は思い出した。他界した夫は入院していたのだろうから、つらいことを思い出させてしまったのかもしれない、と春子は気になったが、ちょうど面会時間終了が近づいたというアナウンスが流れ、ゆかりは立ち上がった。

「家のことも、やっておくことあったら、なんでも言ってね。遠慮しないでね。体が弱ってるときは、どんどん人を使っていいのよ」

春子は、頷いた。

夕食は、昼よりもしっかりしたお粥になり、おひたしと白身魚もついていた。たいして食べていないのに、点滴をしているせいか、空腹は感じていなかった。あまり味はなかったが、食べると多少安堵(あんど)した。

病院の早い消灯時間が来て、春子は、横になって布団を被ったが、昼間も夕方も二時間ほど眠ったせいで、少しも眠くならない。通路を挟んだベッドの患者も、起きているのが気配でわかる。夕食も取っていなかった。看護師が来る回数も多く、なんの病気かはわからないがあまりよくない状態のようだった。

自分は結局は、命に関わる病気ではなかったし、なんだったら不摂生の結果かもしれない。直美もゆかりも心配してくれたが、考え出すと、春子はやはり、救急車に乗って、今ここに入院していることが申し訳なく思えて仕方なかった。スマートフォンで検索してみたら、プロレスラーやいかついアクション俳優もその痛みにはのたうち回った、という記事がいくつか出てきて、それを読んで自分を納得させた。

　通路を挟んだベッドの人が、大きなため息をついたのが聞こえた。あの人には今日は面会の人は来なかったな、と春子は思う。隣のおばあちゃんも訪ねてきた人はいなかった。

　承諾書、身元保証人。今朝あらためて、看護師から書類を渡された。身内は今すぐには来られないことを説明すると、若い看護師は上司に確認すると言っていた。

　もし、なにか別の病気で、緊急の手術になっていたら……。同意書にサインする人が誰もいなければ、どうなるだろう。この先、両親が他界するなどしたら、誰に頼むのか。千葉にいる兄、叔母、叔父、いとこ？　誰までなら身内として認められるのか、頼めるような関係なのか。

　春子は、初めて部屋を借りたときのことを思い出した。

　そのときは契約社員だった。不動産屋で、保証人はと聞かれて父親を挙げると、自営業ですかー、と芳（かんば）しくない反応が返ってきた。中にはいやがられるオーナーさんもいらっしゃるんでね、とそれまでのにこやかな口調が変わったことに、春子は居心地の悪さを感じた。部屋は無事に借りられたし、今回の入院もなんとかなりそうだが、家族が疎遠だったり連絡を取れない事情があったりする人はどうなるのか、春子は暗く静かな病室でつい考えてしまっていた。

普段は一人で暮らすこと自体はつらいともさびしいとも思わないが、血縁か婚姻の家族関係を前提に成り立っている世の中の仕組みがあまりに強固で、重要な場面でそこから外れていることを突きつけられる。そうして、家が借りられなかったり保証金が高くなったり、こうして命に関わることもある。

そもそも、家族がいない人だっている。仕事や生活の心配や、倒れても誰にも気づいてもらえなかったらとは今までにも考えたことがあったが、保証人や同意書という言葉は、なにか大きな動かせない塊のような不安を、春子の中に生み出していた。

8

整形外科の受付カウンターで応対をする沙希は、普段の沙希に比べて年相応に見えた。

制服である紺色のベストに白いシャツのせいだろうか。いつもなら耳の前にちょろっと中途半端な毛束を残して下ろしている長い髪を、うしろで一つにまとめているせいだろうか。高校卒業後から働いているなら七年だから、落ち着いて見えるのも当たり前か、わたしは二十五のときは、まだ学生気分が抜けていなかったな、と春子は長い待ち時間の間、ときどき沙希を見ていたが、沙希のほうは春子を気にする様子はなく、自分の職務をひたすらこなしていた。

壁に沿ってコの字型にソファが並べられた待合スペースには、座りきれないほどの患者がまだいた。足を骨折した小学生男子と手に包帯を巻いた作業服の若い男性、春子と同年代のスーツ姿の女性……。患者は高齢者ばかりだと前に沙希が言っていたが、受付時刻終了ぎりぎりの今時分は学校や勤め帰りの人が多いのだろう。

ソファにいた人が一人減り二人減り、ようやく春子の名前が呼ばれた。

先週の月曜日に、二泊三日過ごした病院を退院したあと、家で三度ほど痛みが強くなったことはあったし、石はまだ出てこないが、特に問題もなく過ごしていた。ただ、入院騒ぎで動揺したのか、三日間休んだ分仕事をしなければと焦ったせいか、金曜に会社の階段で足を滑らせ、三段分落ちて、足首をひねった。なかなか痛みが治まらず、一週間経っても足をかばって不自然な歩き方をしていた。上司や同僚が、まだ治っていないのか、骨にひびでも入ってるんちゃうかと、今日の昼に急に口々に言い出し、仕事も忙しくない時期だったので、早めに会社を出て、沙希の勤める整形外科に来てみたのだった。

　レントゲン室に入ると、春子の脳裏に二週間前の病院でのできごとがいっぺんに思い浮かんだ。あれから二週間、早いような気もしたし遅いような気もした。とにかく、痛みがないというのは平和だった。足首の痛みは、あのときの痛さに比べればどうということもなかった。

　そしてその感覚の通り、軽い捻挫でたいしたことはない、という診断だった。会計を待っていると、カルテの棚の間から顔を出した沙希が声をかけた。

「もうちょっと待っててもらったら車で送りますよ」

　足を気遣ってくれていたのか、とそのあとも特別愛想よくはない沙希の顔を見て、春子は感心した。


　駅前のコーヒーショップで二十分ほど過ごしていると沙希から連絡があり、ロータリーへ出ると見覚えのある青い軽自動車がやってきた。春子は、この間は後部座席に乗ったが、今日は助手席だった。大げさに包帯を巻かれた足首では歩きづらかったので、車で送ってもらえて助かったと思った。

　拓ちゃんは職場の人と飲みに行くらしい、と沙希は運転しながら話した。

広い駐車スペースがあって車で通勤できるから今の整形外科に転職した、春子の応対をした看護師が苦手だ、先生はもう一人の若い人のほうがいい、などと家に着くまでに沙希は職場の事情をあれこれと春子に教えてくれた。

黄色い家の狭いガレージスペースに沙希が器用に車をバックさせているときに、春子は思いきって言ってみた。

「あのー、ごはん、食べへん？　もしよかったらやけど」

沙希は少し考えるような顔をしてから、いいっすね、と答えた。

母屋は明かりが消えて留守のようだったので、春子が離れ側の路地へ回ろうか迷っていると、

「通っていいんちゃいます？　開いてるし」

沙希があっさり門を開けて庭に入っていった。

「ゆかりさん、出かけてはるのかな」

「また東京って言うてましたよ。やっぱりなんかあると思いません？」

「いやー、だってずっと東京に住んではったんやし、用事もあるんちゃう？」

そうかなー、と沙希はちょっとおもしろがっているような声だった。暗い庭では、もう秋の花も紅葉も終わりで、乾燥した葉が風でかさかさと鳴っていた。

「へえー」

離れに入ると、沙希は無遠慮に部屋の中をあちこち見て回った。

「正直もっとぼろい系かなと思ってました。めっちゃいい感じやないですか」

「うん。わたしも最初部屋に入ったときに当たりやわ、って思って」

「洗面台、うちよりいいやつやん。えー」

興味のままに動いているような沙希に対して、春子は子犬みたい、と思った。

「でも、やっぱり冬はどっかから隙間風が入って寒いんよね」

「あ、それ困る。わたし寒いの無理」

沙希が肩をすくめるのを見て、そや、ガスストーブを出さないと、こたつも、と春子は思った。

冷蔵庫にあった食材を集めて鍋ということにした。お見舞い、と言って職場や得意先の人たちがやたらとお菓子をくれたので、食べきれないそれをもらってもらおうと思ったのも、春子が沙希を夕食に誘ってみた理由だった。

まあまあ料理うまいですね、と沙希は春子の適当な鍋を評した。

座卓で向かい合って食べながら、春子が入院騒動の顚末(てんまつ)を話すと、沙希は顔をしかめて聞いていた。

「結石って、おっちゃんの病気とちゃうんですか？」

「わたしもそんなイメージあってんけどね。若くても女の人でもけっこうなるらしい」

「そんな目に遭いたくないわあ」

沙希の感想はほんとうに素直だ、と春子はまた感心した。他の人も気遣っていろいろ言ったり言わなかったりするが、沙希が言うようなことを思ってるんやろうな、と思う。

沙希の携帯電話が鳴った。なんの躊躇もなく沙希は電話に出て話し始めた。

「あ、ハハちゃん？　え、今日休みやったっけ？　ビルの点検？　ほんまに。ハハちゃんはごはん食べたん？」

電話の相手は、どうやら沙希の母親らしかった。沙希は五分ほど話してから電話を切ると、これから母がうちに来る、と言った。

「ははちゃん、って呼んでるの？」

春子は聞いた。沙希は、母親に向かって、「おかあさん」でも「ママ」でもなく、ハハちゃん、と呼びかけていた。

「小学校に入ったときに、ママって言うたのを、男子に赤ちゃんみたいとかって笑われて、なんて呼ぼうかいろいろ試してるうちに、なんかそうなって。母やから、ハハちゃん」

「かわいい呼び方やね」

「そうですか?」

沙希は、自分が五歳のときに母が当時の夫と離婚して以来どれだけ苦労して自分を育ててくれたかについて話した。

女手一つでっていうやつですよ、結婚する前は機械の会社で事務やってたんですけど、離婚してからは昼間はスーパーや倉庫でパートに行って、夜は知り合いのスナックで働いて、十年くらい前に勤めてた飲み屋のおかみさんが引退しはるんで店を任されることになってからはずっとそこをやってて、料理うまいしお客さんとしゃべるのが向いてるタイプやから結構人気あるんですよー。

母親を「ハハちゃん」と呼ぶ沙希は、父親のことは「父」やそれに類する言葉では一度も言わなかった。「お母さんが結婚してた人」や「その人」などと言い、「父」という言葉を避けているのが、春子にもよくわかった。

「その人」には離婚以来会っていないし、「その人」の顔さえあまり覚えていないが、叩かれたり怒鳴られたり、そんな記憶だけがある、と沙希はあまり感情のこもらない口調で言った。

「ハハちゃんは家におらんことがほとんどやったんですけど、小学生のときは、おじいちゃんとおばあちゃんちにずっといてたんですよ。犬もおって、柴犬とマルチーズのハーフ。めずらしいでしょ。全体には柴犬で毛がマルチーズ。だからさびしくはなかったんですよー。でも、おじいちゃんは三年前に亡くなって、おばあちゃんもこのところ膝やら腰やら痛いってよう言うてて、心配やねんな――」

沙希は、春子が差し出したカステラを食べ、一息ついてから、ぼそっとつぶやいた。

「一人はいややな……」

それから、お茶を飲み干すと、部屋の中をぐるりと見回した。

沙希が「一人暮らし」にやたらと反応していたのは、子供のころのさびしい経験があるからなのか。

春子は、沙希の横顔を見ながら思った。家にいつも両親がいてあれこれ言ってくることを煩わしく感じて育った自分には、一人になりたくないという沙希のさびしさを心からわかるのは難しいかもしれない。

もうちょっと片付けといたらよかったな、と春子は沙希の視線をたどって自分の部屋を眺めた。

鍋や食器類は、インテリア特集の写真のように統一されてはいない。少しずつ買い集めた植物や幾何学模様がデザインされた北欧のものもあるが、実家から持ってきてそのまま使っている贈答品の皿や椀もある。カーテンやクッションの類いも、なんだかごちゃごちゃしている。さらにそこに自作の刺繡や消しゴム版画を飾っている。

「北川さんは、こんなとこで一人って、変わってますよね」

風神雷神をモチーフにした消しゴム版画に目をやりながら、沙希が言った。今は髪を下ろしていて、厚ぼったい前髪が目に入りそうになっている。

「一人暮らしの友達、多いけどね」

「そうなんですか？　そうかー」

沙希の口調は、感心しているのか、驚いているのか、それともなにか別の思いがあるのか、相変わらずよくわからない。

春子は立ち上がって、お茶を淹れ直し、今度はクッキーの缶を開けた。

「けっこう気楽なもんやけどね。好きなことしてても、なにも言われへんし」

「言われてたんですか？　家族に？」

沙希の黒目がちな丸い目が、春子を見上げていた。春子は少し逡巡してから答えた。

「そうやね、ちょっとね」

「そんなん、どこの親でもそうちゃうんですか？」

「せやね」

同僚がくれたクッキーは、甘かった。春子は、ふと思いついて、聞いてみた。

「沙希ちゃんのお母さんって、何歳？」

「四十……五？」

「そうかー、わたしと六つしか違わへんのか」

二十歳のときに沙希を産んだ計算になる。春子の中学の同級生にもそれくらいで子供を産んだ子がいるにはいたが親しくはなかったし、目の前にいるじゅうぶんに大人の数時間前まで仕事もしていた本人ではなく、その親のほうと年齢が近いのは、春子にとってはやはり驚きと、自分はそんな年なのかという感慨があった。

沙希のほうは、母親と春子の年が近いことは意外ではなかったのか、複雑な表情をしている春子のことは気にも留めずにお茶をすすって、言った。

「ハハちゃんはね、美人ですよ。わたしの自慢やねん」

素直に、心からそう思っているという感じで、沙希は楽しげだった。

今どきの若い子は就職の面接なんかでも尊敬する人を聞くと半分以上が両親や家族だと言うのだと、仕事先の人に聞いたのを春子は思い出した。それが「普通」なんやろなあ、おかしいことやないし、尊敬してるんはもちろんええことやけども、なんか世界が狭いというか、などと、そのとき周りにいた人たちも、なにか腑に落ちないような反応だったことも。春子も横で肯きながら、だけどどこが妙な感じがするのか、うまく説明できないと思っていた。

インターホンが鳴り、その直後に窓の外から、

「さきー」

と呼ぶ声が聞こえた。ハハちゃんや、と沙希は言って、春子よりも先に階段を駆け下りた。

「どうも、お世話になってますー」

沙希の母親、律子は、夜の静かな住宅地にそぐわない明るい声で言った。

近頃はテレビドラマを見ても、自分が学生時代にアイドルだった女優が母親役をやっていて、高校生の母親にしては若すぎるんじゃないかとか、もうそんな年齢になったのかとか、いろいろの感慨を春子は抱くのだが、律子を見た瞬間もそれに近い気持ちになった。

律子は、赤味がかった茶色に染めた髪をきらきらしたバレッタで留め、フード付きのスウェットを羽織った家にいるような格好だったが、だらしない感じはしなかった。

確かに目も輪郭もまるい顔で沙希と似たかわいらしさがあるのと、愛想のよさのせいかもしれない。

「ハハちゃんも、お茶飲ましてもらう？」

沙希は、機嫌がよかった。

「なに厚かましいこと言うてんの、もう、すいませんねえ」

と言いながらも律子は靴を脱ぎ、

「へえー、中はこんなんになってんのやねえ」

沙希とまったく同じような反応をしながら階段を上がったので、春子は笑いそうになってしまった。

お菓子を食べながらどうということもない会話をする沙希と律子は、いかにも仲のいい母娘という感じだった。

春子やゆかりとしゃべっているときの沙希と、職場で黙々と仕事をしていた沙希と、母親に対して子供みたいな沙希と、同じ沙希と言えばそうだったし、違う人にも見える、と二人を眺めながら春子は思った。

「今日は、沙希さんの職場でお世話になって。この辺でどこの病院に行ったらいいかわからなかったから、すごく助かりました」

「混んでたから、だいぶ待ってもらってん」

「仕事してるときは、すごくきりっとした感じやったね。わたし、あんなにてきぱきできへんかも」

「ほんまですか？　この子、うっかりしてるとこあるから、周りに迷惑になってなかったらええんやけど」

沙希がなにか言いかけた横から律子は言い、そして、湯飲みの柄を確かめるように見ながら続けた。

「まあ、女やからねえ、あんまり仕事必死にやっててもかわいげがないでしょ？　料理やら家事はできなあかんけど、外に出たらまずは愛想よくしてるのがいちばん。とにかく人に迷惑かけたらあかん、誰からも好かれる人間になりなさい、ってそれだけは何遍も言うて育ててきたんですよ」

沙希は、律子の隣で笑ったような顔のまま聞いていた。

「だってね、この子がどういう人になるか、どういう人生送るかは、全部、育てたわたしの責任やないですか？」

母親一人で子供を育てるというのは、現実的な苦労も周りからのプレッシャーも相当あるやろうな、と春子は律子の言い方から感じた。律子は年齢よりは若く見えるが、春子の同級生たちや仕事で知り合う同年代の女性たちと比べると、疲れた雰囲気があったし、実際に顔色もくすんでいた。

律子は沙希とは三日前にも会ったようだったが、それでも話すことがあれこれあるらしく、しばらく近所の誰かについての噂話などをしていた。

「あんたの同級生のマリちゃん、お姉ちゃんと二人とも結婚してへんらしいからねえ。やっぱりええとこの大学出たら高望みになるんかしらね」

春子が、この話の展開は自分の苦手な、そして実家に帰るたびに繰り返される同級生の母親たちや親戚たちの会話のパターンやな、と警戒しかかったとき、沙希が遮るように言った。

「北川さんは、一人が楽しいねんて」

「あら、いいですねえ、楽しめる人は。それも才能やと思うんですよ。うちなんかねえ、親子揃ってなんの取り柄もないから」

「わたしも、そんな……、べつに全然普通ですよ」

春子が少し戸惑って返答すると、さらに沙希は言った。

「美術大学に行ってはったんやんね」

「ほら、才能あるんやないですか。やっぱり、違うと思たわあ」

壁に掛けてある刺繡や版画を指さして、律子は言った。自分では出来に満足していないそれらを飾っていることを、春子は急に後悔した。

律子は上機嫌で、大げさな抑揚で言い続けた。

「うちらとは、ちゃうねえ。なんか、着てはるもんもしゅっとしてはるし」

誉められているのかなんなのか、よくわからない。沙希と同じく、思ったことを素直に口に出しているだけだと、春子は思った。思うことにした。

律子は、話しながらも、食器を流しに下げて洗い始めた。その手際のよさのせいというか、習慣になっている動作の一部として滑らかに片付いていくので、春子が遠慮を口にする隙もなかった。

「沙希も、小学校のときはよう絵を描いてたけど、そんなんはもう子供の落書きやから」

流し台の前に立ったまま、律子は言った。それは春子にとっては意外な言葉だった。

「そうなの？　絵とか描くの？」

「描いてへん」

急に憮然とした、沙希は答えた。

「描いてたやないの、自分で作った絵本やら漫画みたいなん」

「やめてよ、そんな昔のこと持ち出すのん。どうせ下手くそな、落書きなんやし」

沙希は最後のほうは笑いながら言ったが、とにかくこの話をしたくないという感情が表に出ていた。

洗い物を終えて手を拭いた律子は、沙希の肩をぽんぽんと叩いた。

「そのころは、漫画家になってお金儲けて楽させてよ、なんて言うてたんやけど。まあ、わたしの子供やし、そんなんできるわけないのはわかってたんですけどね。なんもできへんけど、それでもうちには、この子がいちばんやから」

なんもできへん。

春子の頭の中で、その言葉は律子ではない別の声で再生された。一つではなく、いくつもの声だった。自分の声も、混ざっていた。

沙希の話を聞きたい、と春子は思ったが、沙希は、立ち上がってわざとらしく軽い調子で言った。

「ハハちゃん、急になに言うてるん」

「えー、そう？　いっつも誉めてるやん」

律子は沙希の両肩を抱き、ほとんどほおずりしそうに顔を近づけた。

沙希は上着を着込み、つぶやくように言った。

「わたし、なんでも話せるんはハハちゃんだけやわ。わたしのことわかってくれるんは、ハハちゃんだけ」

少し頑（かたく）なに響いたその声は、春子の耳にずっと残った。

階段を下りながら、律子が言った。

「早よ帰らんと、拓矢くんが気ぃ悪くするからね」

「えー、だって今日も自分だけ飲みに行ってるし」

「男の人はつきあいいうもんがあるのよ」

男の人、という言葉と、幼さの残る拓矢の横顔は、春子の中では結びつかなかった。あの黄色い家の中では、沙希は、拓矢に対してどんな顔で接しているのだろうか、とふと思った。

沙希と律子の声が、庭を横切って遠くなり、聞こえなくなった。二階に上がった春子は、窓から黄色い家に明かりがついたのを確かめ、そのままベッドに寝転がった。

仲のいい母娘。いっしょに買い物に行ったり、恋愛の相談もするような、自分が若い頃には「一卵性母娘」なんて言葉が流行ったこともあったな、と春子はぼんやり思い出した。

相談、などと改まったことではなく、誰がかっこいいとか、誰は浮気しそうだとか、そんな話も気軽にするのかもしれない。同級生でも、そんなふうに親やきょうだいと友達のような関係の子はいた。小学校のとき、バレンタインデーのチョコレートを誰にあげるかお母さんと決めると同級生に聞いて、ものすごく驚いたことを思い出した。いろんな親子関係があって当然なのだが、今ひとつ実感できない。ゆかりさんも子供がいると言っていたけど、ここに遊びに来たりはしないんだろうか。

春子は、寝転がったまま体を横に向けた。下になった右側に意識が向かう。あんなに痛い思いをしたのに、今はなんの感覚もない。中には石が排出されたことに気がつかない人もいるらしいが、医師に説明を受けたほんの数ミリの小さな石は、おそらくまだ体のどこかにある。インターネットで「結石」と検索してみたら、棘（とげ）の塊のような結晶の画像がいくつも表示されて、怖くて画面を閉じてしまった。

体の中に、自分には見えない、普段はなんの感覚もない、しかし、固い塊が確実にある。いつも一人で特にさびしいと思ったこともないのに、賑やかな客が帰って急に静かに感じられる部屋の中でじっとしていると、その小さな石が、もっと形の曖昧な塊になって体の中でどんどん大きくなっていくような、そんな感触がした。

9

十二月が近づいて、春子の職場は忙しなくなり始めた。年内に間に合わせてほしいという受注の書類作成やその他もろもろの雑用が増え、春子も定時で帰れない日が増えた。

従業員は外に出ることが多くなり、水曜日の昼過ぎに社内に残っていたのは、春子と岩井みづきだけだった。

元々きっちり十二時から昼休みを取る習慣のない会社だが、二人とも、自分の席でコンビニで買ってきたおにぎりなんかをささっと食べ、そのままパソコンに向かって作業を続けていた。

「あー、もうなんもかもめんどくさいわあ」

突然、みづきの声がフロアに反響した。声がしたほうを春子が見ると、営業部長の席にみづきがファイルを叩きつけるように置いたところだった。

「どうしたん、急に」

「めんどくさいことばっかりやないですか、あれもこれも」

みづきは、凝っている肩をほぐすように首を動かしながら歩いてきて、春子のうしろの椅子にどさっと音をたてて座った。

「岩井さんは優秀な人やから、とか言うて、体よく雑用ばっかりですよ」

みづきはそう言いながら、春子の隣のデスクを指さした。春子が作成している資料も、その人からの頼み事だった。

しばらく、岩井みづきが抱えている、というよりはほとんど押しつけられた案件の話を聞き、近頃の仕事の愚痴を言い合った。

「優秀やとか、できる人やから、って持ち上げてるつもりなんでしょうね、言うてる人は」

みづきの言葉を聞いて、春子は、先日の沙希と律子のことを話してみた。律子に言われてひっかかっていたことと、似ている気がしたからだった。

みづきは、大きく頷き、語気を強めた。

「そういうの、すぐ言う人っていますよねー。たとえば、外国語話せる人とか資格持ってる人とかにでも、才能ある人はいいね、すごいねって。わたし、思うんですけど、要するに相手の努力を認めてへんのんちゃうかな。賞賛してるようでいて、つまりは、元からできたんやからたいしたことない、って言うてることになりませんか？」

「あー、なるほど。なんか、すごい納得」

律子が才能だとか自分たちとは違うとか繰り返すたびに、遠ざけられているような気分になっていた理由を、春子はやっとはっきりとわかった気がした。

「それに、結局は見下されてるような気もしてくるんですよね。絵やデザインなんて趣味や遊びで、地道にしんどい仕事じゃないでしょ、って」

みづきの話し方は、整然としてわかりやすかった。辛辣でも、きつくは聞こえない。シンプルに見えて襟や袖の形が凝っていてセンスのいい、みづきの洋服と通じるところがあった。

「そうかー」

今までに数十回と受けてきた就職の面接で、春子が大学の美術学部卒であることについて、その類いのことを言われたことは何度もあった。うちの仕事なんかつまらないんじゃないですか、もっと別のところで能力を生かせる職場があるんじゃないですか、などなど。

春子は確かに大学の美術学部で勉強したが、テキスタイル科だったこともあって芸術作品を作るだけでなく日用品のデザインに近いところもあり、製品化の工程の授業も履修した。

ほかの学部だって、大学での勉強と仕事の内容が直結することなんて理系の技術職でもなければ多くないだろうし、専攻とはまったく関係ないサークル活動や体育会系部活での精神力だの人脈だのが就職のアピールになるのに、美術と名のつく学部だからとことさらに別枠扱いされるのは釈然としなかった。単に落とすためのちょうどいい理由にされている気がした。

それに、制作に関わる仕事をしたいという希望は、春子はとっくに持っていなかった。先日の少々酔っていた律子の、検分するような目つきを思い出しつつ、春子は言った。

「ときどき思うんやけどね、嫌味って言うた相手に通じてないというか、言われた人の価値観ではそれはどうでもいいことやった場合、嫌味の意味ないんちゃうん?」

「それはそうなんですけどね。でも、わかっちゃうじゃないですか? 時差で気づいて、言い返されへんとますます悔しいし」

みづきの話し方はやはり明瞭だった。

春子は、律子に言われたことがずっとひっかかっていたのだし、自分自身が「どうでもいいこと」と思っていないのはわかっていた。

他に人のいないフロアでは、どこかからときどきパソコンのハードディスクの低い振動音が聞こえてくるだけで、全体に静かだった。

「わたし、美術系に行くのは両親に反対されて」

「そうなんですか？」

「うん、就職できへんし変わってると思われて結婚もできへんのんちゃうんか、って」

よく知らない世界に対する偏った見方だとは思うが普段の両親の言動からそう言われることを予想していた春子が、意を決して希望を伝えたのは高校三年生の夏休み前になってからで、美術の受験勉強を始めるには遅い時期になってしまっていた。あのときほど自分の主張を通したことも、勉強をがんばったこともない、あんな熱心さが自分のどこにあったのだろうかと、春子はもうだいぶ遠くなった当時のことを振り返って思う。

「そんなことない、どうしてもがんばりたい、とか言うて、結局学費は出してもらって、ほんで、そのときに言われた通りになってるやん？」

春子のデスクのパソコンモニターには、見積書と受注書が開かれていた。元々は苦手な細かい数字を扱う毎日を送るなんて、学生の頃は想像していなかった。美大なんて、と嫌味を言われるのには反発するが、事実としては楽しい学生生活を送って関係ない仕事に就いて愚痴をこぼすような生活なのだった。
「でも、大学さぼって遊んでたわけでもないんでしょう？　自分がいくら努力しても
どうにもならないことはいくらでもありますよ」
「それがなあ、自分でもできてないっていう気持ちがどこかであるねん。わたしは、
今の生活がじゅうぶん楽しいし、それなりにいい暮らしなんちゃうかなって思ってる
んやけど、親の反対を押し切って、しかも高いお金出してもらったくせに、大学で勉
強したことが直接仕事につながってるわけじゃないから。今作ってるものっていうた
ら、刺繍とか消しゴムはんことかぐらいやし」
「消しゴムはんこ！　え、どんなん作ってるんですか？　今度見せてくださいよ」
　みづきは急に目を輝かせた。
「いやいや、そんなたいしたもんとちゃうから」
　春子は照れながらも今度は浮世絵を元にしたパターンで作ってみようと思っている
と話した。みづきが興味深げに聞いてくれたので、春子はほっとした気持ちになった。
　一通り春子の消しゴムはんこ構想を聞いたあと、ふと、みづきは真顔になってフロ
アを見渡した。
「人生が、思ってたのと違うとき、どう考えたらいいんでしょうね」

みづきがそうつぶやいたのと同時に、取引先へ打ち合わせに出ていた三人が続けて戻ってきた。

みづきに面倒な仕事を頼んだ営業部長も、その部下で春子がいくつも仕事を引き受けている渡部武司（わたなべたけし）もいた。営業部長のほうは、みづきに愛想がよすぎるほど調子のいいお礼の言葉を繰り返したが、渡部武司のほうは眉根を寄せた、自分だけが大きな問題を背負っているような深刻な顔で春子のところへやってきて、ファイルを差し出した。

「ちょっと、これやっぱり前回の案に戻して、計算やり直してくれへん？」

ほとんどできあがっていたのを渡部武司の急な指示で前日に全部作り直したばかりだった。しかも、春子が今までの話の経緯から変更しないほうがいいのではないかと言ったのにもかかわらず、その意見を聞くそぶりもなかったのだった。

「今日中で」

念を押して、渡部武司はなにかぶつぶつ言いながらさっさと自分の席に戻っていった。

渡部武司は年齢も春子より三つ下だし、この会社に入ったのも一年あとである。しかし、余裕がなくなってくるとぞんざいなものの言い方をするのは、入社した直後からだった。

「当然やと思ってるんでしょうね」

春子の後ろで、みづきが小さな声で言った。

「めんどうなことはやってくれる誰かがいつもいて、その人がなんでやってくれるのか、考えることもないんですよね」

そして、今度はんこ見せてください、絶対ですよ、と春子に向かって微笑(ほほえ)んで、呼ばれた打ち合わせに向かった。

みづきは、仕事以外の自分の生活をほとんど話さなかった。元々親戚で、みづきをこの会社に誘った社長が言うには「堀江あたりでおしゃれに一人暮らしをしている」らしいが、春子とはたまにランチに出るくらいで、帰りにお茶に行くようなこともなかった。


春子が受注書を仕上げて会社を出たのは、午後七時過ぎだった。思ったより早く終わったし、疲れて甘いものが食べたかったので、少し歩いた先にあるカフェに入った。

周辺に多く残る戦前からのモダンな建物を使った店で、春子は月に二度ほどここに寄るのを仕事帰りの楽しみにしていた。

歩いてくる途中の洋菓子店や飲食店も、カフェの店内もクリスマスの飾り付けがしてあった。金色に光るモールや緑と赤の取り合わせのリースやツリー、そしてLEDの電飾。夜が訪れるのが早くなった街に、忙しなさと華やかさが押し寄せるこの時季の独特の雰囲気が春子は好きなので、ただ歩道を歩くだけでなんとなく気分が上向いた。

川と中之島が眺められる席には残念ながら座れなかったが、反対側の窓際のテーブルについた春子は、道路を見下ろした。渋滞した道では車のライトが連なって、そこら中を明るく照らしていた。

運ばれて来たサンドイッチと温かい紅茶とをゆっくり味わっていると、春子の心も頭もようやく落ち着いてきた。昼間みづきと話していたときは律子に言われたことは嫌味に思ったが、律子からしてみれば生活必需品でもないものをちまちま作って飾っているなんて暇で余裕があるように見えるやろうな、と思えてきた。二十代、三十代と一人の生活だけでも手一杯だったというのに、一人で子供を育てる大変さは自分の想像を超えているだろう。

それに、今日岩井みづきと話すまで、自分だってずっと思っていた。

岩井さんは才能があってすごいね、わたしと違って、才能を生かした仕事ができていいね、と。

10

スパイスの効いたチーズケーキまで食べてから、春子は帰りの電車に乗った。いつもより遅い時間の車両は混んでいた。次の駅から乗り込んできた人の波で車両の中ほどに押されていき、外の風景はほとんど見えなかった。すぐそばの学生が握りしめているスマートフォンのゲームの画面でモンスターが現れては倒されていくのを、ぼんやり眺めていた。

駅から乗ったバスも、普段より人が多かった。交差点で、二台のパトカーとすれ違った。赤い回転ランプが周囲の建物に映り、見飽きた場所が急に物々しい光景になったのを乗客たちは一斉に見た。スマートフォンで検索したり誰かとやりとりする人もいたが、まだ情報はないようだった。

春子は少々不安になりながら路地を歩いた。三つ辻の中川さんの家を見ると、ベランダには洗濯物がない代わりに、クリスマスの電飾がついていた。少し離れた住宅街には、この季節になるとまるでテーマパークのように装飾をする家が何軒かあるらしい。直美が、車に乗って見に行ったが渋滞で大変だった、と話していた。へえー、とそのとき直美に返したのと同じような感覚で、青いＬＥＤが光るベランダを春子は見上げた。

「ちょっと春子さん」

突然呼びかけられて、春子は思わず、ひゃっ、と声を上げてしまった。

「あら、ごめんなさい、びっくりさせちゃったかしら」

暗い路地に立っていたのは、ゆかりだった。フリースのパーカを羽織り、寒そうに肩をすくめている。

「いえ……、だいじょうぶです」

「ひったくりがあったらしいのよ、この先の道でね、急に鞄をつかまれて、リュックだったかな、若い学生なんだけどね、もみ合いになって殴られたうえに引きずられちゃって怪我したみたいよ。怖いわねえ」

よく見ると、少し先の家の玄関にも人が出てきている。暗い中に立つその老人の姿を確認したときのほうが、春子にはパトカーのサイレンよりも事件の実感が湧いた。

「やっぱり、眼鏡だけ盗るなんておかしいわよね。様子見て、エスカレートしたんだわ」

この何か月か近所で噂になっていた眼鏡ばかり奪う男が捕まったという話は聞いていなかったが、本格的な強盗事件に発展するとは、春子には予想外だった。

「犯人は逃走中だって。春子さんの部屋に電気がついてなかったから、まだ帰ってないのかしらと思って見にきたのよ」

春子はゆかりに礼を言い、裏門までいっしょに歩いた。

バス停からしばらくは暗い路地を通らなければならないのは気がかりではあったが、かといってゆかりに毎日迎えに来てもらうわけにもいかない。なにか防犯グッズを買おうか、などと考えながら春子は歩いた。その間も、ゆかりは近所の人から聞いたという犯人の特徴を話していた。四十代か五十代、中肉中背、ニット帽に眼鏡、とあまり役に立ちそうにはない情報だった。

裏門から入って離れの前に立ったとき、春子は、帰りにカフェで買ってきたスコーンを食べないかと、ゆかりに尋ねた。

「ほんとに？　もちろんいただくわ」

春子が予期したよりも、ゆかりはよろこんだ。

「ちょっと、荷物置いてきます」

ゆかりを玄関先で待たせ、春子が二階に鞄を置いてから下りてくると、ゆかりは壁に飾った春子の消しゴム版画や刺繡に顔を近づけて見つめていた。

「これ、春子さんが作ったの？」

春子がとっさに思ったのは、片付けておけばよかった、ということだった。律子が部屋に来た後で、隠しておきたい気持ちになっていたのだった。

「いえ、えーっと、わたしが作ったんですけど、単に浮世絵を写しただけで」

「ああ、金魚なのね。妖怪かなにかかと思っちゃったわ」

ゆかりは、刺繡の額を見たまま言った。


春子が母屋に入るのは、沙希と三人で食事をして以来だった。

ゆかりは中川さんにもらったという加賀棒茶を淹れてくれた。居間は、相変わらずきちんと片付いていた。仏壇の隣に置物が増えていた。東北地方の赤い牛の張り子と、木彫りの馬。テーブルの真ん中には、小さな白い花が灰色の器に生けてあった。

トースターで温めたスコーンに苺ジャムを塗りながら、ゆかりは言った。

「もっと、うちに来てくれていいのよ、ほんとに、遠慮しないで。お仕事から帰ってごはん作るのは大変でしょう」

「ええ……、そうですね」

と言いながら、やはり春子は、親戚でも仲のいい友人でもない人の家に気軽にごはんを食べに来るには遠慮があった。ゆかりに対して、どうふるまえばいいのか、いまだに戸惑っていた。

「まあ、わたしがさびしいのよね」

ゆかりがつぶやいて、春子はスコーンの断面から視線を上げた。

「一人って、慣れなくて」

春子は、ゆかりは一人で暮らすのが初めてだったと思い出した。

「東京にときどき行ってらっしゃるんですか？」

「いろいろとね、後片付けがあって。夫の両親にも顔見せないといけないしね」

「だんなさんは、東京の人だったんですか？」

「そうよ、東京生まれの東京育ち。って言ってもね、新宿から急行でも四十分近くかかっちゃう郊外で、夫が子供のころは畑しかなかったようなのどかなとこなのよ」

「東京は、二回しか行ったことなくて」

それも上野と六本木の美術館に行ったぐらいで、東京がどんな街か体感するほどの滞在はしていなかった。だから、春子にとっての東京は、主にテレビや小説や、あるいは流行歌の歌詞に出てくるイメージのままで、ゆかりが言う「新宿から四十分」も「郊外」もまったく具体的には思い浮かばなかった。

「わたしもね、ずっと東京だったの。母も父も元は大阪の人で、戦争が終わってからそれぞれ東京に移ってたんだけど、わたしが高校入るときに大阪に戻ることになって」

まだ中学生と小学生だった妹二人は父母といっしょに大阪に越したが、ゆかりは高校生活があと一年というところだったので東京に残り、親戚の家で暮らした、家族の中で自分だけ大阪弁が話せなくてちょっとさびしい、とゆかりは笑いながら話した。

「この家もね、昔は母の遠縁が住んでたところなの。母は東京にはあまりなじめなくて、ずっとこっちに戻りたがってたみたい。でも、わたしたち子供にはそんなこと全然言わなくてね、ずいぶんあとになってから聞いたのよ」

「わたしの周りでも大学とか就職で東京に行った友だちが何人かいますけど、いろいろですね。大阪の食べ物とか人の距離感を恋しがってる子もいるし、実力主義というか、女が働くには大阪よりいいって楽しんでる子もいます」

年を取ったら友人同士で暮らそうと春子と話している一人が、東京で写真家として仕事を楽しんでいる同級生だった。大学時代から授業の範囲に収まらない創作活動をあれこれやって、賞をもらったり在学中に個展を開いたりもしていた。彼女なら東京のほうが合っているだろうなと、春子は思う。

「そうねえ、生まれたところがいちばんいいとは限らないものね。うちの娘は、とにかく部屋で一人でなにかするのが好きでね、春子さんみたいになにか手を動かして細かいものを作ることもあったの。なんだかよくわからない動物みたいなのとか粘土で作ったりしてた。でも、小学校の頃からずっと友だちとうまくいかなかったみたいで、大学中退してニュージーランドに行って、やっとそこで落ち着いて。今は日本語学校で教えながら、陶芸教室もやってるみたい。好きなことやって、楽しそうよ」

「わたしは、なにか特別やりたいことがあるわけではなくて、才能もないですし……」

言ってしまった、と春子は思った。

岩井みづきに言われるまでもなく、自分はこうして予防線を張るように、才能がないとか絵もうまくないとかすぐ言ってしまう。そして、口から出た自分の言葉を聞いて、ほんとうにできないような気がしてくるのだ。

「そんなの、誰が言ったの？　誰が決めるの？」

ゆかりが、急に強い調子で言った。

「自分のこと、そんなふうに言っちゃだめよ」

身を乗り出し、正面から見つめるゆかりに、春子は少々たじろいだ。

よ」

「堂々としてればいいじゃない。自分が好きなものを、自分で作れるってすごいこと

ゆかりは、皿に一つ残っていたスコーンを手に取り、今度はマーガリンを塗った。

「人に言われたこと気にしたって、言った本人はその責任を取ってくれるわけじゃないんだから。そのことに、もっと早く気がつけばよかったわ」

「ゆかりさんも、なにか、やりたいことができなかった経験があるとか……」

「ううん、わたしは、そういうの以前の問題ね。やりたいことがあるとかないとか、考えなかった。近所に住んでた親戚のおじさんおばさんに、妹たちに比べて器量がよくないから嫁に行けるか心配だって言われたことがあって、子供心にそれが刷り込まれちゃったのか、早く結婚しなきゃなあ、ってずっと思ってて。それくらいかな」

「そんな……」

「昔はそういうこと平気で言ってたのよ。わたしは、春子さんみたいに好きなことがあってそれをやってる人が羨ましいの」

春子は子供の頃、昔の物語やテレビの時代劇でときどき使われる「器量」という言葉の意味がながらくつかめなかった。いいとか悪いとかいう評価と共に用いられるその単語が容姿のことを指していると知っても、腑に落ちなかった。それは、現代なら

女の人の容姿についてそんなにあからさまに言わないだろうという場面で使われていたから釈然としなかったのだ、と春子はゆかりの話を聞きながら思っていた。

寒いからか障子がきっちり閉められていて、縁側もその向こうの庭も見えなかった。

春子は、離れの二階からときどき眺める夜の母屋を思い浮かべた。障子越しの白っぽい光が、庭先をぼんやり照らして、楓の枝がシルエットの模様になって見える。大家さんが住んでいた頃は夕方早々に雨戸が閉じていたが、ゆかりは、留守にするときかよほど天気の悪いときでなければ雨戸を閉めなかった。

「でも、さっきゆかりさんも刺繡の金魚を妖怪って……」

「あら、やだ。ほめたのよ、わたし。だって、かわいいじゃない、ゲゲゲの鬼太郎みたいで」

どの妖怪やろ、と春子はいくつか思い浮かべてみたが、ぴったりくるものはなかった。

「誰に押し売りしたわけでもないんだしさ、素敵だと思うけどねえ。そうだ、そっちの壁がなんだかさびしい感じがしてたのよ。もし置いてあるのがあるんだったら、しばらく飾らせてくれない？」

「妖怪っぽいのがいいですか？」

「やあねえ、もう。春子さんって、案外根に持つタイプなのね」

ゆかりも春子も笑った。

春子は、空になった湯飲みを両手で包むように持ったまま、言った。

「わたし、なにもできたことがないんです。なんでも中途半端で……」

「どのくらいやれば、できたことになるの？」

向かいに座るゆかりは、まっすぐ春子を見ていた。

「できたとかできてないとか、誰が決めるの？」

ゆかりの口調があまりに真摯なので、春子はどう答えていいか詰まった。

「……自分自身が、そう思ってるから……」

言い淀んで、春子は湯飲みの底を見た。わずかに残った水分に、天井の蛍光灯が映っていた。

白い輪は、歪んで、途切れていた。

「冷えるわね。この家、やっぱり冬は寒いかしら」

ゆかりが障子へ目をやったとき、静かな家に甲高いインターホンの音が響いた。

「えっ、こんな時間に……」

ゆかりも春子も驚き、お互いに確かめるように顔を見合わせた。ゆかりは無言でゆ

っくり立っていき、春子はそのうしろからついていった。音を立てないように玄関に降りてスコープを覗いた途端、ゆかりは、

「沙希ちゃん！」

と声を上げて、すぐにドアを開けた。

そこには、沙希が一人で立っていた。水色のふわふわした素材の部屋着姿だった。

「どうしたの？　まさか、強盗が……」

ゆかりの言葉に、強盗がいたならむしろ家から出ないのでは、と春子は妙に冷静に思った。それはそれとして、午後十時を過ぎて急に訪ねてくるというのは確かになにか急な事情があるのだろうかと、春子は沙希をじっと見た。

沙希のほうは、こんな時間にゆかりの家にいる春子が多少気にはなったようだが、ちらっと見ただけだった。

「あ、ええっと、そうですね、強盗強盗」

とってつけたように、沙希は言った。

「そうそう、怖いじゃないですか、パトカーとかいてたし」

「とにかく入って」

ゆかりに促され、沙希は部屋に上がった。素足、と春子は気づいた。沙希の家から

ここまで一分しかかからないが、それにしても十一月の終わりの夜だ。サンダルに素足は気になる。

ゆかりと春子は、再び互いの表情をうかがい、それから沙希の全身を見たが、特に変わったところはないように思われた。

「拓矢くんは？　遅いの？」

「ですね。……仕事で、まだ帰ってこないみたいです」

春子は、先ほど庭を横切ってきたときに黄色い家の二階に明かりがついていたことは覚えていたが、細かいことは思い出せなかった。

「春子さんが持ってきてくれたスコーンが……、あ、もう全部食べちゃったか」

「いいです、お腹空いてへんから」

和室の入口で、沙希は立ち止まった。

「ゆかりさん、こたつないんですか？」

「こたつ？」

沙希は、振り向いてようやく中途半端な笑顔を見せた。

「こたつのある家って今まで住んだことないんですよー。あるじゃないですか、こたつにみかん置いてあるみたいなん。こういう古くさい家やったらあるんかと思って」

ツッコミを入れたほうがいいのやろうか、と春子は思ったが、ゆかりは平気な調子で答えた。

「こたつって、掃除が面倒なのよね。それに、寝ちゃったら死ぬらしいし」

「死ぬ？　まじでですか？」

「年取ってくるとね、血液がどろどろになって血管が詰まるの」

「あー、うちの患者さんも病院運ばれたって言うてた。助かったけど」

さっきまで春子が座っていた場所に、沙希は腰を下ろした。春子は、その隣に座った。

「うちはあるよ、こたつ」

「ああ、春子さんの家、似合いそうですよね。ここよりも、なんか雰囲気あるじゃないですか。昭和の貧乏だけど幸せだったみたいなドラマの家族が住んでそうな」

ゆかりのように受け流すことに、春子は決めた。

「やっぱり足下（あしもと）冷えるのがいちばん厳しいって結論に達して」

「そんな冷えるの？　暖房、考えたほうがいいかしら」

こたつはないが、沙希が加わったことで部屋の温度が少し上がったと、春子は感じていた。

母屋の居間は、春子がいつも過ごしている部屋より面積自体かなりあるし、ゆかりがきれいに片付けていることもあって、広々していた。それが、二人しかいないとかえってさびしいというか、どことなく落ち着かない気分を春子は抱えていたのだが、三人に増えて空間が埋まる以上に、沙希が加わって会話や関心の方向があちこちに変わることが、さっきまでとは違う活気をもたらしていた。沙希の普通に考えれば失礼な言動は、春子にとっては誰がなにを言うかを気を遣ったり先読みして考えたりしなくてよくなり、気楽に感じるのだった。

キャビネット型の仏壇には、今日は黄色い小さな花が供えられていた。春子には名前がわからない花だった。

「強盗って」

会話が途切れたところに、ぽつりと沙希が言った。

「まだ逃げてるんやんな」

三人とも、顔を庭や玄関のほうに向けたが、なにが見えるというわけではなかった。

「たぶん」

春子が答えた。沙希は、自分のスマートフォンをちらっと確認したあと、つぶやいた。

「捕まる確率ってどのくらいなんやろ」

「なんで強盗なんかするのかしらねえ。捕まったら重い罪になるのに」

眉をひそめたゆかりに、沙希は、

「お金がなかったら困るからじゃないですか？」

と、ごく当たり前のことのように言った。ゆかりはぎょっとした表情を見せた。

「どういうこと？」

しかしその隣で、春子は思わず、

「なるほどー」

と言ってしまった。

「春子さんまで、なに納得してるのよ。だめなものはだめなの。人のものを盗るなんて」

「それはそうですよー。盗むのは悪いにきまってるじゃないですか」

沙希は真面目な口調で返した。沙希と会話をしていると、なんだか調子が狂う。ゆかりも春子も、同じように感じながら、話は強盗から中川さんやご近所のことに移っていった。

障子の向こうは静かで、外をうかがい知ることはできなかった。庭に強盗が身を潜めていてもわからへんな、とふと春子は思った。

「年が明けたら、温泉に行こうと思ってるのよ。いいでしょう」

友人がリゾートホテルの会員になっていて少し安く泊まれるの、とゆかりは話し出した。

冬には冬らしいところがいいから日本海で蟹が食べられるところにした、以前にその友人と行ったことがあり豪華ホテルとはいかないが、スチームサウナのある大浴場のほかに広い露天風呂もあって、といつもの賑やかさを取り戻して身振り手振りも交えながら、ゆかりはあれこれ説明した。

「へえー、いいなあ、そういうのん」

沙希は言葉とは裏腹にそこまで関心はなさそうにお菓子をつまんでいたが、ゆかりはすぐに反応した。

「そう？　じゃあ、沙希ちゃんもいっしょにどう？　そうだ、春子さんも」

とてもいいことを思いついたという表情のゆかりを、春子と沙希は見つめた。

「温泉よ。みんなで蟹食べましょうよ」

「えーっと、わたしと、ゆかりさんと、遠藤さんと、三人でという意味でしょうか」

「そうよー」

「温泉、ですよね」

「もちろん、おばさんとずっといっしょなんて面倒だろうから、自由行動で。和室と洋室がつながってる部屋でね、仕切れるし」

突然の提案に、春子は戸惑って、聞いた言葉を整理するのに時間がかかった。

「行こかな」

答えたのは、意外にも沙希だった。

「楽しそうやないですか。ゆかりさん、すごいですね」

沙希は他意のない笑顔だった。そして、答えを促すように春子のほうを見た。

「えーっと、……ほんとにいいんですか？」

「早く決めないと締め切っちゃうわよ」

春子が返事をする前に、インターホンが再び鳴った。

「わたし、出る」

沙希がさっと立ったのは、スマートフォンでときどきメッセージをやりとりしていた相手、拓矢が帰ってきたのだろう、とゆかりも春子も予測がついた。

「どうも、こんばんは」

思った通り、拓矢が玄関先に現れた。春子が前に会ったときと同じ、ごく普通のスーツ姿だった。ただ、全体に皺がついているのが目立った。

「こんな遅くまで仕事なんて、大変ねえ」

「ああ、そうなんす。年末やし、人使いめっちゃ荒くて」

拓矢の答え方には少し戸惑いが交じっていて、春子は、仕事ではないのでは、と直感した。

「さあ、帰ろ。おじゃましました」

「おじゃましました」

沙希は、拓矢の隣で軽く頭を下げ、なにか言いかけたゆかりの視線を断ち切るように、ドアを閉めた。

「なんか、変よね」

ゆかりも、なにか感じているようだった。

「けんかでもしたのかしら」

「……ですかねえ」

春子とゆかりは顔を見合わせつつ、居間に戻った。沙希がいなくなると、やはり部屋は急にさびしく見えた。

「拓矢くんが、女の子に対してあんなふうに、夫っぽくふるまってるのも、仕事してるのも、なんだか不思議。まだ、慣れないわ」

　ゆかりは、拓矢が子供のころに家族で東京の家に遊びに来た際、隣家の木に登って怒られたり持ってきた宿題を川に流してしまったりというエピソードを楽しげに話した。中学生、高校生になると会うこともめっきり減ったが、二年前の結婚式で久しぶりに会ったら大人になっているようで顔は全然変わっていなくて笑ってしまった、とも言った。

「結婚式って、どんな感じだったんですか？」

「ごく普通よ、新婦側の親族が少ないこともあってこぢんまりした感じでね。男友達、そうそう、前に沙希ちゃんが言ってた先輩って感じの人たちが飲み過ぎではあったけどねえ。沙希ちゃんのお友達は、子供を連れてきてる子が三人もいてね。一人はまだ歩けない赤ちゃんで、かわいかったわあ」

　春子は、同級生の直美が保育園のママ友は年下ばかりだと言っていたのを思い出した。

　自分の同級生や職場で知り合った同年代は、結婚した人としていない人と半々、と思っているが、どうしているのかまったく知らない同級生も多いので、実際のところはわからない。自分が普段接しているのは狭い範囲というか、偏っているんやろうな、と思う。年齢を重ねるほど、友人は自分と似たような人ばかりになっていく。

「けんかなんて、どこの夫婦でもあることだけどねえ」

「深刻じゃないといいですね」

ゆかりは春子よりも二人と接することは多いが、特別に思い当たることはないらしく、しばらく堂々めぐりのやりとりをしたあと、春子は母屋を出た。

庭の真ん中で、春子は、ガラス戸越しの明かりを背に、振り返った。黄色い家の二階には明かりがついていた。静かだった。窓に人影が横切ったが、沙希なのか拓矢なのかは、わからなかった。

部屋に戻った春子は、ベッドの下から箱を引っ張り出し、刺繡と消しゴム版画を取り出して吟味した。ゆかりさんにリクエストを聞いて作ってもいいな、とも考えた。堂々としてればいいじゃない、というゆかりの声が、もう一度聞こえた気がした。

11

喫茶店「山帰来」は、お客の人数に比して店内が賑やか、騒々しいと形容してもいいくらいだと春子は思った。

近所の家の一階を改装したこの店に春子が来るのは、以前ゆかりに連れてきてもらってから二度目だった。直美と駅前の店に行くつもりだったのだが、年末が近いからかどこも混み合っていたので、直美が運転する車でここへ移動してきたのだった。

春子が大学で同じ専攻だった山脇里佳子（やまわきりかこ）もいっしょだった。里佳子は、今は京都の飲食店でアルバイトをしつつ作品の制作を続けている。春子が将来ルームシェアをしようと話している一人だった。直美とは大学は違うものの、二十代のころにときどきいっしょにごはんを食べたりライブイベントに行ったりしていた。

前日の土曜の夜、春子と里佳子とほかにも女ばかり六人で忘年会と称して心斎橋で飲み会をした。盛り上がって京都に帰る電車を逃した里佳子が春子の家に泊まり、じゃあ久しぶりに直美に会いたいと今朝連絡をしたのだった。直美と里佳子は、前に会うたんいつやったっけ、としばらく記憶をたぐっていたが、最後に会ってから三年近く経つことが判明し、時間が経つのが早くなったのか自分たちがどんどん年を取っていっているのかと、ひとしきり驚き合った。

「山帰来」の客は、ほとんどが店主やゆかりと同年代の近所の女性たちで、全員、しゃべっている。春子たち三人も含めて、それだけここが気楽に過ごせる場所なのかも、と春子は店内を見渡して思った。

外はまだ真冬の寒さではなく、日当たりのいい春子たちのテーブルは暖かいくらいだが、窓際に置かれたステンドグラスに射す光は、角度が低くやわらかな、冬の色そのものだった。

春子たちは、コーヒーをお代わりし、店主の手作りだというレモンタルトを食べながら、昨夜の飲み会で聞いた共通の知人の近況や、自分たちの年代に起こりがちな問題について、話し続けた。

「山下さんは離婚してからのほうが、関係がよくなったって言うてたわ。同じ家におって『妻』と『夫』やと、なんでやってくれへんの、みたいな気持ちになるけど、離れてると元夫のほうもやたらと子供の面倒見たがって土日はほとんど任せられるって」

「ほどよい距離が取れるって言うてたね。でも、ほんならまたいっしょに暮らしてやり直そうっていう気持ちにはまったくなれへんらしいけど」

「わかるわあ。なんかどうしても、同じ家におるとできてないとこばっかり目についてしまうもんね」

直美がため息交じりに言う。

「森田くんとはそんなにけんかにはなれへんやろ?」

「そうやねんけど、どうやろなあ。とにかく、今は忙しすぎるんがいちばんの悩みやなあ。ほんまは本人ももっと子供と出かけたり、家の改装したりしたいんやろうけど」

「家の改装？」

「せやねん。昔からなんでも自分で作ったり改造したりするんが好きで。台所に棚を作りたいってずっと言うてんねんけど、もう二年三年と経って、物は増える一方で……」

「そやなあ。森田くんは子供好きそうやし、家事とかも全然普通にしそうやなって、高校のときに思ってた」

春子は、高校時代に遠足や文化祭でまめに手伝ってくれた森田孝太郎の姿を覚えていた。仕事が忙しいらしく、家が近いのに春子もこの一年は会っていない。

「そういうの、わからんもんやでー。つきあってる間は、こまめにいろいろしてくれてて、結婚した途端に分業、家事は女がやる仕事、みたいになる人もおるしねえ。男が養わないとっていうプレッシャーの裏返しなんかもしらへんけど」

里佳子は、十年前に当時事務職員として働いていた高校の教師の男性と一年ほどいっしょに住んで、来月が結婚式というときに別れた経験がある。相手の家族から責められたり職場も変わることになったりとしばらく大変だったが、あのとき思い切って別れて今はよかったと思える、と、その話になると里佳子は必ず言う。顔も体型も丸みがあっておっとりして見える里佳子だが、性格はきっぱりしたところがある。

一口残っているレモンタルトの真っ白いクリームに視線を落として、直美が言った。

「人間って、変わることあるんかな？　心を入れ替えるとか言う人おるけど、そんなことほんまにあると思う？」

「なに、なんかあったん？」

「そういうわけじゃないけど」

「わたしは、基本的には人ってある程度大人になったら変わらんと思うなー。いや、十歳ぐらいからおんなじ気がする。宿題やらへんタイプの子は、大人になってもそう」

里佳子がそう言い、思い当たることがあるのか直美は笑った。

「春子は、大家さんとうまくやってるん？」

「おとといもごはんをよばれて。一人やとなかなか作らへんもん、魚の煮付けとかそういうの食べれて助かるわ。こっちの事情を聞いてくるわけでもないし、気楽やで」

「へー。今度、わたしも遊びに行ってみたいなあ」

「うん、ゆかりさん、誰とでもしゃべるの好きやから、来たらよろこびはると思うよ」水を注ぎ足しに来た店主が、春子の顔を確かめるように見た。

「春子さんやんね。ゆかりさんのところに住んではる……」

人のよさそうな丸顔の店主を、春子は見上げた。

「今度ね、そこに手作りの作品を売るコーナーを作ろうと思てるのよ。わたしの友達やら近所のお客さんに、陶芸とかアートフラワーとかやってはる人がいててね、それで、ゆかりさんに聞いたんやけど春子さんも刺繡とか作ってはるんでしょ？　それ、出品しはらへん？　いろいろあったほうが、見に来てくれる人も増えると思うし」

突然の提案に、春子は自分の刺繡や消しゴムはんこを思い浮かべつつ、直美と里佳子の顔を見比べた。二人とも、話が飲み込めないようで、きょとんとしていた。

「えーっと、でも、わたしのはただの趣味といいますか、売れるようなものでは……」

「そらそこは、春子さんががんばって売りもんを作ってくれんと」

「あ、新規に商品を作るってことですか」

「そらそやで。なんでも置くわけとちゃうよ」

店主は、春子の肩を軽く叩いた。

「ゆかりさんが見せてくれはったんよ、金魚を刺繡したのん。いいのん作りはると思うのよね」

その笑顔を見て、春子は心の中で決めるよりも早く答えていた。

「がんばってみます」

「いやー、うれしいわあ、楽しみにしてるわね」

店主は、山帰来の赤い実が描かれた名刺を春子に渡していった。春子が経緯を説明すると、直美も里佳子も頷いた。

「なんか、ええね」

「わたし、春ちゃんの作品好きやったし、作ったら見せてよ」

店主の、みなさーん、しばらくのお時間ギターの演奏を聞いていただいていいですかー、と明るく通る声が店中に響いた。客たちは一斉に振り向いた。

カウンターの前に、いつの間にかギターを抱えた男が立っていた。

「あれ、このあいだも出てはった……」

ゆかりと最初にこの店を訪れたときも演奏をしていた、無精髭に眉毛の濃い男だった。男は、本日はお日柄もよく、などとちぐはぐな挨拶で笑いを取ったあと、歌い始めた。

店主に若大将と冗談めかして紹介された無精髭の男が歌い始めた歌は、聞いたことのない歌で、自作なのだろうと春子は思った。

「あー、この前、ギター弾いてるのんが聞こえてた人ちゃう?」

直美は、すぐにわかったようだった。男の歌は、やはりそれほどうまくはなく、しかし、気分よさそうに歌っているので、店にいる他の客たちも居心地が悪くならずに楽しめていた。

二曲続けて自作らしい歌を披露して、それから、季節感がまったく合っていないザ・タイガースの「シーサイド・バウンド」をさらに機嫌のよい感じで歌った。季節外れすぎやん、と直美も里佳子もその選曲に小さくツッコミを入れていたが、おもしろがっている様子だった。

「春子さん」

振り返ると、ゆかりが立っていた。春子は、友人たちをゆかりに紹介した。直美と里佳子は、

「お世話になってますう」

「春子からお噂はかねがね」

と、身内のような挨拶をした。

歌っていた男が、ゆかりに気づいてこちらへやってきた。

「青木さん、ぎりぎり間に合わへんかったやないですかー」

近くで顔を見ると、思っていたよりも年上のようだ。四十代の後半くらいの感じだが、音楽をやっている人はたいてい若く見えるから、五十歳前後かな、と春子は推測した。

骨張った長い指が目についた。アコースティックギターは、刺繡の入ったストラップで肩にかけたまま、背中側に回している。ほんとうに昭和の映画で見るようなスタイルだった。

「ごめんなさいねー、ちょっと立ち話が長引いちゃって」

演奏があることをゆかりは知っていたようだ。

「こちら、五十嵐さん。ほら、バス停の近くに酒屋さんあるでしょ、あそこの二代目さん」

ゆかりは、若大将のことをそう説明した。

「いや、じいさんからの店なんですわ。だいたい家業を潰すと言われてる三代目で、まさに穀潰しや言うていつも罵られてます」

ははは一、と五十嵐の笑い声が店内に響いた。

「そんなこと言って、ちゃんとお仕事してらっしゃるんでしょ」

「はい。どないかこないか」

　五十嵐は、わざとらしく頭を掻くような仕草をしたが、仕事について具体的なことは言わずじまいだった。ゆかりは席に着いてコーヒーを頼んだが、五十嵐は立ったままだった。

「このギター、いい音ですねえ」

　直美は、五十嵐の背中のギターを覗き込むようにして言った。

「友だちからもろた高級品なんですわー。ギターばっかり誉められるんですよ。おれの歌はないほうがええとか」

「まあ、正直言うと……」

「正直すぎるなあ、傷ついたやん」

　まったく気にしていないのがわかる口調で、五十嵐は笑った。

「彼女、ギターめっちゃうまいんですよ」

　里佳子が、直美の肩を軽く叩いて言った。

「えっ、そうなんや。そらぜひ聴きたいなあ。あ、どう？　これ、使てみる？」

　五十嵐は、背中のギターを差し出そうとしたが、直美は両方の掌を向けて遠慮した。

「もう長いこと弾いてませんから……。今はどうかな」

「弾いてみてよ、わたしも聴きたい」

「そうそう、昔取った杵柄（きねづか）やもん」

「それって、ええ意味で使てるの？」

「ちゃうの？　嫌味的な感じやったっけ」

春子たちのやりとりをじっと見ていたゆかりは、しみじみと言った。

「春子さんたちは多才ねえ。大阪の人って、自由にのびのび好きなことしてるって印象だわ。五十嵐さんもだけど」

話を振られた五十嵐が応えた。

「傍（はた）から見たら、のんびりして見えるんかもしれませんねえ。ぼくら、溺れそうでしゃあないからぷかぷか浮いとくしかない、いう状況なんですけど」

五十嵐の手で水を掻くような仕草に笑って、直美が言った。

「ぼくら、て。ひとまとめにせんといてくださいよ」

「まあ、実際そうかもねえ。どうしようもないから、じたばたするより、なるようになってるだけなんかも」

ため息をついたのは、里佳子だった。ゆかりが、声を大きくした。

「若い人がなに言ってるの。まだこれから四十代なんて、羨ましいわよ。わたしが春子さんたちくらいの年だったら、まず外国に旅行したいでしょ、フランスとかスイスとか。それから、ダンスを習ったり、素敵なレストランにも行きたいわあ」

「旅行は行けるじゃないですか、いつでも」

「だって、海外って思い切らないと行けないわよ。三十年も前に夫の会社の慰安旅行でグアムに行ったきりなの。それとは違うじゃない？」

「里佳子は、旅行によう行ってたよね」

「二十代のときはね。最近は全然。五十嵐さんは、アジア放浪とかしてそうですよね」

「ぼく？　よう言われますわ、こないだタイの怪しい通りで見かけたとか。でも旅行は全然せえへんのですよ。若いころに、ちょっとだけアメリカにおったことはあるけどね。ニューヨーク」

「え、なんか、イメージとちゃう……」

思わず里佳子がつぶやいた。

「どういう意味や。ま、なんの役にも立ってないから強く言われへんのですけど。……立ってないというか、立ててないというか」

「なにごにょごにょ言うてはるんですか」

おっとりして見えて、里佳子は鋭く返すのだった。

会話に笑いながら、春子は、店をなんとなく見渡した。

五十嵐が歌っているあいだに日が暮れ、窓には店の中の様子が映っている。学校の教室よりちょっと狭いくらいのところに、テーブルが五つ。カウンターにはスツールが四脚。近所の、店主やゆかりと同年代の女性たちでテーブルは満席で、カウンターにも二人。

ここにいる他の客たちはきっと、ほとんどの人が家族と暮らしていて、子供を育て、進学や就職でそれが一段落し、お茶を飲んでしゃべる時間を気兼ねなく楽しめるようになったのだろう。自分たちのように、十代からの友人同士もいるのだろうか。それとも、家が隣同士だったり、子供が同級生だったりするのだろうか。店主が作ったステンドグラスの暖色の光に照らされて、女たちの顔は明るくやわらかに見えた。

春子は、ふと、自分がここにいないような、遠く離れた場所で過去の映像を眺めているような、そんな錯覚を感じた。

周りが賑やかであればあるほど、自分の存在が遠ざかって、なぜ自分がここにいるのか、ここで何をしているのか、急に見失いそうになってしまうことは、春子にはこれまでもときどきあった。

「ま、結局したいことしかできへんかったんですよ。ここでギター弾かしてもろて、こんなええ人生ありますか？　ねえ？」

五十嵐が自分で言って自分で笑い、その声で春子は我に返った。

「うん、めっちゃいいですよね。それ以上のこと、ないかもしれないですね」

「えっ、ないの？　ぼくの人生、それはそれでさびしいなあ」

「いや、そういう意味では……」

直美も里佳子もゆかりも、笑って、楽しそうだった。

12

マンションの五階のベランダから通りを見下ろしてしばらく経っても、車が一台も通らなかった。人も、誰も歩いていない。こんなときもあるんやな、と春子は感心してそのままの姿勢でいた。

セーターのままなので寒さがそろそろつらくなってきたころに、ようやくタクシーが一台通った。そしてまた、静かになった。

春子の両親が住むこの部屋は、五階だが眺めはよくない。向かいは似たようなマンションの廊下側、その隣はオフィスビル、その先は高速道路の高架。

元日の今日は、当然、ビルに人の気配はない。少し雲は出ているが、水色の空がクリアに見える。普段よりは多少は空気がきれいなのだろう。

春子は、朝十時ごろに自分の部屋を出て、電車で大阪市内の実家に帰ってきた。本数の少ない電車には、初詣に行く人たちが思ったより大勢乗っていた。振袖姿の若い女性や、着物に帽子を被った時代がかった格好の若い男性も見かけたが、大半は寒そうにダウンジャケットやコートを着込んでいた。年越しイベントで騒いだ帰りらしい若い人たちが、車両の端の席で眠りこけていた。

「寒いやないの。いつまで開けてるの」

母に声をかけられ、春子は中に戻った。エアコンの熱気がこもっていた部屋の空気が入れ替わって、すっきりした。

母は台所に立ち、いそいそと正月の食事の支度をしている。

さっき覗いてみたが、今年もお節はきっちり母の手作りである。しかも、雑誌かなにかを参考にしたらしい今どきの洋風のメニューも、新調した白木の重箱に詰められている。

玄関には注連(しめ)飾りがあったし、テレビ台の隣に鏡餅と枝振りのよい桜が飾られ、その他諸々(もろもろ)、お正月の用意として不足しているものはなにもなかった。自分の部屋と違って完璧なお正月や、と春子は思った。

父親は、まだ寝ていた。夜遅く、というか今朝方まで起きていたらしい。日付が変わるのに合わせて母と近所の神社に行き、そのあと家に帰ってきてから二人で延々とテレビを見ていた、と母に聞いた。

討論番組のスペシャルやらケーブルテレビの映画のシリーズもの一挙放送やらたいしておもしろくもないのになんや朝まで起きてるて言うて、わたしは途中で寝たんやけど、初日の出の中継見てたらしいよ、拍手が聞こえて目が覚めたわ、と母はのんきな口調で話した。ともかく、父母が仲が良いようなのは、春子にとって安心することだった。

赤と緑が鮮やかなコントラストの千両が飾られたダイニングテーブルに、春子は母と向かい合って座った。普段は酒を飲まない母が、小さな瓶の日本酒をおちょこに注いだ。

一応という感じで互いに年始の挨拶を言い合ってから、お節をつまみ始めた。味も、彩りも、文句のつけどころがない。

「仕事、忙しいんやねえ」

母に問われて、春子はできるだけなんでもないように返答した。

「そうやね、年末はちょっとごたごたしてたかな」

「近いとかえって家に寄ろうともなれへんのやろうけど、いつでも帰ってきてくれてええのよ」

母は、常に気を回しているような話し方をする。それがわかるので、春子はなにか悪いことをしているような気持ちに、少しなる。

春子はマンション五階のこの家に、あまり馴染みがない。

生まれ育ったのは、ここから歩いて十五分もかからない、大阪のいちばん賑やかなあたりである。父が店舗の内装業を営んでいて、自社ビルと言うと大きな会社だと誤解されることもあったが雑居ビルに挟まれた細長い四階建ての上の階が自宅だった。景気がよかった頃に比べれば仕事はずいぶんと減り、経営をいっしょに働いてきた親戚に譲って父母がこのマンションに越したのは、春子が実家を出たあとだった。

父が社長をしているあいだ、母は従業員が五人だけの会社の事務や細々したことを引き受けていた。春子から見れば、母は父と同じくらい会社の仕事もしてきたと思うが、母は、ちょっと手伝うてるだけやから、とずっと言っていた。父は今も仕事は続けているが、母は家のことに専念できてほっとしているようだ。

「おにいちゃんは、東北の温泉に行ってるんやて。ええねえ」

「うん。メールで画像送ってきてた」

母は、子供のころから春子の兄・洋一のことを常に「おにいちゃん」と呼ぶ。春子が生まれる前はなんて呼んでいたのだろう、と春子はときどき思うが、記憶にある限りいつも「おにいちゃん」だった。

五つ上の兄は、大学を出たあと中堅の建設会社に就職した。将来は父の会社を継ぐことを期待されていたし、父母はそれを疑っていなかった、と春子は思う。

三十五歳を前にして兄が結婚したいと紹介したのは、六つ年上で離婚歴のある女性で、そしてその人と千葉で工務店を始める、と告げた。父母は驚いて、正面から反対はしなかったものの難色を示したが、兄はあっさり会社を辞め、千葉に移り住んだ。

その頃、近所で家族ぐるみで仲良くしていた春子の同級生が、急に結婚についてうるさく言うようになった母親と仲違(たが)いし家を出た。そして、母親のほうがショックのあまり体調を崩してしまった。

春子は、その同級生が以前から娘に期待をかけすぎる家族との関係について悩んでいたのを知っていたが、春子の母は続けて起こったできごとに動揺し、思うところがあったようで、春子に接する態度がそれを境に変わった。結婚や子供にまつわることをぱたりと言わなくなったし、春子の反応を探りながら話すようになった。なにかにつけて「おにいちゃんを見習いなさい」「おにいちゃんみたいに」と言っていたのも、すっかりなくなった。

　それから十年近く経って、母の様子も落ち着いてきたが、それでも春子の生活や人生の選択に触れるような話題になると、妙に気を遣って話すペースが狂う。母も、自分の時代とは違う子供世代の生き方に戸惑っていてどう気持ちの整理をつければいいのか難しいのだろうとは、春子もわかっている。しかし、こちらも気を遣うと余計にぎくしゃくするので、気にしないように、というよりは気がついていないふりをしている。

「こっちに戻ってきても、仲良かった子らはもうここらへんにいてないし」

　大都会の真ん中、地元のしがらみから離れてきた人が多く暮らす場所ではあるが、そこで生まれ育った春子たちにとっては、まさにそのしがらみのど真ん中なのである。親の商売を継いだり、それを今風に衣替えしてうまくいったりしている同級生もいるが、それはそれで顔を合わせると、今なにをしてて、誰がどうしてて、と話すのがおっくうに感じる。顔を知っている近所の人たちにどこで見かけたと報告されていたり、知りたくもない噂話を聞くこともある。

　どこでも似たようなものなのだろうが、春子はわずか電車で三十分の距離でも知らない人ばかりの街に住んでみて、その気楽さにすっかり落ち着いてしまったのだった。

「せやねえ。そう言うたら、山田さんとこのお姉ちゃん、東京の出版社で働いてたんやけど、体壊して戻ってきてはるんやて」

「えっ、あの美人のお姉さん」

「そうやねんて。春子は、無理してへん？」

「うん、だいじょうぶ」

「春子は、がつがつ仕事するなんて向いてないんやから」

母の言葉に曖昧に肯きながら、春子は、お節を食べ終わった。きれいに飾り付けられた桜を見て、母屋の居間を思い出した。

昨日、ゆかりに呼ばれて、母屋で年越しそばを食べた。そのあと、ゆかりは、妹の一家といっしょに過ごすと言ってなにやら手土産をいろいろ用意して出ていった。春子もいっしょに外に出ると、こちらもちょうど出かけるところだった沙希に会った。律子もいっしょだった。

「これからうちに帰って、おばあちゃんもいっしょに初詣に行くんですよ」

沙希の言う「うち」は、実家のことだった。

沙希は律子の運転する車に乗り込んで、春子とゆかりに愛想よく手を振った。拓矢は、友人たちとカウントダウンイベントに出かけたらしかった。沙希と律子は楽しげに話しながらさっさと出発していった。

昨日のその光景を思い出し、今ごろ沙希は律子や祖母とテレビでも見ているのだろうか、それとも初詣に行ってるかな、と、春子はなんとなく想像する。沙希にとっては、まだまだ実家のほうがくつろげる場所なのかもしれない。

春子は、母とあまり盛り上がらない会話を続けてお節を食べ終わった。お餅を焼こか、と母は聞いたが、満腹で遠慮した。

そのうちに、父が起きてきた。おめでとうさん、おれはとうさん、などとひとしきり反応も求めていない駄洒落(だじゃれ)を言い、テレビの前に腰を下ろすと、せわしなくチャンネルを変えながらビールを飲み始めた。

「ほんま、ろくな番組やってへんなあ。正月やいうのに、再放送てどういうことや」

「ほんまにねえ、昔は華やかな、特別な番組やってたのに」

「手抜きやな」

「人手が足りてへんのやろねえ」

「この芸人、掛け持ちしすぎやな」

父はどの番組にも平等にひたすらツッコミを入れ続け、ソファに座った母はそれに相槌(あいづち)を返し続けた。

変わらないな、とダイニングテーブルから春子は父母を眺めた。いつでも父が自由にふるまい、母はそれをフォローする。父の気まぐれな行動に、しかし母は無理してつきあっているふうでも気を遣っているふうでもない。しかし、そう見せないことこそが、母の努力の結果であり、そのことに父も、親戚や近所の人たちも気づいていない。

春子は中学生ごろからなんとなくそれがわかり始め、兄はすでによくわかっていたと思う。母がそれを当然と思いすぎて、子供たちに同じふるまいを求めていることも。

「なんや、春子は仕事仕事って、えらい忙しいらしいなあ」

テレビに飽きてきたのか、父の関心が春子に向いた。

「まあ、それなりに」

「出世するわけでもボーナスばーんともらえるわけでもないのに、そない必死で仕事したってしゃあないやろう」

父はビールを飲んで上機嫌だった。

「そもそも、どうしてもやりたい仕事でもないんやろ？　事務やったら、どこでも同じとちゃうんか」

気遣って言っているつもりなのだと、春子は考える。娘の健康を心配しての気遣いのつもりなのだと。

父はもちろん、母も、その言葉によって春子の気持ちが少しずつ削られているとは、気づいていないらしい。

「そうやで、春子は特別な才能があるタイプでもないし、のんびりした性格なんやから、ばりばり働くなんて向いてへんとお母さんも思うわ」

「……そうやね」

「なんやったら、そこの部屋、物置代わりにしてるだけやからすぐ空けられるし、うちに戻ってもっと融通の利く仕事に変わってもええのとちゃう？」

母は、玄関横の部屋を目で示した。

「ここのほうがよっぽど便利やのに。女は疲れてたら顔に出るんやから、しんどい役目ひきうけるのは損やよ」

「そうかもねえ」

もう帰ろうかな、と春子はつい思う。実家に到着してからまだ四時間ほどだった。

自分はもうじき四十代に突入するというのに、父母の自分に対する扱いは子供の頃と変わらない。春子はお兄ちゃんと違ってなんでもそこそこなんやから、なんもせんでええから、と、言われ続けてきた。そして明日この家に来る親戚たちが、お父さんもお母さんも春子ちゃんのことを心配してるんやで、親心やねんからわかったりや、などと言うのがすでに聞こえるようだ。

結婚しなければ、一生この家の「子」という立場でしかないのだろうか、と春子はときどき思う。戸籍だって、今もそうなっている。仕事をして、経済的に自立をして、一人で身の回りのことを全部やっていても、「個人」だとは永遠に認められないのではないか。

そんなことをこの年齢になっても堂々めぐりで考えていること自体が、幼稚なように思えて、自己嫌悪に陥る。実家に帰ると、すぐにそうなってしまう。

「ごめん、明日はちょっと出かけるわ。友だちと会うことになって」

春子は、わざとらしくスマートフォンを確認するような仕草をしながら言った。

「あら、そう。よしえおばちゃんがあんたに会いたい言うてたのに」

「東京に住んでる友だちなんやけど、めずらしく帰ってきてて、もう何年も会うてないから」

テレビに視線を向けたまま、父が言った。

「まあええやないか。賑やかなとこに出たほうが」

「そやねえ。おばちゃんらといっしょにごはん食べに行こ思てたのに」

「うん、ごめん」

嘘にならないように、と春子はフェイスブックなどを巡回して当たりをつけ、近所にいそうな友人たちに連絡をしてみた。案外すぐに、明日三、四人で心斎橋で集まるからおいでよ、と中学時代に仲のよかった一人から返信があり、春子はほっとした。


心斎橋はすごい人出だった。

大きな福袋をいくつも提げた人たちが通りをいっそう混雑させていた。まだ開いている店が少ないせいもあり、友人たちが集まったチェーンの居酒屋は早い時間から満席だった。

華やかさも正月らしさもない定番メニューをつつきながら、男女各二名の級友たちとは、会っていなかった数年の時間が嘘のように、昨日の続きみたいによくしゃべった。

春子が前日の両親との会話について話すと、一人は帰る家のある春子は恵まれた環境だと言い、別の一人は老後の生活を手伝ってもらうのを期待されているのではないか、自分も親が病気をしてから弱気になってやたらと二世帯住宅にするから家に帰ってこいと言われるようになった、と話した。

皆それぞれの状況でそれぞれの心配ごとや難題があった。しかし、たとえば十年前に比べれば、その事情に「家族」が関係してくることが増えた。

父も母も七十代になり、やはり老けたな、と春子は帰るたびに思う。座る位置も話す内容もたいして変わらないが、父母の体格が衰えているのが目に見えてわかるようになった。今のところ大きな病気はしていないが、年齢なりの不具合はあちこちある。

兄はずっと千葉だろうし、やっぱり自分が家のことをするようになるのだろうなとぼんやり思っているあいだ、友人の一人は最近飼い始めたヨウムのことを話していた。まだ言葉はそれほど覚えていないが簡単な会話ができるようになるかもしれない、寿命が五十年くらいあるのでがんばって長生きするつもりだが自分の子供は引き継いでくれるやろか、と心配していた。

三日の夜に、春子は自分の部屋に戻った。

ゆかりも沙希も、まだ家に戻ってきていないらしく、いつもにまして周辺は静かだった。熱いお茶を淹れ、居間に腰を下ろすと、急に疲れが抜けていくように感じた。テレビはつけなかった。

昨日の飲み会で、半年前に離婚した友人が「一人が落ち着くけど、落ち着きすぎてもう一回誰かと暮らすのは無理ちゃうかって思うわ」と言っていた声が聞こえるような気がした。その友人は、以前見たトーク番組で若い頃に離婚を経験して以来ながく一人暮らしの女優が「家の中に自分と時計以外に動いているものがあると落ち着かない」と言っていたのを引き合いに出していた。

春子は、壁に掛けた時計を見上げた。秒針は滑らかに回り、音がしないタイプだった。とても静かだった。

13

連休が明けた火曜日、春子とゆかりと沙希は、京都駅から特急列車に乗った。

二人がけの座席にゆかりと春子が並び、そのうしろの窓際に沙希が一人で座った。春子が座席を回転させて向かい合おうとしたが、沙希が、「わたし、うしろでいいです。たぶん寝るし」と言い、ゆかりも「そう？　わたしもこっち向きになると酔っちゃうのよ」ということだった。

ホテルが予約できたのが連休明けからの日程で、春子も沙希も、仕事は休暇を取った。連休明けは患者さんが多いのにって嫌味言われたんですけど、と言いつつ、沙希は気にしている様子はなかった。春子はこの一年まったく有給休暇を使っていなかったし、ちょうど仕事が少ない時期だった。切符の手配などは、すべてゆかりがやってくれていた。

八割ほど座席が埋まった特急列車は、停車駅を告げる長いアナウンスと共に走り出した。春子は京都には美術展を観に度々訪れる。しかし、いつもとは違う方角に動き出した車窓の風景は、まだどういうことのない街なかなのに、ただ見慣れないという以上に新鮮に感じた。

「旅行って、ものすごい久しぶりかも」

窓際で思わずつぶやいた春子に、ゆかりが楽しげな笑顔のまま尋ねた。

「どれくらい？」

「四年かな。それも、どうしても観たい展覧会を東京に観に行ってそれだけで帰ってきたんですよね」

「そんなに？　今の人は旅行しないの？　休みの日はなにしてるの？」

「行く人は行きますけど、行かない人は行かないですね」

答えになっていない妙な回答だと自分でも思いながら、行く友人と行かない友人の顔を脳裏に浮かべた。

春子が十代のころは、大学生といえばバックパッカーでアジア旅行、二十代の働く女性は毎年のように海外旅行、というイメージが世に溢(あふ)れていたが、実際に自分がそうなってみると、学生時代は友人に誘われてロックフェスティバルに行ったくらい。海外は卒業前に一度はとベトナムを三泊四日で訪れた以後は縁がない。仕事が忙しいわりに収入に余裕がなかったというのがいちばんの理由だが、以前勤めた会社の先輩女性たちが海外旅行に行ったあと、上司や他の社員から嫌味や陰口を聞かされることが続き、旅行は会社を辞めたときにしようと思ってタイミングを逃し続けてきた。もちろん、その先輩女性たちは正当に有給休暇を取って仕事は段取りをつけ、なにも言われる筋合いはないのだが、配られたお土産のお菓子をかじりながら、お気楽でいいご身分やね、などと隣の席の人が言うのを聞くたびに春子は気が重くなった。

「でもわたしも久しぶりだわ。夫が定年退職した記念に、北海道に行って以来かしら。退職したらいろんなところに行こうってあれこれ計画したんだけどね、結局実現したのはその北海道だけで、……わあ、見て、春子さん！　きれいねえ」

さしかかった鉄橋の下に、川が流れていた。

遠足で行ったことがある場所かも、と春子が思う間に、谷は車窓を流れていき、トンネルに入った。トンネルを出るとまた渓谷があり、そして再びトンネルと明と暗を繰り返すたびに、ゆかりは歓声を上げげた。

一方、うしろの席の沙希は、イヤホンを耳にはめ、メッセージのやりとりをしているのかゲームでもやっているのか、握ったスマートフォンに意識を集中させていた。

だんだんと建物の密度が薄くなり、黒瓦の木造家屋が目立つようになった。しばらく冬らしい曇天が続いていたが、今日は太陽はときどき雲に隠れる程度で、薄い水色の空が見えていた。視界が開け、山が近くなり遠くなりするのを眺めているのは楽しかった。

「ああ、やっぱり、出かけるっていいわねえ。なんだかこう、気持ちがふわっと広がる感じがするじゃない？　こういう瞬間が好きなのよ」

「旅行、よく行ってたんですか」

「そうね、夫とは年に一回くらいだったけど、パート先の人だとかご近所の仲のよかった人と近場に日帰りか一泊ぐらいでね。お弁当屋さんのパートでいっしょだった人がお得なツアーなんかをよく見つけてきてまめに手配してくれる人で、そのころがいちばんよく行ったかな。温泉やら果物狩りやら、同年代の四、五人で、まあ賑やかだったわよ。それから、近所でボランティアで子供たちに勉強を教えてる人がいたんだけど、しばらくそのお手伝いに行ってたのよ、そこの人たちとも三回くらい行ったかしら。春子さん、知ってる？　はとバスって」

ゆかりは、歴代のパート先や町内の人とも出かけた話をした。

「ゆかりさんは、活動的ですよねえ。めっちゃいろいろやってはったんですね」

「一人でじっとしてるのって、落ち着かないのよねえ。とにかく体動かしてないと」

「じゃあ、今の暮らしはちょっと物足りないんじゃないですか」

「そうなのよ。もう、なまっちゃうっていうか、体だけじゃなくてなんだか全体にね、ぼんやりしてるとすぐ年取っちゃう気がしてくるの。でもねえ、もうすぐ六十五歳だしね、新しく雇ってくれるところっていってもなかなかないでしょう。まだ実際に探してみたわけじゃないからわからないけど。あの『山帰来』の奥さんみたいなのっていいわよねえ。自分の家で自分の好きなものに囲まれて、毎日いろんな人が来てくれておしゃべりして、ね、そう思わない？」

「そうですねえ、素敵やなあって思うんですけど、もし自分がやってみたらって想像すると、お客さん誰も来えへんかったらどうしようって……」

「やだ、春子さん、考えがネガティブね。だめよ、物事は明るいほうに考えなくちゃ」

「いやー、でも……」

「あっ」

沙希が急に声を上げた。

沙希は、窓に顔を寄せて、興奮気味に繰り返した。列車は山あいを走っていて、木の根元に、何日か前に積もったらしい雪が残っていた。

「雪、雪やん」

だが、雪はそこに少しあっただけで、列車はすぐに盆地へ出た。

「もう終わりかー」

沙希の残念そうな口調に影響されてか、さびしい風景、と春子は思った。

真冬で木々の緑も少ないし、空っぽの田んぼが続く。人影はなく、遠くの道を白い軽トラックが一台だけ走っていた。

自分が普段見ている景色は、うるさすぎるのかもしれない、とも春子は思った。常に賑やかであれもこれも詰め込まれていて、さびしいなんて思う間もなく、時間がどんどん過ぎていく。

自分は街の猥雑(わいざつ)さが好きだけれど、あまりにそれに慣れてしまっている、と。

傍らで、ゆかりは今までに行った旅行先の思い出を話し続けた。日光、善光寺、白神山地、鬼怒川温泉、草津温泉、松島、宮島、函館、さくらんぼ狩りにぶどう狩り、ガラス工房や陶芸の体験、花火大会に七夕祭り。

春子は、パックツアーの新聞広告を思い出した。安い価格や見所がごちゃごちゃと強調されたページ。実家にいる頃、母親がよく眺めていたが、母は父以外とはあまり出かけなかった。

駅に着く直前にようやく、海が見えた。

列車を降りると、寒かった。大阪より五度は低いと春子は感じた。簡素なホームを冷たい風が吹き抜けた。小さな駅舎を出た途端、

「雪、積もってると思ってたのに」

沙希が、とても悲しそうに言った。春子が今まで聞いた中で、いちばん感情がこもった沙希の声だった。

真冬の日本海を望む観光地の駅前は、連休明けの平日だからか閑散としていた。

同じ特急列車から降りてきた人たちのうち、宿泊先からの車が迎えに来ていた人たちがそれに乗って離れたあと、中高年の女性たちのグループが三組ほどあたりを散策し始めた。彼女たちは賑やかにしゃべりながら歩き出した。着いたばかりなのに土産

物屋に入る三人連れを見て、ゆかりはそちらに交ざっているほうが違和感がなさそうと、春子は思った。自分たちはどんなふうに見えるだろう。ゆかりさんと沙希が親子で、自分は親戚とか、そんな感じだろうか。

ちょうどお昼時だったので、駅のすぐそばの店で海鮮丼を食べた。沙希は、食べながらも道路のほうをちらちらと見ていた。

「そんなに雪見たかったん?」

春子が聞くと、沙希はつまらなそうな顔のまま答えた。

「大阪は積もらないじゃないですか。雪景色やと思ったから来ることにしたのに」

わざわざこんなおばさんたちと、って続けそう、と春子は思った。

ゆかりのほうは、海鮮丼に満足してのんびりした調子で言った。

「そうねえ、わたしも日本海と言えば雪かと想像してたわ。関西だし、この冬はちょっとあったかいのかしら」

「いやー、でもやっぱり大阪に比べたらかなり寒いですよー。底冷えするっていうか」

「春子さんも旅行しないって話してたけど、沙希ちゃんも? 今の人はみんなそうなの?」

「うちは、母がゆっくりできることとなんかなかったし。わたしも別に興味ないんで」

「そうね、沙希ちゃんのお母さんは苦労されたんだものね」

育った環境で経験があまりなければその後も選択肢としてなかなか思いつかない、というのは、旅行に限らずたとえば、手の込んだ料理や動物を飼うことなんかもそうじゃないかと、春子はときどき思う。春子の家族は動物に縁がなかったので、今でも何かを飼ってみたいとなかなか思わない。

天橋立（あまのはしだて）を見渡せる山上の公園に上るには、リフトとモノレールの二つの手段があった。景色はよさそうだけど寒いかも、とゆかりと春子が迷っていると、沙希が憮然（ぶぜん）として言った。

「あんな高いとこ無理やわ。絶対いや」

そう高さがあるようにも見えないリフトを沙希が強い口調で怖がったのは、春子には意外だった。

斜行型モノレールの小さな車両から見下ろす海は、曇天を映して鈍い灰色に見えた。少し風が出てきたが、白く波頭が立つほどではなかった。離れて見ると、穏やかな景色だった。その海の真ん中を貫いて、入り江を囲む半島の先まで松の並木が伸びていた。少しだけ湾曲したその内側に、わずかな砂浜の弧が連なっていた。コンパスで順番に描いたみたい、と春子が言うと、ゆかりが、そうそう、と楽しげに返した。

展望公園には、思ったよりも人がいた。小さい子供を連れた家族が、写真や動画を撮っていた。海を見渡せる崖の上にはベンチのような台が並んでいた。駅前で見かけたゆかりと同年代のグループが、そこに上がって前屈姿勢を取っては、両足の間から携帯電話のカメラを構え、その姿を互いに見ては笑い合っていた。

沙希は眉根を寄せて、しばらくその様子を見ていた。

「なにしてんの、あれ？」

「股覗き。天橋立に来たらあれをやらなくちゃね。次はわたしたち、行きましょうね」

「なんで？」

虚をつかれたような顔で、沙希はゆかりと春子を見た。ゆかりは、ちょうどグループ客が去ったあとの台に乗り、実演して見せた。

「天橋立って天の橋って書くでしょ？　空に橋が架かってるみたいに見えるのよ。ほら、沙希ちゃんもやってみたらわかるから」

沙希は、怪訝（けげん）な表情のままゆかりの隣に立ち、遠慮気味に開いた足の間からちらっと向こうを見ると、すぐに姿勢を戻した。

「わからへん」

沙希の声は、ますます不機嫌そうになった。

「意味が、わからへん。べつにいっしょやん」

「だからね、海が空みたいに見えて、そこに架かる橋なのよ。ね、春子さん？」

「正直……、わたしも今ひとつそんな感じがせえへんというか……」

「ええ？　そうなの？　でも、みんな記念撮影してるわよ」

沙希と替わって春子も同じポーズを取ってみたが、鈍色の海はやはり空とは全然思えなかった。ゆかりには空に見えるのだとしたら、それを体験してみたいと思ったが、目を交換することはできないのだった。

ゆかりが近くにいた女性に声をかけ、沙希が名付けた「海の橋立」を背景に三人の記念写真を春子のスマートフォンで撮ってもらった。

そのあと、沙希は展望レストランでアイスクリームを買ってきて食べた。寒いのに、と春子とゆかりは言ったが、沙希は、

「アイスは寒いときに食べるもんですよ」

と、やっと笑顔になった。

春子はリフトに乗ってみたかったが、沙希は再び拒んだし、風も冷たかったのであきらめた。

モノレールから降りた途端に、沙希が言った。

「わたし、あっちまで歩いてきます」

指さしたのは、展望公園から見た橋立のほうだった。

「自由行動って言うてたし」

ゆかりは、春子の顔を確認するようにちらっと見てから頷いたが、沙希はさっさと歩き出していた。ゆかりはその背中に集合時間を告げ、沙希は、はいはーい、と振り向かないまま手を振った。

春子とゆかりは、廻旋橋(かいせん)や文殊堂、天橋立公園の入口あたりを回って戻ってきた。

春子は、ゆかりには言いそびれていたが、実はここには一度来たことがあった。小学二年生のときで、夏休みに家族で来たのだった。

張り切っているゆかりになんとなく言い出すタイミングを失ったのもあるし、実際のところほとんど覚えていなかった。ただ、さっき展望公園にいたとき、急にいくつかの風景を思い出した。旅行に行くならと祖父がくれたおもちゃみたいなカメラを家に忘れてきたことにあの公園で気づき、そのことで父が不機嫌になり、母はわざとらしくのんきな口調でその場を収めようとしていた。そのときはリフトとモノレールのどっちに乗ったか、思い出せなかった。廻旋橋の近くで兄が転んで、膝を切った。どこかでソフトクリームを食べた。

それから経った三十年以上という時間の長さを、春子はどうとらえていいかわからなくなった。

歩き疲れたので、ゆかりと春子は喫茶店に入った。

「ああー、寒かったわねえ」

「ずっと外にいると冷えますね」

入口に近い窓際のテーブルについて、コーヒーとチーズケーキを注文した。木を基調にした内装の壁際の棚に並んだコーヒーカップを見て、「山帰来」みたいだと二人で話した。

「沙希ちゃん、なんだか機嫌が悪いわよね。やっぱりおばさんとじゃつまらないのかしら」

「今どきの若い子は、ああいうところありますよ。マイペースというか」

「春子さんだってじゅうぶん若いのに」

「自分でも若いつもりでいてるんですけどね、ときどき、そうじゃないって実感しますよ。沙希ちゃんなんて、ほんま世代が違うっていうか、二十代やなあって」

「沙希ちゃん、あのあとは特に変わったところもないんだけどね」

去年のまだ冬の初めに、夜に突然沙希が母屋に訪ねてきたことは、春子もずっと気になってはいた。

「拓矢くんのお母さんが、ゆかりさんの妹さんなんですよね？」

コーヒーの香りが満ちた店内には、聞き覚えのあるピアノの曲がかかっていたが、春子はそれがなんだったか思い出せなかった。

「妹からもなにも聞いてなくて。いかにも今どきの子で、ちょっと変わってるわよね、とは言ってたけど、それなりにいいお嫁さんみたいだし」

いいお嫁さん、という言葉と沙希は、春子の頭の中ではうまく結びつかなかった。「悪い」と思っているわけではなく、役割に当てはめられたその言い方が、そぐわない気がした。

「わたしが沙希ちゃんぐらいのときは、毎日の目の前のことで精一杯で、先の見通しなんか全然つかへんくって、友だちとはしょうもない話ばっかりしてたし、沙希ちゃんは仕事して家事もやって、えらいなあって」

「そうよね」

ゆかりは頷いたが、ひっかかることがあるのか、なにか話したそうな、逡巡しているような表情だった。

ドアについたベルが大きく鳴り、冷たい風といっしょに二人の客が入ってきた。先に入ってきた女性の鞄が、ゆかりの座る椅子の背もたれに当たった。

「あっ、ごめんなさい」

ちょうどゆかりと同じ年代の、痩せた女性だった。大きな鞄に、たくさん提げた土産物の紙袋。そのうしろには、やはり袋をいくつも提げた男性。二人は、あっちがいいかこっちがいいかと迷ったあと、カウンター近くのテーブルに落ち着いた。おそらく夫婦だろう。土産物を買い込んでこれから帰る前にお茶を、とこの店に入ってきた。

妻のほうを、ゆかりと似ている、と春子は思った。顔や体型は違うが、全体の明るい雰囲気というか、今も夫や注文を取りに来た店員に向かって賑やかに話しかけているところだろうか。

「まあ、いろいろあるだろうし、隣だからっておばさんがあんまり首つっこんでもねえ」

「わたしがもう少し年が近かったら、話せるかもしれへんのですけど」

「春子さんはそんなに気を遣わなくていいのよ」

と言いつつ、ゆかりの視線はカウンター近くの二人に向いていた。夫婦というごく当たり前の組み合わせだが、かえって目立つと春子は感じた。今日ここに着いてから見かけたのは、女性たちのグループか家族連れ。他の行楽地でもだいたい似たようなものだ。

ゆかりは、夫婦のほうへぼんやりと視線を向けていた。

こんなゆかりさんを前にも見たことがある、と春子は思い出した。母屋の縁側で一人で座っていた。なんとなく、見てはいけなかったように思った。

「ああ、ごめんなさいね、ぼーっとしちゃって」

春子の視線に気づいて、ゆかりは、姿勢を直した。

「あのご主人、うちの夫に少し似てるなって思ったの。でも、全然違うわね」

男性は、中肉中背にモスグリーンのセーターを着て、頭髪が少し薄い。これといって目につく特徴はなく、温厚そうに見えた。つまり、よくいる「おじさん」で、そこからゆかりの夫がどんな人だったかを想像する手がかりは、春子にはつかめなかった。

春子がゆかりと似ていると思った妻のほうには、ゆかりは注目していなかったようだ。妻は、春子たちと同じくチーズケーキを注文し、おいしいとか寒いとか帰るのはさびしいとか、しゃべり続けていた。

「うちも、もう一回くらい、いっしょに旅行すればよかった」

コーヒーにミルクを足して、ゆかりがつぶやいた。

「だんなさんは、どこか行きたいところがあったんですか？」

「ううん、出不精でね、わたしがどこそこに行きたいって何度も言ってやっと、っていうタイプ」

ゆかりは、金色の小さなスプーンでコーヒーをかき混ぜたが、飲もうとはしなかった。

「定年退職の記念に北海道に行って、そのあとも夫は元の会社に嘱託でしばらく出勤してたの。わたしが前から行きたかった沖縄にようやく行こうかって話になったあたりで、なんだか食欲がないし、体がだるいからって近所の病院に行ったら総合病院を紹介されてそのまま検査入院になって、それで胃に腫瘍が見つかって、悪性で、かなり進行してる、って」

そうですか、とときどき相槌を打ちながら、春子は、どんなふうに受け答えをすべきなのか、戸惑っていた。

「もともと病院嫌いの人でね、医者なんか病気を作るのが仕事だ、なんて言って。退職したら一度人間ドックにって話してたのもなんだかんだと先延ばしにして、体調がおかしかったのも何か月か前からだったらしいんだけど、わたしにも全然言わなかったのよ。すぐに手術はしたんだけど、転移があって」

ゆかりは、当時のできごとを日誌に書き並べるように話した。あまり感情を出さないように、なるべく正確に事実関係を伝えるようにと、心がけているように春子には感じられた。こんな検査をして、こんな治療をして、病院の看護師さんたちにはこんな人がいて……。

「病気がわかってから、一年半かな、それまでは割合元気にしてたんだけどね。会社にもちょくちょく顔出して、仕事人間なのよ、テレビで洋画とスポーツ中継を見るのが好きだったくらいで、ほかにこれといった趣味もなかったしね。検査の結果が悪くなってきても、毎日いっしょに近所を散歩してたんだけど、あるときぱたっと食べられなくなって、そこからは急激に悪くなった。体調が安定してるあいだにどこかに行こうかって話には何度かなってたんだけど、これで最後かもと思いながら旅行するのもなんだかな、って夫が言って。わたしも、なにかそういう思い出作りみたいなことをするとほんとに最後になっちゃうんじゃないか、みたいなことをつい考えてしまってね。今になってみれば、そんなこと考えないできれいな景色を見て楽しんだほうがよかったかもと思うけど、そのときはやっぱり……」

ゆかりは、しばらくテーブルの上に視線を落としていた。コーヒーもチーズケーキも中途半端に残ったままだった。

「ごめんなさいね、暗い話になっちゃって」

「いえ。……実は、前にゆかりさんが縁側のところにずっと座ってはるのを見たことがあって。ちょっと気になってたんです。……すみません」

ゆかりは、春子の顔を確かめるように見た。それから、一呼吸して、言った。

「もう少し、聞いてもらってもいい？」

春子は、黙って頷いた。ゆかりは、少しだけ唇に笑みを作ってみせた。

「夫の両親が、車で二十分ぐらいのところに住んでたんだけどね、それはもう、落胆して」

ゆかりは、そこでまた息をついた。当時を思い出そうとしているようにも見えたし、話すべきかどうか迷っているようにも見えた。

「お葬式のあとで、いろいろ話し込んでるうちに二人ともかなり感情的になってきて、専業主婦だったのに夫の健康管理をしてなかったのか、手術したのが悪かったんじゃないか、夫は切りたくないと言ったのをわたしが無理にすすめたんだろう、って」

「それは……」

「長生きして、子供が先に死ぬなんて、そんなつらいことはないものね……」

そのときは取りなしてくれた夫の兄と姉も、ゆかりがボランティアだの旅行だのと外にばかり出て家のことを見ていなかったのではないかと話していたことを、別の親戚の会話から知ったという。

「夫が病気をしているあいだ、お友達や近所の人も、なにかにつけ心配してくれたり、いろいろ持ってきてくださったりしたんだけど。なんていうか、難しいこともあるのよね、あれがいい、これはだめだって、それぞれ思ってるものがあって」

健康食品や特別な成分が入っているという水、湯治場や宗教、神の手を持つと言われる名医、薦められるものも多岐にわたっていた。強く言われたり、夫が興味を持ったりしたものをいくつかは、試してみた。たいていは高価で、そして効果はなかった。かすかな期待は持ってしまうもので、そのたびに落胆は大きく、ゆかりも夫もますます疲弊した。中には、ゆかりの夫が受けている病院での医療を否定する人や、病気になったのは今までの生活や人間関係に問題があるから気持ち次第だと、アドバイスとして言う人もいた。ゆかりは次第に、人と話すのを怖いとさえ思うようになった。

夫の死後、しばらく経ってから、知人の集まりや近所の行事にも顔を出したりするようになったが、同じ時期に病気が発覚したが元気にしている人、新しい治療法を受けた人がいることなどが話題に上るのを耳にするたびに、ほかにできることがあったのではないか、自分の選択が間違っていたのではないか、と考えずにはいられなかった、とゆかりは話した。

「誰も、わたしを責めたりなんてしてないのよ、むしろ気遣ってくれる人ばかりで。誰かのためになると思って言っていて、善意だからこそ、こちらはなにも言えなくなって。わたしだって、自分がそういう事態に直面する前は、同じようなことを人に言ってたかもしれない。だけど、あの人は奇跡を信じたから助かった、なんて話が聞こえてくると、うちはそうじゃないって思われてるのかな、とかね、なんでも悪いほうに考えてしまって。どんな顔してればいいのか、もうわからなくなっちゃったのよね。だんだん、人に会いたくないと思うようになってきてね」

夫の死から一年ほどして、ゆかりの母、つまり春子の大家であった溝口すまが亡くなった。夫のこともあって、あまり会いに行けていなかった。母の身の回りのことも妹たちに任せっぱなしになってしまった。母のことも夫のことも後悔ばかりがつのった。

ゆかりの話に頷きながら、春子は、大家さんの葬儀を思い出していた。親族席で、目も鼻も真っ赤にしてときどき嗚咽(おえつ)をもらして泣いていた、あの人がゆかりだった。あんなに泣いていたのには、理由があったのだ。

今、春子とテーブルを挟んで向かい合っているゆかりは、涙を流すことも声を詰まらせることもなかった。ただ、感情を出さないようにするためか、ときどき言葉を飲み込んで呼吸を整えるような短い沈黙があった。きっとそうしないと気持ちを抑えられなくなるからだと、春子は感じた。

ゆかりは、誰かに聞いてきた話を伝えるように、話し続けた。

「母の葬儀から東京に戻って次の週だったかな、ずっと住んでた家の前を通ることがあってね。長男が生まれたころから住んでた家なんだけどね、夫の病気がわかる少し前に引っ越したのよ。郊外によくある、景気がいいころにできた新興住宅地で、駅からバスに乗らないといけないし、坂の上だし、年取ってくると不便ねって話していたところに、駅前に大きなマンションができたの。お天気がいいときは富士山も見えるからって夫がすごく気に入って。長年住み慣れた家を手放すのはもちろんさびしいと思ったけど、子供たちもいないから広さを持てあまして、あちこち傷んできて修繕も大変だっていうときで、二人だからこぢんまりした部屋のほうがいいねって……」

カウンター近くの夫婦が、席を立った。列車の時刻が近づいたのだろう。店に入ってきたときと同じ賑やかな調子で妻のほうが店主においしかったと礼を言い、夫はその隣で頷いていた。

ゆかりも、彼らのほうへ視線を向けた。夫婦は、ゆかりと春子に軽く会釈をし、話しながら店を出て行った。ゆかりのうしろを通るとき、今度はどこに行こうか、と妻のほうが言ったのが、春子の耳に残った。その話し方は、やはりゆかりに似ていると、春子は思った。

店主が水を注ぎ足しに来た。ゆかりは、ありがとう、と言った。そしてまた話した。

「久しぶりに家の前を通って、やっぱりそこが、その家がわたしにとっては自分たち家族の家だって感覚があって、そのまま玄関ドアを開けて、帰っていきたい気持ちだった。でも、家の壁は明るく塗り替えられて、ウッドデッキができていて、あ、それはね、とっても素敵だったのよ、わたしもこんなふうにしたかったなって思うくらい。二階のベランダには見覚えのない洗濯物が干してあってね。庭に小さな梅の木があったんだけど、それもなくなっていたし。わたしも夫もそこにいないのに、誰かがそこで暮らしてることが、ものすごくさびしい、心の中が冷たい空洞になるような感じがしたのね。そこでわたしたち家族が暮らしていた時間が、もうなくなってしまった、探しても見つからない。それを突きつけられたようで」

春子は、その家を思い浮かべようとした。ゆかりが暮らしていたころの、庭で梅が咲いていて、子供が二人いて、昔テレビドラマで見た「マイホーム」という言葉がぴったりの、坂道の上の二階建て。

春子にとってそれは、現実感の薄い、夢の中の風景のようだった。

「それならいっそ、知らない街で暮らそうか、って急に思いついて。ちょうど、母の家をどうするか、誰かが住むのか、それとも売るのか、話し合っていたところだったのね。それで、わたしが引っ越す、って言って。妹たちはびっくりしちゃって。それはそうよね。この年になってから大阪で暮らすのも大変だって言われたけど、わたし、思い込んだらぱっとやっちゃうところがあるのね。マンションに夫と住んでた期間は二年もなかったから、そんなに愛着はなかったし。それでも、部屋の片付けをするときはさびしくなって、もしかしたら間違ったことをしてるのかもしれない、って思ったけど」

ゆかりは、一息ついて、水を飲んだ。置いたグラスの中で氷が崩れ、小さな音が鳴った。

「夫の両親、気落ちしたんでしょうね、二人とも体調崩してるの。夫は末っ子だったから、いちばんかわいがってた、子供のころから博志(ひろし)には甘かった、ってお義兄(にい)さんもお義姉(ねえ)さんもよく言ってたわ。お見舞いに何度か行ったけど、楽しい話になってくるとお義母さんが、博志がいたらねえ、って」

ゆかりは、さびしげに微笑んだ。春子は、そうですか、とだけ返した。それで度々東京に戻っていたのか、と思いながら、ゆかりに対してどういう言葉をかければいいのか、思いつけずにいた。

「引っ越してよかったのかどうか、わからないけど、春子さんがいてくれてよかったわ」

ゆかりの言葉に、春子は少々驚いた。

自分がそんなことを言われるとは、予想外だった。ゆかりだけではなく、他の誰からも、そう言われると考えたことがなかった。

「今まで、人に話したことなかったのよ。春子さんは、わたしの身内も、東京の人たちのことも、誰のことも知らないから」

ゆかりの鞄の中で、電話が鳴っているのに気づいた。

「ああ、ごめんなさいね、……喫茶店よ、右側の……」

沙希からだった。待ち合わせた時間を五分過ぎていた。

会計をする前に、ドアのガラス越しに、沙希の姿が見えた。

ゆかりと春子が外へ出ると、沙希はわかりやすくむくれた顔を作った。

「時間厳守やで」

それでも、展望公園に行ったときに比べれば、機嫌は悪くないように、春子には見えた。

「どこまで行ってきたん？」

「向こうの、ずーっと向こうまで」

沙希は振り返ったが、その位置からは天橋立は見えなかった。沙希の長い髪が、冷たい風になびいた。

「海って、なんかすごい」

沙希は、二時間近くのあいだ、ただ波打ち際を歩いていたらしかった。

「海って、ずっと動いててすごい」

風はいっそう冷たくなってきていたが、沙希はまだ海の近くにいたいようだった。

「寒かったんじゃないの？」

「波、見てた」

宿泊先まで、タクシーに乗った。運転手は陽気に、お母さんと娘さんだといっしょに旅行できていいねえ、と言った。ゆかりと春子は顔を見合わせて曖昧に返事をしたが、沙希は暗くなったあたりを海を探すように外ばかり見ていた。

14

　春子は、日本海、蟹、などの言葉からこぢんまりした旅館をイメージしていたが、着いたのは四角いコンクリートの大型ホテルだった。改装されたばかりらしい明るいロビーの天井を見げて、沙希も春子と似たような感想を持ったようで、こういう感じやねんや、とつぶやいた。

　三人の泊まる部屋は別館にあり、長い廊下の先で階段を上がって渡り廊下を進んでまた階段を下り、それからまたエレベーターに乗った。別館は木を基調にした内装で、それなりに風情があった。

「広いわねー」

　とゆかりは部屋のドアを開けるなり甲高い声を上げ、確かに、左側にベッドが二つ置かれ、右側が障子で仕切ることのできる和室になっている部屋は三人でもじゅうぶんゆったりできる広さがあった。沙希は、すぐに窓のところまで行って外を見たが、

「真っ暗や」

と落胆の声を上げた。春子がその横から外を見ると、高台に位置するこの建物からは少し先に海が望めるのだが、そこはすでに暗い闇が満ちていた。

「あんなに暗いんや」

と、沙希はつぶやいた。

「なんにもないみたい」

左の方に視線を移すと、対岸の灯りがいくつか瞬いていたが、ことそこのあいだには、ぽっかりと黒い穴が開いたように、暗かった。

沙希は、海を見慣れていないようだった。春子も、こうして海を見晴らせるようなところへ来たのは四、五年ぶりで、そして夜の海は前に来たのがいつか思い出せないほどだったので、夜の海って怖いものだった、とその見えないあたりへ目を凝らした。

二人のうしろでは、ゆかりがさっさと浴衣と羽織に着替え、

「ね、夕食は七時からだから、その間にお風呂行ってきたら？　食事の場所はね……」

と、指示をして早々に部屋を出て行った。三人で仲良く温泉に、という訳にもいかないので気を遣っているのだろうと春子は思った。そして春子も、窓辺でスマートフォンをいじり始めた沙希を置いて、部屋を出た。

ホテル内をぐるっと回り、ライブラリーコーナーや、工芸品のギャラリーを見た。

そろそろ早めの夕食が始まる人たちもいて、館内は深閑とした外に比べて騒がしく、春子は、その感じを外との温度差とともに冬だと思った。


大浴場も、思ったより人が多かった。ゆかりも沙希も見当たらなかったが、宿泊者以外も利用できるので、温泉と食事だけの客や地元の住人もいるようだった。

温まってから露天風呂のある屋外へ出ると、夜の空気が刺すように冷たかったが、心地よくも感じた。その空気と熱い湯が反応して、真っ白い湯気があとからあとから立ち上っている。その湯気とゆらゆらと揺れる透明な湯の表面をぼんやりと眺めながら、ゆかりに聞いた話を思い返していた。

ゆかりが話をしてくれたことに、春子も安堵というか、どこか落ち着くような気持ちを感じていた。中学や高校からの二人か三人の友人以外で、あんなふうに打ち明け話を聞いたことはなかった。この年齢になって知り合った誰かから多少なりとも信用されたことがうれしいのかもしれない、と春子は思っていた。

空を見上げると、曇っているのか星も月も見えなかった。

「あ、春子さんや」

声がして振り向くと、反対側の縁から沙希が入ってきた。沙希は、岩の出っぱった部分の向こう側に少し距離を取って段になったところにしゃがみ、そのままぼんやりしていた。

春子と沙希のあいだにいた若い母親が、一歳になるかならないかの子供を抱っこして湯から上がった。子供を抱える腕は細く、沙希よりも若そうだった。湯気の向こうから、彼女の名前を呼びながら女性が近づいてきた。若いおばあちゃん、と春子は思った。もしかしたら自分と年齢が変わらないかもしれない。たぶん、律子ぐらいの……。

「子供いないのって、だいじょうぶなんですか」

湯気の向こうから、沙希が唐突に聞いた。聞かれた春子は一瞬なんのことかと思ったが、前にも似たような質問をされたのを思い出した。少し間を置いて答えた。

「うーん、なにについてだいじょうぶかによるかなあ」

沙希は、それには返答しなかった。
四、五歳くらいの子供を二人連れた別の母親が、湯に入ってきた。子供たちは泳ごうとして、母親に止められた。湯が熱いからか、子供たちはほどなく上がって室内に戻り、母親もそれについていった。沙希がその後ろ姿を追いかけるように見ていたので、春子は聞いてみた。

げに即答した。
「沙希ちゃんは、どちらかというと子供ほしいほうな感じ？」
最大限気を配った聞き方にしてみたが、沙希はそんなのはまどろっこしいと言いた
「二十代のうちに産んどかないとやばいかなとは思ってて」
「沙希ちゃん、まだ二十五やん」
「わたしの仲いい子、この二、三年でみんなお母さんになったし、エミちゃんは今度
三人目が生まれるんですけど、三十過ぎたら走り回る子供について行くのはしんどさ
が違うから今のうちやでって」
エミちゃん、というのは沙希が以前話していた仲のよい先輩だった。
「そう言われるとなあ。わたしの同級生も体力的にはしんどいとは言うてるけど」
それでも、沙希とは十歳くらい年齢の認識に差があって、春子から見ればじゅうぶ
んに若い沙希が気にしすぎているように思えた。
「ハハちゃんも、子供いてへんかったら将来さびしいで、わたしはあんたがおってよ
かった、女は子供育てて初めて一人前やから、ってよう言うてるし」
「そういうところは、そら、あるやろね」
自分の親からも、近所の人や周りの人からも、ときには同級生からも、そしてテレ

ビの中からも、今までに何度も聞かされてきた言葉だった。

「こればっかりは、一人でどうにかなることでもないしね。受験勉強みたいに努力すれば合格ってわけじゃないから。……それに、わたしは、子供がどうしてもほしいって思ったこと、ないかも」

「そんな人、いるんですか？　ほんまに？」

予想以上に頓狂な声が、湯気といっしょに空に昇っていった。春子から表情はよく見えないが、沙希はずいぶん驚いているようだ。

「せやねえ。友だちの子供はかわいいし、大変そうやけどいいこともあるやろうし、そういう生活もいいのかな、とは思う。ちょっと前までは、結婚とか子供とかから遠い自分のことを考え出すと落ち込んでしまうことも、正直言うとよくあった。でも、友だちで、結婚はしなくても子供だけはほしい、って言う子もいてるけど、そこまでじゃないことに気づいたっていうか、あんまり、自分が母親になるのが想像できへん、……自分のことで精一杯のわたしなんかが子供育てていいのかな、って実は思ってしまって」

「なんで？」

「なんでやろ」

「そんなこと、言うてもいいんですか？」

「どういう意味？」

「どういう意味って、自分は親に育ててもらったのにそんなこと言うん、人としてちょっとアレっていうか、普通は言わへんくない？」

「そう言われたら、そうかもね、としか……」

沙希みたいな若い子が〝普通〟って言うのかあ、と春子は思い、そしてこうして思うところがあるくせに言い返さない自分はずるいのかもしれない、かなり年下の、自分の気持ちを話そうとしている人に対する答えとしては、と考えた。

「みんながそんなこと言い出したら世の中がおかしくなるやん」

沙希の声は棘が目立ってきたが、湯気に混じってふやけ、夜の空に昇っていった。

「うーん、それはやねえ」

このごろは、テレビのニュースなんかでもやたらと少子化対策や人口減を特集していて、しかし対策は自治体のお見合いパーティーなどと的外れなことをやったりして、子供がいない人は税金を増やせばいいと言う人もいるし、沙希の言うことはその「世の中」の声としては珍しいものではないのを、春子はよくわかっていた。

「女に生まれてきたんやから、普通は子供ほしくないわけないと思うけど。春子さんて実はすごい冷たい人なんちゃう」

「そう思われるところはあるかも」

「えー、そうなんや。怖いわー」

こんな言い方を聞くのは久しぶりだ。中学校の教室以来かもしれない。もしかしたら、その後も身近にあったのかもしれないが、自分は人と言い争ったり嫌味を言ったり会話で立場の上下を測ったりする状況を避けられるだけ避けてきた。

春子は、大きく突き出した岩の陰で肩まで湯に浸かり、こっちを見ないまま話す沙希に向かって、言葉を探しながら続けた。

「沙希ちゃんがそう思うのは、わたしとしてはちょっと厳しいなって感じやけど、いろんな考えがあるから仕方ないとして、でも、わたしは子供育ててる友達をえらいな、というか、できることあれば手伝いたいと思ってるし、友達の子供じゃなくても、今の世の中の子供にできることがあったらしたいし、沙希ちゃんに子供が生まれたら楽しく過ごせたらいいなって思うし、そのことと、自分の人生が思った通りに順調に進むかとか、みんなが思うことに自分が当てはまるかとか、それはまた別のことやねん」

「なに言うてるかようわからへん」

「うん、ごめん、うまく説明できへんくて。でも沙希ちゃん、」

「……お湯に浸かってるのって、気持ち悪い」

そう言うと、沙希は音を立てて湯から上がり、ぺたぺたと足音を残して屋内に戻っていった。ライトに一瞬照らされた、色の白い健康的な肉体が、春子の目に焼き付いた。

前にワイドショーで今の若い人は湯船に浸からないというアンケート報告をやっていたのを思い出しつつ、春子は岩に腰掛けた。自分も長風呂は苦手だ。一段と冷え込んできた空気が、頭も体も冷ました。沙希ではないが、雪景色だったらもっとよかったのに、と大きく息をついた。

年配の女性たちのグループが入ってきた。友人同士だろうか。自分はあれくらいの年齢になったとき、いっしょに温泉に行く友人はいるだろうか。数分前に沙希に言ったことは、嘘ではない。しかし、体裁を整えようとしたという気はしていた。

実は、子供をほしいわけではない、と、人に話したのは初めてだった。

今まで誰にも、春子が当然結婚して子供を産むと疑わなかった両親にはもちろんのこと、仲のいい友達、直美や里佳子にも言ったことはなかった。適当に話を合わせて、相手がいたらねえなどと笑ってすませてきた。それはたぶん、沙希が言ったようなことを思われるんじゃないかと恐れていたからだ。世間的に自分がそう思われているのではと、いつも感じていた。実際に、自分に向かって直接でなければ、周りの人たちがそんな会話をしていることはあった。せっかく女に生まれたんだから、自分だって育ててもらったんだから、と。

沙希のあまりに無遠慮な言い方によって、初めて自分の気持ちを言うことができて、春子はどこかですっきりした気もしていた。無遠慮、というよりは、沙希になにか八つ当たり的なものがあるのを聞きながら感じていたが、今まで人に知られてはいけない、こんなことを思っている自分はなにかが欠けているのだと気にし続けてきたことを口に出してみて、今までだって人に言ってみてよかったんじゃないか、と思えてきた。今までは、周りの人はあくまで「善いこと」としてポジティブに、明るく楽しい話として言っていたから、「勝手な」自分の気持ちは絶対に言えないと思っていた。だから、言ってみると案外そうでもないことだと気づいた。ただ、急だったのでもう少し整理して話せたはずなのが心残りなのと、沙希に対抗してもっとはっきり言ってもよかったなと思った。

春子は屋内の大浴場に戻り、水風呂に手を入れてみたが、さすがにそこには入れないとあきらめて、いちばんぬるい湯船にもう一度入った。

和食レストランの案内されたテーブルへ行くと、もうゆかりも沙希も席に着いていた。店内には琴の演奏が流れ、お正月気分の残りがあった。個室ではないがすだれで仕切ってあり、隣のテーブルにいるカップルが春子の席から透けて見えた。

春子は沙希に対して少々気兼ねがあって、向かい合っていた二人の、ゆかりの隣に座った。

一方の沙希は、さっきの風呂での会話がなかったかのように、おいしそうですよー、などと軽い調子で言った。しかし、春子の顔はほとんど見なかった。

「こうして、のんびりしておいしいもの食べられるなんて、ほんとにいいわねえ。大阪に越してきてよかったわあ」

黒塗りのテーブルに収まりきらないほど並べられた、刺身、茹(ゆ)でた脚、天ぷら、鍋、と蟹のフルコースを前にして、ゆかりははしゃいでいた。

こんなに蟹ばかり、と、鮮やかなオレンジ色に茹であがった甲羅や爪を見て春子は思うが、順に箸をつけたそれぞれの料理は味わいが違って飽きることはなかった。濃厚な出汁(だし)が沸き立った鍋から脚を取り出し、割って、専用のフォークで中身を出していると、春子はただそれだけに集中できるこの時間は幸福だと思った。

「おいしいもの食べる以上に楽しいことって、人生にない気がします」

「なーに、春子さん、若い人がそんなこと言っちゃって」

ゆかりは冗談と受け取ったのか春子の肩を軽く叩いたが、春子としては、正直な気持ちをそのまま表しただけだった。

蟹は、一人暮らしだとまず食べない食材だ。こうして何人かで同じ作業をするからこそおいしい。自宅で一人、鍋に脚を二、三本入れてみたとして、食べる量は同じだとしても蟹の鍋を食べたという満足感は得られない。

沙希は蟹を食べ慣れないのか、できへん、取れへん、などと文句を言いつつも、料理自体には満足しているようだった。

よく蟹を食べているときは無言になると言うが、ゆかりはずっと館内のインテリアや大浴場の評価や昼間の風景や蟹について話し続けていた。

「ねえ、沙希ちゃん、今度は、拓矢くんもいっしょにうちにいらっしゃいよ」

沙希の手が止まった。

「なんでですか？」

その声はこわばった感じがあり、蟹を見つめたままの顔も表情がなくなったように、春子には見えた。ゆかりはそれに気づかないのか、気づいたから余計になのか、妙に明るい調子で続けた。

「今日も、拓矢くんもいっしょでもよかったわよね。沙希ちゃんが毎日食事の用意するのも大変でしょ？　うちはいつだってかまわないのよ。もともと、拓矢くんにとってはおばあちゃんの家なんだし、うちは広くて冬はちょっとさびしいから、誰かが来てくれたほうがかえって賑やかで……」

沙希は、蟹から手を離し、ゆっくりと言った。

「ゆかりさんが、急にあの家に住みたいって言い出したんですよね。もうほとんど売るって決まってたのに」

沙希は無表情で、大きな黒い瞳だけがゆかりのほうへ向けられていた。

「……寛子(ひろこ)が言ってたの？」

初めて聞くその名前をゆかりの下の妹、沙希の姑(しゅうとめ)だろう、と春子は推測したが、ゆかりの声に含まれた今までとは違う緊張感に、口を挟む余裕はなかった。

「ゆかりさんは、若いときも、自分だけ東京に残るって無理言うて、東京で楽しんで、ゆかりさんがいちばんかわいがられてて、わがまま聞いてもらってきた、って言うてはりましたよ」

「あのときは、わたしは高校の二年も半ばで、父の姉が近所にいたから。わたしのほうだって、一人でさびしかったわよ。みんな大阪に行っちゃって」
「おばあちゃんのことも、なんやかんや言うてせえへんかったって」
「妹たちにばかり負担がかかったのは、ほんとに申し訳ないと思ってるわ。寛子には
ずっと病院に通ってもらって」
「おばあちゃんがだいじにしてはった家やのに突然リフォームしたり、周りはけっこ
う振り回されてる、みたいな感じですよね」
「沙希ちゃん、ゆかりさんは……」
　春子は、数時間前に喫茶店でゆかりから聞いた夫との闘病生活のことを沙希に説明
したくなったが、それに気づいたのかゆかりは小さく首を振って制した。
　沙希は、言い続けた。
「自分のことばっかりだから、ゆかりさんの子供は全然帰ってこないんじゃないです
か？」
「……どういうこと？」
　穏やかに話そうとし続けていたゆかりの声に、明らかに動揺が見えた。沙希は、ふ
っ、と息を吐いた。自分の攻撃が成功したと感じたようだ。
「なにが言いたいの？」

「別に。ゆかりさん、わかってはるんでしょ」

鍋は煮詰まっていくが、春子は握ったままの箸を動かすこともできず、ゆかりと沙希の表情を見比べていた。

「あの、このあと雑炊になるんですが、お持ちしてもよろしいでしょうか？」

テーブルにやってきた店員が、なんとなく緊張感の漂う空気を察し、遠慮がちに聞いた。沙希と同じくらいの若い女性だった。地元の子だろうなと思いながら、春子が対応した。

居心地悪そうにすばやくテーブルを離れた彼女は、厨房の手前でゆかりくらいの年齢の店員さんと親しげに声を交わした。二人ともきっとそれなりに長くここで働いていて、ひょっとしたら年上の店員さんの娘と彼女は同級生で、と自分に関係のないそんなことを想像してしまうのは、目の前の状況から逃避したいのかもしれない、と春子は思った。それで、なんとか場を取りなそうと口を開いた。

「沙希ちゃん、今日はせっかく旅行に来たんやし、おいしいもの並んでるんやから」

「春子さんて、人の気持ちより食べ物がだいじなんや」

「えっ、そういうことでは……」

「そんなに食べたいんやったら、これもどうぞ」

沙希は、手をつけていなかった天ぷらの皿を、春子の前に置いた。それから立ち上がって、

「わたしもう寝ます」

と言い捨てると、振り返ることもなく出て行った。

「どうしたのかしら」

沙希の後ろ姿を見送ってから、ため息交じりにゆかりが言った。

雑炊用のごはんは三人分来てしまい、残すのももったいないので春子はそれを全部鍋に入れた。お玉で混ぜ、卵を器で溶きながら、春子は話した。

「さっきお風呂でも……」

春子は、沙希は子供のことに関して焦っているのではないか、と推測も交えた。ゆかりはそれには首を傾げた。

「まだ若いし、結婚して二年くらいなのにどっちかっていうと子育てよりまだ遊びたいって感じじゃないのかしらねえ」

「周りの友達が次々子供生まれたりだと、気になるかもしれませんね。最近は、人のことが手に取るようにわかっちゃったりしますから」

直美が、ママ友たちや知人とのSNS上のつきあいがつらくなることがある、と話

していたことを春子は思い出していた。

　普段は、子供やペットや旅行の写真を見て自分も楽しい気持ちになるし、誰かからのコメントに励まされることもある。でも、落ち込んでるときや家や子供のことがうまくできてないときは、途端にしんどくなる。子供や家族と、どこに遊びに行って、なにを食べたか、買ったか、毎日何十件も報告があって、それに一つずつ「いいね」を返していく。どれだけ手間と時間をかけ、子供のためを思ってやっているか、穏やかな色合いに加工された画像と共に毎日大量に書き込まれるのを読んでいると、みんななんでこんなにちゃんとしてるんやろって思う。かといって、行動をアピールしすぎるとそれはそれで陰口の対象になるので、今日は手を抜いた、のんびり気楽に、なども交える、その加減が重要なんよね。人気がある有名人のアカウントや知り合いの実例をスマートフォンで見せながら、直美は解説してくれた。

　人気がある有名人、というのは、最小限の友人のSNSしか見ていない春子はよく知らない人ばかりだった。テレビドラマに出ている女優よりも、元アイドルや読者モデル、あるいはSNSの中だけで活動している何万人もフォロワーがいるインフルエンサー、それもお金を稼いでいる人の妻、という立場が、羨望（せんぼう）の対象らしかった。

「今の人たちは今の人たちなりに、大変なのねえ。わたしたちの頃は、社宅で夫の会社での立場が影響して、なんていうのはよく聞いたけど」

　沙希や「先輩」たちのコミュニティーで価値があるとされることは、直美に聞いたのとはまた少し違いそうだが、人と比べたり、「みんな」と同じ条件や要素を手に入れられなくて疎外感を持ったりするのは、どこでも似たようなものだろう。

　小学生のころから、いやもしかしたらその前の、とにかくある程度の人数でいっしょに過ごさなければならないことをぼんやりと理解した幼いころから、人からどう思われるか、その集団の中で自分がどこに位置しているか、「みんな」から外れないでいられるか、それればかり気にしてわたしたちは生きてきた。春子は、熱い雑炊を掻き込みながら考えた。

「ビール、飲む？」

「いえ、わたしはもう」

「そうね、もう飲めないわね」

　ゆかりは少しさびしそうに微笑んだ。ゆずシャーベットがテーブルに置かれ、それで蟹フルコースは終了だった。

　ゆずの風味が広がる冷たいシャーベットを口に入れながら、沙希に言われた通り自分は沙希やゆかりの事情よりもおいしいもののほうが気になっていたのかも、と春子は思った。蟹の出汁が濃厚な雑炊は、この何年かのあいだに食べた食事の中でいちばんおいしくて、大声でそのよろこびを話せないのがとても残念だった。

一方で、自分の気持ちや人の事情と食べ物のおいしさが無関係なことに、春子は安心した。

「妹さんたちには、その、あまり事情を話してないんですか」

春子の問いに、ゆかりはしばらく考えるような顔をしてから、視線をテーブルに落としたまま答えた。

「わたしは、まだどこかで、夫が死んだって、もういないんだって、理解したくないのかも」

ゆかりが手に持ったガラスの器の中で、薄黄色のシャーベットは溶けて滑っていった。

「妹たちにしてみれば、今まで一人離れてたのが急に母の家を占領しちゃって、それは戸惑うわよね。拓矢くんも、隣におばさんが住んでるのはやりにくいんじゃない？なんとなく」

そこでいったん言葉を切ると、ゆかりは、行きましょうか、と立ち上がった。

長い長いホテルの廊下を歩いていくゆかりの後ろ姿を眺め、春子はさっきの会話を思い出していた。ゆかりさんの子供が帰ってこない、と沙希は言った。確かゆかりの娘は学校生活が合わなくて、外国に行ってそのまま住んでいると言っていた。それを、誤解しているのだろうか。

ライブラリーコーナーでお茶を一杯飲んでから二人が部屋に戻ると、和室の障子はぴったり閉められていた。物音もしなかった。

ゆかりと春子は、テレビのニュース番組を見たりしていたが、沙希はまったく出てくることもなかったので、早めの時間にベッドに入った。

春子は、夜中に目を覚ました。何時だかわからなかったが、障子の向こうで、沙希が起きている気配があった。青白い光を放つスマートフォンを見ているのだろうと、春子は思った。

暗闇で小さな画面を見つめる背中、窓の外に広がっているはずの真っ暗な海が、思い浮かんだ。静かな波の音が耳の奥で聞こえた気がして、そのうちにまた眠りに落ちた。

翌朝、沙希は身支度をすっかり整えて和室から出てくると、先に帰りたいと言った。

ゆかりから特急列車の切符を受け取り、ありがとうございました、と形だけは礼を言って、ホテルの送迎バスに乗り込んだ。

バスが見えなくなってから、春子は言った。

「せっかくゆかりさんがあれこれしてくれはったのに」

「いいのよ、やっぱり若い子は、おばさんといっしょなんて窮屈だったんじゃない？」

バスが走っていった道のずっと先を見つめていたゆかりが振り向いた。

「ありがとう、春子さん」

春子は、少なくともここに来たこと自体はよかったと思った。

15

旅行から戻ってしばらく、春子は沙希と顔を合わせることはなかった。

元々、春子の住む離れと沙希の住む黄色い家は同じ区画とはいえ、出入りする路地も違えば、春子は徒歩とバス、沙希は車移動なので、家の周りで接点は少なかった。

ゆかりとは、以前に増して行き来するようになった。ゆかりはなんやかんやと理由をつけて惣菜やお菓子のお裾分けを持ってきたし、春子がゆかりの家で夕食を食べることも週に二度ほどあった。

仕事も落ち着いてたので病院に検査に行くと、石はもう見あたらなかったが、体から出たという実感は春子にはなくて、なんとなくすっきりしない気持ちのままだった。

一月の終わり、ゆかりから土曜日に食事に来ないかと誘いがあり、その日は直美と会う約束をしていると春子が言うと、お友達もいらっしゃいよ、なんだったら子守するわよ、とゆかりが言うので、直美に伝えてみると、その日はちょうど夫は実家に行っていないから子連れでいいなら、との答えだった。

夕方に明斗を連れて直美は春子の家を訪れ、二階でお茶を飲んだ。直美の夫・孝太郎は、春子とも高校の同級生だが、春子は一年以上会っていない。忙しくしてるのかと尋ねると、直美は、孝太郎の両親が経営する運送会社を手伝ってほしいと言われている、と話した。

「結婚したときからそんなような希望があるのは感じてたんけど、お兄さんもいてるし、森田くんもそんなに現実的な話じゃないって言うてたし。それが、お父さんが去年体調崩さはって、大事には至らんかってんけど、それから急に、期待が大きくなったっていうか、森田くんのほうも親孝行せなって思ってるみたいで。向こうの両親はずっとよくしてくれてはるのやけど、当然わたしもそこの仕事に組み込んで考えてはるし、あれもこれもそれもやるよね、みたいなとこがあって」

「そうかー。森田くん、意外に思い込んだら真面目なとこあるからな」

直美は、十年ほど前に父親が他界し、今は泉大津で一人暮らしをしている母親のことも気がかりで、それに今の職場でもやっと仕事を任されるようになってきたし、と話した。

明斗はスマートフォンで動画を見るのに飽きて一階へ行ったり来たりし、それをなだめながら二人で話していても堂々めぐりなだけで、じきにゆかりが指定した時間になった。

もう暗くなった庭を横切って母屋の玄関に回ると、沙希の黄色い家の前にミニバンが一台停まったところだった。沙希か拓矢の友人、おそらく「先輩」らしき男女が車から降りてきた。小柄な女が、三歳くらいの男の子を抱っこしていた。それほどガラが悪い雰囲気でもなく、カジュアルな格好でちょっと賑やかなどこにでもいる若い子たちという感じだった。

沙希もちょうど出てきて、客たちに、ありがとう、とか、上がって、とか、春子やゆかりには見せたことのない愛想を振りまいた。

沙希は、春子に気づくと、

「あ、ども」

と軽く頭を下げた。

「あー、お隣さんや？」

若い男の一人が、沙希に向かって尋ねた。

「そこ、借りてはる人」

沙希は、彼らに向けた笑みを崩さないまま、短く答えた。

「その友達です。高校の同級生で」

隣で、直美がそう言って会釈した。

「ご近所さん、お世話んなってますぅー。先に謝っとこ。うるさくしますんで、すいませーん」

「なんやそれ」

「うるさいのはおまえやろ」

人なつっこく明るい調子の彼らは、騒々しく笑いながら、黄色い家に入っていった。

沙希はいちばんあとに入り、春子たちのほうを見ないままドアを閉めた。寒くなってから窓を閉めているのでわからないせいもあるが、黄色い家に人が集まっているのはそういえば久しぶりなように、春子は思った。

「あの子かー」

閉じた白い玄関ドアを見ながら、直美が言った。この間の温泉での顚末も、春子は直美に話していた。

「ま、今どきの子って感じやね。かわいらしいやん」

インターホンを押すと、今手が離せないから上がって、と、ゆかりの陽気な声が返ってきた。玄関に大きなスニーカーがあり、春子が気になりながら居間に入ると、食卓には男が一人、座っていた。

「こんばんはー」

「ギターの人」

直美がすぐに言った。ニット帽を被ったままの五十嵐は、すでに缶ビールを開けて飲んでいた。

「正解です。すんません、ぼく一人でこの部屋むさ苦しくしてもうて」

「賑やかなほうがいいかと思ってー」

と、台所のほうからゆかりの声が飛んできた。先に言ってくれればお酒かなにか持ってきたのに、と春子は思ったが、ゆかりが思い立ったらすぐ実行に移すタイプなのはもうわかっていた。

テーブルの上には、鍋の準備がしてあった。先日の旅行で、春子が一人暮らしだと蟹を味わえないと言ったので、たらば蟹を取り寄せてくれたらしい。

「明斗、走ったらあかん！　ここはうちと違てきれいにしてはるんやから」

明斗は、縁側のつるつるした板の上を靴下で滑ってよろこんでいた。

「いいのいいの、たいしたもの置いてないし。春子さん、ちょっと手伝ってくれる？」

ゆかりに呼ばれて、春子は台所で鍋の材料を大きな皿に並べた。

「お隣も、宴会みたいでしたよ」

「あら、そう。しばらくぶりね。去年の暮れあたりからはぱったり静かだったんだけど」

「あ、やっぱり久しぶりなんですか」

「そうね」

ゆかりは、白菜を切っていた手を止めると、少し考えるような表情をしてから言った。

「十二月とか年明けの夜中にね、車が出て行くのを何度か見たのよ」

ね」

「拓矢くんか、どちらかはわからないけど。それで気になってたんだけど、旅行から戻ってこっちはたぶんなくて。やっぱりけんかかなんかしてて、仲直りしたのかしら

「沙希ちゃんが？」

さっきは拓矢は出てきていなかったが、家の中にいるのだろうか。「今どきの子」という直美の沙希に対する評はその通りだと思うが、拓矢と沙希の関係は、春子の両親に近いような感じがする。

「おばさんが余計なこと言って、怒らせちゃったかな」

「沙希ちゃんのことは……、わたしもよくわからないです」

台所は、居間に比べて足下から冷えて寒かった。古い家は、居間と台所は別にある。滋賀の祖父母の家でも北側にあって寒かった。勝手口もあるし、どちらかというと「裏」という意識なのかもしれない。

新しい家になればなるほどカウンターキッチンやアイランドキッチンなどが南向きのリビングの真ん中で存在感があるのは、きっと家族の関係性が違うんやろな、と春子は思う。それとも、今は誰もが忙しすぎて作るのも食べるのも子供と過ごすのも家の真ん中の一か所に集めないといけないのかもしれない。

明斗はサイダーで、大人たちはビールで乾杯して、豪勢な蟹鍋が始まった。明斗も蟹は好きらしく、自分で身を取るのだと言い張って無言で格闘していた。五十嵐は、酒に強くないのか早々に顔が真っ赤になりながらも、ビールをお代わりしていた。

あっという間に蟹が半分ほどになったころ、ゆかりが五十嵐に言った。

「リフォームのあれ、中川さんのところにも来てたらしいわよ」

「えー、ほんまですか。うちもたぶん同じ業者が来たみたいなんすけど、親戚に工務店があるからすぐ断って助かりました」

「気をつけないとねえ。詐欺って次々新しい手を考えてくるんだから」

「詐欺?」

三週間前、見せかけだけのリフォーム工事をして高額の料金を請求していた業者が逮捕された。

ローカルのニュース番組でも取り上げられていたのを、春子も見た覚えがあった。家に不具合があるからリフォームをしたほうがいいと訪問し、ときにはほとんど脅すような文言で契約させる。その被害や訪問を受けた家が、このあたりにも何軒かあるらしい。警察や被害者のグループが調査しているらしく、それでうちも、あの家も、とこのあたりでちょっとした騒ぎになっている、とゆかりと五十嵐の説明で春子は初めて知った。

「昔からよくある手口なんだけどね、耐震だとかニュース番組で手抜き工事の住宅を取り上げればそれを口実にして、そのときどきに合わせた手口でうまく入り込んでくるのよね。被害に遭った人のリストが出回って、それを直すなんて言ってまただましたり。一人暮らしが長いお年寄りなんかだと、最初は話し相手になってくれるもんだからすっかり信用しちゃったり」

「うちのおやじも、案外さびしがりでそういうのに弱いとこあるからなあ。よう言うとかな」

「ここのリフォームは不動産屋さんに紹介してもらったからよかったわ」

「ああ、小林さんでしょ。ここらではいちばん良心的ですわ。おしゃれな内装とかは無理やけど」

五十嵐は浮世離れした雰囲気があるがしっかり地元の人間なのだと、春子は二人の会話を聞きながら思った。子供を通じてのつきあいもなく、近くに親戚もいない一人暮らしでは、やはりこういう類いの情報は全然入ってこない。

「振り込め詐欺とかもそうなんやけど、よくある話だけに、被害に遭ってもよう言わへん人も多いんですよ。こんな簡単な手口にだまされたほうが悪いって、自責の念にかられてもうて」

　五十嵐が言うと、直美が声を上げた。

「あっ、それ、うちです。祖母が、近所の人に誘われた集まりで高い布団買うてたんですけど、怒られると思ってずっと隠してたんです。それも母が誕生日に渡したお金を使たみたいで、ものすごい気に病んでて。おばあちゃんの気持ちを思うと、今でもほんまにいたたまれへん。詐欺やるやつらなんか、この世からおらんようになってほしいわ」

「まあ！　ひどいわねえ。ああいうのは集団催眠みたいになるの。相手はプロなのよ。そんなの、だますほうが悪いに決まってるわ」

　春子は、ゆかりの夫の話を思い出していた。深刻な病気の治療法を批判したり、怪しげな治療法や健康食品などを勧めてきたりする人の対処に困ったと、旅行のときに感情を抑えて話していたゆかりの表情は、春子の心に強く残っていた。

　旅行のあと、春子の職場で、同僚の親戚が似たような状況にあるという話になった。

　週刊誌で紹介されていた治療法を試したがその業者はなにかの違反で摘発され、結局高額な費用を取られただけになり、そのことで家族が険悪になっている、という話だった。信じた自分が悪かったとか、せっかくの大事なお金を使ってしまったとか、ただでさえ病気で大変なところに加えて本人は塞ぎ込んでいるという。

春子といっしょに聞いていた岩井みづきが、強い口調で言った。

「結局、治った人はその選択が正しかった、結果が思わしくなければ、全部自己責任、信じたほうが悪いってことになるんですよ。それって、なんに関してもいっしょですよね。就職も結婚も、成功した人は自分の努力の結果、うまくいかへんかったら、それがたとえ過労死するまで働かせる会社やったり相手の暴力が原因やったとしても、そんな会社に就職したのが悪い、そんな相手を選んだのは自分じゃないか、隙があった、って責められるんですよ。それがわかってるから、ますます相談できへんし助けも求められへんようになる」

そこに通りかかった上司が、えらい感情こもってるけど、岩井さんもなんかあったんか、と、にやついた顔で茶化して言い、みづきは、そういうんじゃないです、とだけ返して、話は終わってしまった。

蟹にかぶりつきながらも、大人たちの会話を難しい顔をして聞いていた明斗が言った。

「リフォームってなに？　詐欺って、悪い人のことやろ？」

「よう知ってるなあ。あのな、明斗くんの家はここよりきれいか？　そうか、ええなあ。それがだんだん古なってきたら、あちこち壊れてくるやろ……」

五十嵐は、わかりやすく具体的に例を挙げて説明し、明斗は真剣な目でそれに応えていた。しっかりと太さのあるたらば蟹は、順調に食べられていった。

「こんな平和そうなところでも、いろいろあるのねえ」

「そういや、眼鏡強奪のあれも、捕まってへんでしょ、確か」

二か月ほど前にこの辺に出没していると聞いた、若い女性の眼鏡だけを奪って逃げる強盗が、年明けに二つ隣の駅の近くでまた発生したらしい。春子は今は、たいていのニュースはスマートフォンでチェックする程度なので、ローカルな事件の情報には気づいていなかった。

「他人の眼鏡なんか、どうするんでしょうね」

「売るにしても金になれへんと思うけどね」

五十嵐は、不況と資材の値上がりで思わぬものが盗まれる事件は増えていると話した。工事現場の備品や銅線などは以前から多かったが、側溝の蓋(ふた)だとか橋の銘板なんかも近頃は盗まれるんやて、ニュースでやってたわ。聞き慣れない言葉が出る度に、明斗はどんなものか、みんな持ってるものなのか、などと尋ねた。五十嵐は、その一つ一つにゆっくり答えた。

「五十嵐さんは、子供が好きなのねえ」

ゆかりが、大げさに感心した声でそう言った。五十嵐は、照れ笑いした。

「いやあ、精神年齢が変わらんのんちゃうか、てよう言われますわ、ははは」

「五十嵐さんみたいな人と結婚したらいいでしょうねえ。家事も進んでやってくれそうだし」

「いやいや、ぼくは、ええ加減な人間ですから……」

そこに直美が、強い調子で割って入った。

「いやー、うちの夫、最近なんか急に面倒がったり、どうしてもやらなあかんのかって聞くようになって。どうしたんかなって困ってるんですよ」

「森田くんは、まめにしそうに思ってたけどなあ。ほら、文化祭とかでも率先して片付けたりしてくれてたやん？」

「うん、ずっと普通にやってくれててんけどね。今の職場、周りが古い考えのおっちゃんばっかりみたいで、あー、女の人も似たような感じかな、今どきの人は男の人に仕事も家事も求めるから大変やねえ、って。森田くんが家の用事で疲れたみたいな話をちらっとすると、そんなん奥さんにやらせたらええのにとか、がつんと言うたったらええんやとか、言われるみたいなんですよね」

缶ビールと鍋の熱気でますます顔を赤くした五十嵐の声も大きくなった。

「まあ職場には、そういうしょうもないことで見栄張るやつがおるからなあ。ほら、最近よう言うやろ、えーっと、マウンティングいうやつ？　そんな中におると、だんだん価値観に染まってくるというか」

「そうでしょう！　最初は、いやいや、これくらいは自分でしますよ、って反論してたみたいなんですけど、そしたら、尻に敷かれてるやら、森田くんの奥さんは怖いやら、そんなことまで言われたって。なにそれ、って感じですよね」

「男はそのちっちゃい輪から出るんが怖いんよ。ま、ぼくは早々にそっから転がり落ちたっていうか、もともと入れてもらわれへんかったんかもしれへんけどね」

五十嵐は、実家である酒屋を手伝いつつ知人の会社の仕事やイベントを臨時で請け負ったりするが、収入は築四十年2Kのアパートで暮らしていけるぎりぎりだけあればよく、なるべく楽しんで生活したいのだと話していた。

「五十嵐さんは、自分のペースで生きてる感じがして、なんていうか羨ましいです」

春子は、素直にそう思っていた。

「いやあ、大変ですよ。親にはとうにあきらめられてるんですけど、近所うろうろせんといてくれとか言われてますから。ほんま、出来の悪い息子で申し訳ない」

五十嵐は、テーブルに両手をついて頭を下げる格好をしたが、そこからすいっと顔を上げてにやりと笑った。

「と、思たところで、ぼくはこういうふうにしか生きていかれへんのですけどね」

明斗はテーブルから離れて、また縁側を行ったり来たりし始めた。ゆかりは、雑炊の準備に台所へ立った。

「いいなあ、ギター弾いてはって」

ずっとお茶を飲んでいた直美が、グラスに缶ビールを注ぎながら言った。

「わたし、なんでやめてもうたんやろ」

直美がながらく音楽関係のことをしていないのはただ時間がないだけで、「やめた」とは思っていなかったので、春子は驚いたがそれを口には出さなかった。

五十嵐は、手を動かしてギターを弾く格好をした。

「そんなん、いつでもできますよ」

「そうなんかな」

「今度、ギター持ってきましょか？　て、ぼくの歌聴かされるんなんか勘弁ですよね」

「歌はねー、ぶっちゃけて言わせてもらうとまあまあアレなんですけど、でもギターは、いい感じですよね。うまいとかじゃなくて、なんかエモーショナルです」

「きみ、ほんまぶっちゃけすぎやで」

「よう言われます」

皆が笑い、五十嵐は人を気楽にさせる雰囲気がある、と春子は感心した。雑炊もゆかりが剝いてくれたりんごも食べ終わって、お開きになった。玄関まで見送ったゆかりは、

「ね、またいらしてね。みんなで、またごはん食べましょうよ」

と、繰り返した。


寝る前に、直美から春子のスマートフォンにメッセージが届いた。

ゆかりさんみたいな人が近くにいるっていいね。なんか安心感あるやん。

確かに、この数か月で一人暮らしの生活はずいぶん変わった。まったくなかった近隣との交流も少しは増えたし、家の周りがぼんやり明るくなったような、そんなイメージが春子の頭に浮かんでいた。

16

遠藤拓矢が警察で事情を聞かれた、と春子が知ったのは翌週の日曜日のことだった。洗濯物を干そうと窓を開けたところ、母屋の玄関先でゆかりが同年配の女性と立っているのが見えた。なんとなく体格というか遠目に見た雰囲気が似ているので、妹さんかな、と思って会釈すると、ゆかりはいつもの大ぶりな動作でなく、無言で軽く手を上げた。

もう一人の女性のほうは、黄色い家のほうへ向かった。

しばらくして、ゆかりから電話があり、春子は母屋を訪れた。めずらしくお茶も出さずに、ゆかりは話を切り出した。

「拓矢くんがね、警察に呼ばれたのよ」

春子は、最初はなんの話かまったくわからなかったが、ゆかりは早口で説明した。

少し前にリフォーム詐欺で逮捕された社員の一人が、拓矢の「先輩」だった。「先輩」は拓矢たち何人かといっしょに出かけることもあったし、去年まで何度か黄色い家での飲み会にも参加していた。詐欺で得たはずの金がまだどこかに隠されている疑いがあり、拓矢がなにか知っているのではないかと事情を聞かれたのだという。

「もちろん、拓矢くんはなにも知らなかったって言ってるの。今日も、妹夫婦が来てるんだけど、かなり動揺しててね……」

「先輩」は、沙希が頼りにしている「エミちゃん」とも親しかったそうだ。彼が事件に関わっていたこと自体にも、拓矢も沙希もショックを受けているらしい。

「その割には、先週楽しそうに飲み会に集まってましたよね」

「そのへんはねえ、よくわからないわね。案外ドライなところがあるのかもしれないんだけど……」

「沙希！　沙希！　開けて！」

表から聞き覚えのある声が響いてきた。

春子とゆかりが慌てて出てみると、沙希の母親の律子が黄色い家の玄関ドアを開けようと乱暴に引っ張り、がたがたと音を立てている。

「律子さん」

止めようと春子が駆け寄ったところで、唐突にドアが開いた。開けたのは先ほどの女性、ゆかりの妹、寛子だった。

「ちょっと、そんなに怒鳴ったらご近所の方がびっくりしはるやないですか」

律子は、化粧もせずに駆けつけたという風貌でかなり興奮している。

「なにがご近所やのん。なんやの、あんたら、自分の子供の不始末をうちの娘のせいにするつもりなん？」

「不始末って、人聞きの悪い……。とにかくこんなところでお話するわけにもいかへんので、入ってください」

律子は、なにかぶつぶつ言いながらも、家に入っていった。

「寛子、わたしもなにか……」

ゆかりが声をかけたが、寛子は、

「姉さんには関係ない」

ときっぱり言って、家に入っていった。うしろにいたその夫、拓矢の父親が、

「すんません、うちの家の問題なんで」

と言い残し、ドアは閉められた。

春子とゆかりは、とりあえず居間に戻った。

今度は、ゆかりはいつものようにお茶を淹れ、誰かの土産物のカステラを並べた。

こんなときはとにかく食べて落ち着かなきゃね、と言ったが、自分は食べなかった。

「夜中に出かけてたのって、やっぱり関係あるのかな」

「思い切って話をすればよかったかしら。沙希ちゃん、悩んでたのかも……」

旅行の日はちょうど事件が発覚したころではないか、もしなにか事情を知っていたとしたら拓矢や沙希も罪に問われることがあるのだろうか、と春子とゆかりは話したが、なにもかも臆測の域を出なかった。

一時間ほど経ったところで、黄色い家のほうから物音がした。春子とゆかりは顔を見合わせ、再び様子を見に行った。

黄色い家の玄関には、律子がいた。そして、律子に手を引っ張られた沙希がそのあとから出てくるところだった。

「行くで、沙希」

「沙希ちゃん」

ゆかりの声でこちらに向けられた沙希の顔には、表情はなかった。ただ反射的に振り向いただけで、なんの意思もないように見えた。

玄関の中には、拓矢の両親の姿があった。

「ちょっと待ってくださいよ。こちらとしては、冷静に、状況を聞きたいだけじゃないですか」

「こんなとこに、うちの大事な娘を置いとかれへんわ。さ、帰ろ」

律子は、ひときわ大きな声をぶつけるように発した。

ゆかりが、律子の車の前に立った。

「あの、少し落ち着いて話し合われたらどうですか？　娘さんが心配なのはわかりますけど、沙希さんだって子供じゃないんですから」

「なんなん？　嫁にもろたらあんたらのところの勝手にできると思ってるの？」

「そうじゃないですよ。沙希さんがどうしたいのか、気持ちを聞いてあげたほうが……」

「わたしのなにがわかるの？」

やっと言葉を発した沙希の目には、さっきまではなかった強い光が見えた。

「勝手に、わたしのためみたいなこと、言わんといてください」

ゆかりは、言葉が出てこず、母娘に近づくこともできなかった。

「姉さん、言うても無駄やから」

寛子は、首を振った。律子の苛（いら）ついた声が響いた。

「沙希、早（は）よ乗り！」

沙希はなにも言わずに助手席に乗り込み、車は慌ただしく出ていった。拓矢は、最後まで姿を見せなかった。

「ちょっと、妹たちと話してくるから」

ゆかりはそう言って黄色い家のインターホンを押し、春子は気になりながらも、自分の部屋に戻った。翌朝になってゆかりから、心配しないで、とメールが来た。

拓矢が、そしてその後、沙希も一度警察に呼ばれたことや、黄色い家の前でなにやら一悶着(ひともんちゃく)あったらしいことも、あっという間に、近所の噂になった。ご近所のコミュニティーから外れていると常日ごろ思っていた春子にも、拓矢が事件に関係していたのではないかと周囲に疑われていることは、すぐに感じられた。

朝、会社に向かう途中にいつもの三つ辻で視線を感じて振り返ると、二階のベランダに中川さんの姿があった。春子がおはようございますと言うと、中川さんははっと驚いた様子で形式的な会釈を返し、すぐに家の中に引っ込んでしまった。夜に帰ってくるときも、玄関先で立ち話をする人が自分を見ているのに気づいた。

わたしは近所の人をよく知らないのに近所の人たちはわたしがあの家に住んでいるって知ってるのやな、人影もあんまり見かけなくて地域のつながりなんてなくなったように見えて案外しっかりネットワークがあるのやなあ、と春子は妙な感心の仕方をした。

17

二週間後、沙希は実家に戻ったまま帰ってこないらしいし、拓矢も隣の市にある実家にいると、ゆかりから聞いた。

拓矢は、その「先輩」に昨年暮れごろにしょっちゅう呼び出されてはいたが、カラオケやらガールズバーやらにつきあわされていただけで、事件とは無関係だと言っている。沙希も、事情はなにも知らなかった、拓矢が夜遊びに出ていたのに苛立っていただけ、と話しているらしい。拓矢の両親は、沙希と結婚してから素行のよくない仲間とのつきあいが増えたと愚痴を漏らしているそうだ。

「隣に住んでるわたしがもっと注意してくれたら、知らせてくれたらよかったのに、とも言われて。今思うと、それはそうなんだけど」

「えー、だってそんなこと言うてたら言うてたで、うるさいって恨まれてたかもしれへんやないですか。そもそも、その拓矢くんだって立派な大人でしょ」

素直に感情を表したのは、直美だった。今日も、明斗を連れてゆかりのところで夕食になった。ゆかりが明斗の相手をしてくれるし、毎日食事を作り続けている直美にとっては人の作ったごはんはなによりのご馳走なのだった。

「芸能人の成人した子供が事件起こしても、絶対親が謝罪せなあかん感じあるもんなー。親と子供を切り離して考えられへんのかも」

「で、沙希ちゃんと拓矢くんっていうのは、本人らはどうなんです？　別に不仲やったわけじゃないんでしょ」

「たぶんねえ。そこがよくわからないところなんだけど」

「沙希ちゃんとお母さんの律子さんは、特別仲がいいっていうか、姉妹か親友みたいな感じで」

「そういう関係の母娘も多いけどねえ」

インターホンが鳴り、直美が迎えに出た。

「こんばんはー」

居間に入ってきた森田孝太郎に、明斗が小動物みたいに飛び付いてよじ登った。

「わー、森田くん、久しぶり。なんか、感じ変わった？」

「そんな遠回しに言わんでも、太りました」

孝太郎は、以前のすらりとした体格から安定感のあるシルエットになっていた。

「あ、そやんね」

「異動になってからやたら飲みに連れて行かれんねん」

笑った孝太郎の表情には少し疲れが見えた。

この夜は、皆でお好み焼きを焼いた。今度はたこ焼きにしましょう、たこ焼き器を買っておくから技を教えてね、とゆかりは言った。

18

年度末になり、春子の仕事は忙しくなった。

残業が確実なところに、大量の資料整理を頼まれた。会議室に段ボール箱とファイルを積み上げて格闘していると、岩井みづきが二人分のコーヒーを持って、ちょっと手伝います、と入ってきた。ひたすらパソコンの画面を見つめて煮詰まってきたので、手を動かしたいのだとみづきは言った。

しばらく手際よく書類の山を仕分けていったあと、唐突に春子に聞いた。

「このまま、どうなんのかなーって、思うことあります？」

春子は、手を止めずに答えた。

「そら思うよ。毎日、ずっと思ってる」

「北川さんは、飄々(ひょうひょう)としてっていうか、毎日の生活を大事に楽しんではると思ってました」

「岩井さんこそ。仕事できるし、ちゃんとキャリアがあるからどこ行ってもだいじょうぶやろうな、って」

「そうやったらいいんですけどねー。前の会社も、あんまりいい辞め方してへんし」

春子は、ちょうど整理の終わったファイルをたたみ、みづきが持ってきてくれたコーヒーを飲み干した。

「……なんで前の会社辞めたんか、聞いていい？」

「もう聞いてるやないですか」

みづきは軽く笑い、それから、ゆっくりと、少しずつ確認するように、話し出した。

「同期の子が、その、はしょって言うと上司からのセクハラに遭ってたんです。思い詰めた顔してて、体調が悪そうやしなんか様子がおかしいから気づいて、わたしもいっしょに話しに行くからって励まして、人事とかもっと上の人に言うて言ったんですけど、その上司は社内でも期待されてる人で取引先のええとこのお嬢さんが奥さんで、結局、合意の関係やってことにされて、なんやったらその同期の子がストーカー状態で嫌がらせのために訴え出た、ていう噂まで流されたんですよね。その上司は異動になっただけやけど、同期の子は自己都合退社にされたんです。わたしも仕事続けられへん雰囲気っていうか、この会社にこれ以上おってもしゃあないな、って。憧れて入った会社やったから、ちょっと、気が抜けましたけどね」

「そうやってんや……」

「その同期の子のことも助けられへんかった。わたしがしたことは、かえってさらすことになってしまったんちゃうか、って同僚に言われたんです」

「そんなこと……。その子は、どうしてはるの？」

「実家に戻って、ほとんど外にも出てないみたいでした。思い出してしまうからわたしと連絡取りたくないって、ご両親から言われて。共通の知り合いから、元気にしてるらしいよ、とは聞いたんですけど」

「そうか」

「そうなんです」

なんとなく、みづきはその仕事や東京で暮らしているあいだにほかにもつらいことがあったんじゃないかと春子は感じたが、それ以上は聞かなかった。

「難しいこと、ようさんあるね」

「ありますね」

みづきは言い、少し微笑んでから、自分のデスクに戻った。


「春子さん」

駅の改札を出たところで名前を呼ばれて春子が振り返ると、五十嵐が立っていた。目深にニット帽を被り、そこから出ている顔の下半分は無精髭、毛玉のついたロージの真っ赤なカーディガンに傷だらけの茶色いギターケースを背負っている。客観的に見たらかなり怪しい人やな、と春子は思った。

「仕事帰り?」

「そうです。今日は久しぶりに定時で終わって」

五十嵐はいつもの愛想のよさで、なんの緊張感も持たせることなく春子の隣に並んだ。

「ぼくは、友達の会社を手伝いに行ってて。あ、これ？　ギターがないと背中がさびしいんすわ」

　春子は思わず笑ってしまった。

「軽く飯でも食いません？」

　春子は五十嵐について行き、駅前の裏道にある焼き鳥屋に入った。春子はこの路地を通るのも初めてだったが、カウンターの店員は、まいど、と親しげに声をかけ、ギターを預った。五十嵐は顔なじみのようだった。

　細長い店で、カウンターの手前の席に座っているとうしろをひっきりなしに店員や客が通り、そのたびに春子も五十嵐も椅子を引いた。炭火の煙を浴びながら、二人ともビールを飲んだ。

「お隣さん、どない？」

「まだ二人とも戻ってきてないみたいですね」

　ゆかりの話では、拓矢も沙希も家に来ていた他の子たちも事件には無関係ということで、あれ以来警察が連絡してくることもなかった。ただ、本人たちより親たちが険悪になり、近所で噂になったこともあって、拓矢は帰りたがらないようだ。沙希のほうは、どう思っているのか、わからない。春子にもゆかりにも、なんの連絡もなかった。

「そうかー。とばっちりで、かわいそうになあ。その逮捕された『先輩』いうのは、たぶん見たことある子やって思い出したわ。まあちょっと派手ではあったけど、どこにでもおる普通の感じやったけどな」

「たぶんそうなんでしょうね」

どこにでもいそうな人間が犯罪に関わってしまうというのは、人格的にどこかに決定的な境目があるのだろうか。それとも、たまたま就職した職場が詐欺をやっていて、そのうちに自分も染まってしまったのか。事件のことを聞いて以来、春子はつい考えてしまう。

「わたし、就職活動のときに学習教材の会社を受けに行ったことがあったんです。相当ノルマが厳しそうやったし、説明会でも妙に体育会系で、自分をとことん追い詰めることでいい仕事ができるとか興奮気味に語り出して、ちょっとおかしいなというか、入ってもきついやろうなって。悪い評判も聞いたし、面接は受けへんかったです。でも、説明会でばったり同じ大学の子に会うたんですけど、その子はそこに就職したんですよね。お父さんが早くに亡くなっててお母さんを助けるためにも絶対正社員じゃないと、ていうのがあったみたいで。何年かしてから、そこの会社、強引な契約でずいぶん問題になったんです。でも結局、社員が勝手にやったみたいな話になって、その会社自体は名前変えて今でも似たようなことやってるんですけど。あの子はどういう仕事してたんかな、辞めたんかな、わたしも入社してたら片棒担ぐことになってたんかな、ってふと思うこと、あるんですよね」

黄色い家に来ていた子たちは、年齢よりも幼く見えた。子供を抱いていても未成年に見える子もいた。そう思うのは、単に自分が年を取ったせいもあるだろうが、少し心配になるくらい無邪気な彼らは、危険なことにうっかり足を取られてしまうあやうい環境にいるのかもしれない。

「春子さんらの世代から、ほんま世の中厳しなったみたいやもんなあ。ぼくらのときは、大学出てしばらくぶらぶらしてたやつでも知り合いのつてで結構ええ会社に入れたり、親の仕事継ぐのがいややからちょっと外国行くとかな。あっ、それはぼくか。ははは」

「そうなんですか」

五十嵐が今なんの仕事をしているのか、春子はよく知らないままだった。アメリカにいたことがあるとは前にも言っていて気にはなっていたが、春子は人にあれこれ質問するのは得意でなかった。

「まだ二十七やのになあ。ほんま、しょうもないことして」

五十嵐の言葉には、同情というか、親戚の子に対するようなかなしさが混じっていた。

「ぼくもそれぐらいの息子がおってもおかしないんやけどな」

ビール一杯と塩気の効いた焼き鳥五本ずつを食べたあと、五十嵐は春子といっしょにバスに乗り、家の路地の手前まで送ってくれた。きっとまたゆかりに呼ばれるだろうからそのときに、と手を振って帰っていった。

背中のギターケースが街灯に照らされているのを見て、春子はなぜか少し笑ってしまった。

19

残業続きだった年度末を乗り切り、この週末こそは、掃除をして、コートをクリーニングに出して、それか、忙しくてそのままになってしまっていた消しゴム版画の絵はがきも作りたいし、と考えながら、春子は平日より二時間遅く起き出した。

窓を開けた。まだ少し肌寒いが、かえって気持ちいいくらいの澄んだ空気だった。

四月の初めの土曜日、庭ではまだ小さな木瓜(ぼけ)の木が桃色の花をつけていた。母屋は、雨戸が閉まっている。ゆかりさんはだんなさんのご両親の様子を見に東京に行くって言ってたな、家事が一段落したら庭に椅子を出してお茶でも飲もうか、と考えてちょっと楽しい気持ちになりながら、トーストとコーヒーの簡単な朝食を済ませた。

洗濯物を干そうとベランダに出ると、なにかが焼けているようなにおいに気づいた。台所を見てみたが、なにもない。ベランダに戻って、外を見回してみた。黄色い家の二階の窓が開いている。そこからうっすらと灰色の煙が漂っている。

春子は慌てて一階に下り、庭を横切り、黄色い家のインターホンを押した。

「沙希ちゃん! 沙希ちゃーん!」

応答はない。ドアノブに手をかけると、開いた。玄関も煙でうっすら白く霞(かす)んでいる。

「沙希ちゃーん?」

階段の上に、人影が見えた。

「どうしよう」

沙希のつぶやきを、けたたましく鳴り始めた火災報知器が遮(さえぎ)った。

春子は階段を駆け上がった。部屋は煙とプラスチックが焦げたようなにおいが充満していて、目が痛くなった。咳き込みながら進むと、キッチンのコンロでやかんから煙が上がっている。下半分が黒焦げになったそれを、カーディガンの袖を伸ばして取っ手をつかみ、シンクに投げ入れて水をかけた。

じゅうっ、という音とともに、蒸気と煙がもうもうと上がった。コンロの火だけは、沙希が消していたようだ。

甲高い警報音が、天井で鳴り続けている。春子はその音の発生しているところを見つけると、テーブルをその下まで引っ張っていった。テーブルの上に立って、目をしばたたかせながら闇雲に手を伸ばすと、出っ張ったところがあったので押してみたら音は止まった。

「だいじょうぶやから」

テーブルから降り、部屋じゅうの窓を全開にして回った春子が振り返ってそう言うと、沙希は、黙って頷いた。パステルカラーのほわほわした部屋着は、ところどころ汚れがついている。食べ物かなにかをこぼしたままになっているようだ。顔色は悪い。元々白い肌に、青い血管が透けて見えるようだ。

沙希は、まだ白っぽく煙っているキッチンのほうへぼんやりと視線を向けて、つぶやいた。

「お湯、沸かそうと思って……。電気、止められてるから」

「ブレーカーってどこ?」

聞いても、沙希は首を傾げる。春子は一階に下りて、配電盤のありそうなところを探し、下駄箱の上部に見つけた。案の定、下りていたつまみを戻すと、電灯がついた。当分いないから、と誰かが切っていたのか、もしかしたらこの間のひどい落雷かも。

二階に戻ると、沙希はソファに座っていた。心が体を抜け出してどこかに行ってしまっているような、生気のない顔をしていた。

春子はブレーカーの説明をし、それから火事になりかけたことで動揺している沙希を落ち着かせようと思って話した。

「実はわたしも同じようなことやらかしたことあって。最初に住んだアパートで、電気ストーブの近くに置いてた洗濯物が燃えかけて、警報器は全然止まらへんし、一階に住んでた大家さんに消防車呼ばれてしまって、ほんま焦ったわ、あのときは。それで、初期消火の動画とかめっちゃ検索したことあって、ここで役に立ってよかったわ」

沙希は、春子がなにを話しているのかよく理解していない様子で、ただ春子の顔を見ているだけだった。

春子が冷蔵庫を開けてみると、確かに冷えていなかったし、空っぽだった。

「お水、飲む?」

食器棚からミッフィーのイラストがプリントされたコップを取り、水道の水を入れて春子が渡すと、沙希は半分ほど飲んだ。

「いつ戻ってきてたん?」

「おとつい……、その前かな……」

「拓矢くんは?」

沙希は、首を振った。

「実家?」

頷いた。

「あれから、ずっと?」

「たぶん」

インターホンが鳴った。いったん止まっても、また鳴った。春子が下りてドアを開けると、ダウンジャケットを羽織った白髪の老人が、不機嫌そうに立っていた。

「焦げくさいんやけど、どないなってんのや」

「すみません、ちょっとやかんを焦がしてしまって」

「気ぃつけてや。火事なんか出されたらたまらんから」

「すみません」

老人は、路地の先で振り返ってあからさまににらみつけてから、角の古い家に入っていった。事件の噂のことで、この家のことをよく思っていないのだろう。

沙希はソファにぼさっと座ったまま、タオルで口元を押さえていた。

「ああ、このプラスチック燃えたみたいなにおいって気持ち悪いよね。だいじょうぶ？」

沙希は、充血した目を春子に向けた。

「誰？」

「誰やろね。はす向かいの家の人？」

沙希は無関心なようで、なんとも返答をしなかった。

「お腹空いてる？　なんか、作ろうか？　なんやったら、うちに食べにきてもいいし」

「気持ち悪くて、食べられへん」

そう、と言いかけた春子は、はっとして沙希の顔を見た。沙希は、小さな声で言った。

「わたし、妊娠してん」

顔に感情を表す気力がないという感じのうつろな目で、沙希は春子を見上げていた。

春子は、一瞬言いかけた言葉を飲み込み、

「おめでとう」

と言った。沙希は、少し驚いた顔をした。その顔のまま固まっていたが、突然、ぼろぼろと泣き出した。

「えっと……、沙希ちゃん、子供ほしいって言うてたから」

「うん」

沙希は、後から後から流れてくる涙を手で雑に拭った。

「どうしよう」

そう言ったきり、タオルに顔をうずめて動かなくなった。

「えーっと、そうやね、台所とか、片付けていいかな？」

春子が尋ねると、沙希はそのままの姿勢で頭を少し動かして許可を伝えた。

黒焦げになったやかんは、やっと冷めたがもう使えなそうだった。シンクの縁に置かれたスポンジは、茶色く変色していた。二か月近く前に沙希と拓矢がそれぞれの実家に戻ってしまって以来、放置されていたのだろう。ごみ箱を開けると、コンビニエンスストアの菓子パンが二つ、開けた様子もないままつっこんであった。

春子は、台所を片付け、その周りも簡単に掃除した。

沙希は、いつの間にかソファに横になって眠っていた。こうして眠っている顔は、十代にしか見えない。中学生か高校生の子供がいたらこんな感じやろうか、と春子はしばらくそのあどけなく、白い顔を眺めた。

ダイニングの椅子で水を飲んで一息ついていると、沙希が目を覚ました。

「ああ、そうか……」

部屋の中や春子を見回して、自分の状況を確認しているようだった。寝たり起きたり昼も夜もない生活なのだろう、と春子は思った。

「……拓矢くんは、なんか言うてた？」

沙希は、また首を振る。妊娠したことをまだ言っていないようだ。

「沙希ちゃんのお母さんは？」

「会いたくない」

その言葉だけは、急にはっきりとしていた。

「……嘘つきやから」

「なんかあったん？」

沙希は、それには答えなかった。

「そうか。でも、とにかくなにかちょっとくらいは食べたほうがいいと思う。食べてもだいじょうぶなもんって、ある？」

「ポテトチップス。塩だけのん」

「わかった。買うてくるわ」

「……うん」

「病院は行ったん？」

頷く。

「仕事は？」

「今週は休んでる。……いろいろ言われてるみたいで。先生も他の人も、気にせんでいいって言うてくれたけど」

「人の噂も七十五日、って、まだ経ってへんか」

「来週は行かないと。お金、ないし」

「まず、体調が第一やわ。ゆっくり休んで、だいじにしないと」

春子の言葉に返事はせず、沙希は、じっと手元を見つめている。八方塞がり、という言葉が春子の頭に浮かんだ。

「ゆかりさんに、言うたほうがいいんちゃうかな。わたしはほら、妊娠の経験ないからさー。ゆかりさんのほうが、なんやかんや助けてくれると思う。明日の夜には戻ってくるって」

「向こうのお義母さんには、言わんといてほしい」

「わかった」

開け放った窓からは、空が見えた。母屋の庭の、春子の部屋の真上、ずっと高いところに広がる空は、雲一つなくどこまでも突き抜けるような水色をしていた。

いつの間にか、こんなにも春になっている、と春子は気づいた。明日は直美たちと花見に行く約束をしているが、ずっと忙しかったせいで、桜なんてどこか遠い、自分とは関係のない場所のことみたいに感じていた。しかし、たぶんこの近くでも咲いているだろう。

冬とは明らかに違う、暖かい風が流れ込んできた。雀が何羽も鳴いている。姿は見えないが、きっと母屋の屋根を飛び回っている。

煙った部屋の空気は、やっと入れ替わった。

ふと窓から視線を移すと、沙希も窓の外を見ていた。ぼんやりした目は、どこに焦点が合っているのか定かではないが、沙希も、季節が変わっていたことを、今知ったのだ。

いいお天気とはいえ、全部の窓を開け放っていると少々肌寒い。部屋の空気もすっかり入れ替わったので、春子は、母屋に面した大きな窓以外は閉めて回った。

「いやじゃなかったら、洗濯とか、ほかの掃除とかもしよか？　あと、ほかになんか買うてくるもんあったら言うてくれたら」

「そういうのは、いい」

沙希は、愛想もなしにすぐ答えたが、少し間があいてから、ペットボトルのお茶とウェットティッシュがほしい、と言った。

「よっしゃ」

と、思わず返した言葉に、わたしも立派に近所のおばちゃんやな、と自分で笑ってしまった。まだぼんやりしている沙希に、

「すぐ行ってくるから、待っときや」

と、言い残して春子はいったん黄色い家を出た。


久しぶりに乗った自転車で坂道を下りながら、春子は、今までに自分も引っ越し先や慣れない職場で声をかけてくれたのはたいてい「おばちゃん」やったな、と思った。近所づきあいがない場所でも、一人でごはんを食べに入った商店街のお店でお菓子をお土産にもらったこともあった。

そのうちにわたしも電車で「飴ちゃん」を配れるようにだってなるかもしれない、そう考えると少し高揚感があった。

バス通りのコンビニエンスストアに入ると、中川さんに会った。

「あら、お久しぶり」

「あ、どうも……」

「このあいだ、スーパーでゆかりさんに会うたんやけどね、筍(たけのこ)のあく抜きはどうするのがいちばんええかって話で盛り上がって」

中川さんは、ゆかりにも負けない勢いで話し出した。詐欺事件にまつわる騒動の直後はよそよそしい態度を感じたが、そんなことは忘れたように、中川さんはにこにことしゃべっている。

春子は、ほっとする気持ちと釈然としない気持ちが入り交じってどう接すればいいか戸惑いつつも、人の噂ってそんなもんやんな、とも思った。テレビのワイドショーでも次々に話題が変わって、この間まで大騒ぎしていたことがその後どうなったかなんて、誰も気に留めない。元から本人を知っていた中川さんは、戻るのも早いのだろう。はす向かいの老人や沙希が勤める整形外科の患者さんたちは、もう少し時間がかかりそうだが。

黄色い家に戻ると、沙希は服を着替えていた。

ありがとう、と言って春子からコンビニの袋を受け取ると、再びソファに座り込んだ。

「だいじょうぶやからね。いつでも、呼んでや。すぐ、言うてや」

春子は、そう繰り返したが、沙希は、黙って頷くだけだった。


夜になって寝床についてから、春子は、だいじょうぶ、などと言ったが、安請け合いというか適当なことを言ってしまったのではないかと、気になりだした。夫やその家族、自分の母とも関係がよくない中で、まだ若く、初めての子供を持つ沙希が、あの家で一人で赤ちゃんを育てるのは相当困難だろう。生まれるのは秋か冬ごろだが、このあとも関係が改善しなかったら、どうすればいいのか。律子とは仲がよすぎるのが心配になるほどだったのに、なにがあったのだろう。

考えているうちに、眠ってしまった。

20

翌日も、春子は少し早く起きてお茶とポテトチップスを買いに行き、沙希の様子を見に寄った。前日よりはしっかりしている様子だったが、顔色は悪かった。ゆかりさんには自分で話すから、というので、また訪ねることを伝えた。

そのあと、バスを乗り継いで公園に向かった。直美の家族とそのご近所や保育園つながりの四家族を中心にした花見に、誘われていた。

住宅街の真ん中にある公園には、春子は初めて訪れた。存在さえ知らなかった小さな公園だが、四角い敷地をぐるりと囲む桜は満開を少し過ぎたころで、風が吹くたびに花びらが降ってとてもきれいだった。そしてその木の下はびっしりとビニールシートで埋まり、きっと普段は子供の姿もまばらな場所が、家族連れや若い人のグループでいっぱいだった。

こんなに賑やかな花見に加わるのはずいぶんと久しぶりのことだったので、春子はやたらと他の人たちを見回した。明斗は同年代の子供たちとジャングルジムの周りを走ったり、落ちてくる花びらを捕まえようと飛び上がったりしていた。孝太郎ともう一人の父親が、彼らの後をついていった。

確か明斗といっしょに走り回っている男の子の母親、料理をSNSにアップするのが趣味だという女性が作った、重箱に詰められたカラフルなお弁当をつまみ、缶チューハイを飲みながら、春子は、直美に聞いてみた。

「あのさー、つわりのときって、どうしたらいいんかな？」

「えっ、えっ、春ちゃん、そうなん」

直美が大きな声を上げたので、春子は慌てた。

「いやいやいや、ちゃうちゃう、わたしじゃなくて」

沙希の様子を話すと、直美は神妙な顔つきになった。

「そうかー。そんな不安定なときに、だいじょうぶかな。最初の妊娠で、そんなにつわりもきついんやったら、しんどいやろうに」

「そうやんねえ」

しかし、二人で話していても堂々めぐりになるだけで、結局は、沙希がゆかりに話すのを待って相談するしかないという結論に落ち着いた。

直美は、猫のキャラクターが海苔で描かれた小さな丸いおにぎりを手に取って眺めつつ、冗談交じりに言った。

「さっきはとっさに相手誰？　って思ったわ。まさかあのギター弾きとか」

「いやいや、ないって。そんな特別親しくもないし」

予想外のことを言われ、春子はすぐに否定した。

「あの人、おもろいし、いっしょにいるんは楽しいと思うけど、正直言うておすすめはせえへんな」

観察し終わったおにぎりを、直美は一口で食べた。

「ほら、わたしバンドやってたやん？　友達もそれ関係の人多いけど、だいたい夢追ってる感じの男の人とつきあった子は、苦労してるからなあ」

すぐそばで、同じ重箱からコロッケを取ろうとしていた若い男性、直美と同じマンションの一階下に住む人が、話に入ってきた。

「あっ、おれ、まさにそういう事例知ってます。腐れ縁、っていうか、なんやかんやいいながらそれなりにやっていってるけどね」

「まあねえ、お互い納得してるんやったらね。強く言えるタイプの女の人やったら、そういうふわふわした男の人でもうまいことやっていけるんやろうけど」

「そやけどねえ、おれも、考えることありますよー。こう見えて、自転車が趣味で四十七都道府県全部走ったんですよ。今、三十二なんすけど、ヨーロッパ一周するのが野望で、でももうすぐ子供生まれるし、外国は無理かなーとか。ほんで、仕事もいずれ独立して会社持ちたいとも思ってて、そういう、ずっと思い描いてた未来っていうか夢っていうか、どれか選んだらどれか消えてまうと思ったらね、自由な人は羨ましいなと」

「そんなん、どんなすごい人でも全部は無理やからいっしょやん。スポーツ選手で活躍してる人なんか毎日練習でめっちゃ忙しいで」

横からツッコミを入れたのは、彼の妻だった。

「そんな厳しく言わんでも。おれかってわかってるけど、言うぐらい言わせてえな」

自転車が趣味の男とその妻は、漫才のような掛け合いを続けたが、なんだかんだ言いながら仲がよさそうで、子供が生まれたら夫はすごくかわいがりそう、と春子は想像した。

直美はさっきの話を続けた。

「楽器弾けたりするとそれなりにもてるもんやから、四十ぐらいになっていきなり二十歳そこそこの子と結婚したりさ。若い子からしたら、かっこよく見えるやん。昔、有名人と同じステージに出た話とか、目をきらきらさせて聞いてたりするもんね」

春子も、美術学部だったので周囲の友人はおそらく世の平均よりは自由業率が高かっただろうと思う。しかし、卒業から二十年近くが経った今は、ほとんどは制作に関わる仕事はしていないし、学生時代に音楽や演劇をやっていた知り合いも皆やめてしまった。だから、直美の話は、わかるようでそこまでの実感はなかった。

「有名人でもよくあるパターンやな。お金ない時代に長いこと支えてくれた彼女と別れてアイドルと結婚するとか」

「まさにそういうの。しかもさー、苦労しても、見る目がなかったとか、努力が足りひんかったとか、結局いろいろ言われるのはだいたい女のほうやん。自分がこんなつまらへんこと言うやなんて、高校生くらいの自分が聞いたらがっくりくるかもやけど、でもほんま、結婚するんやったら真面目に働く人がいちばんやで。上場企業とか、高収入とか、おしゃれな店連れてってくれるとか、そんなこととちゃうねん。とにかく、仕事が続く人。そうじゃないと、家のことも、家族の問題も、いきなり投げ出す可能性あるから。あっ、暴力とか借金とかは論外やで」

直美があまりに力説するので、春子は思わず笑ってしまった。笑いながらも、沙希のことをつい考えてしまっていた。沙希は、苦労した母親を見て育ってきて、結婚にはどんな期待を持っていたのか。拓矢は優しいと言っていたし、ちゃんと会社勤めをしているようでもあったが、春子から見ているとどこか対等な関係ではないように感じた。

「直美、よっぽど悪い例を見たんやな」

「もう、笑い事ちゃうって。もし、春ちゃんが結婚するんやったら……」

「ええわ」

春子は、遮るように言った。舞い落ちてきた花びらが、重箱の卵焼きの上に載った。

「わたしはほんま、いいねん。今の生活でじゅうぶん、いい」

「うん。それはそうなんやけど、五十嵐さんとか具体的に誰ってことは関係なしに、ほら、こないだみたいに急病のときとかさ、心細くなったりせえへん？　もし誰か、いい感じの人がおるんやったら」

「あのな、直美、わたしは……」

「おかーさーん」

明斗が、大声で呼びながら走ってきて、そのまま直美の膝に飛び込んだ。直美はうしろによろめいた。

「ちょっと、もうあんたかなり大きいんやから、加減してよ」

「ぼく、ちっちゃいほうやもん」

と立ち上がった明斗は胸を張った。この四月から小学生である。春子は、生後五日目の明斗の姿を思い出し、走ったりしゃべったりしていることにあらためて驚いた。あとから来た孝太郎もそばに座った。運動不足が祟ってか、息を切らしている。明斗は、今度は孝太郎の背中に覆い被さり、特撮ヒーローのセリフを叫んだ。

満開の花びらでいつもより明るい光に満ちた公園では、子供たちが走り、母親たちがしゃべり、父親たちがカメラを構えている。まるでカメラのＣＭみたいな光景、と缶チューハイを飲みながら春子はそれを眺めた。

世間の主流は、お父さんお母さん子供、しかも二人。それはずっと変わらないのやなあ、と思う。

ふと、中学二年のときの担任の先生を思い出した。定年の近かった女性の数学教師は、「センセー、なんで結婚してないの？」と生徒からときどきからかわれていた。今から考えれば中学生が人生の経験を積み重ねてきた人に対してそんなことを言うなんてかなりひどいことだと思う。だが、結婚していない人はなにかが欠けているのだという意識を中学生までもが持っていたのだろう。自分だって、同級生たちに抗議したり、あんなことを言うのはよくないと話したりした覚えはない。いっしょにへらへら笑っていたかもしれない。

一度、男子生徒たちがあまりにしつこいので、先生が、結婚する予定やったんやけど事情があったんや、とだけ言ったことがあった。そのときはその場を収めるための言葉かと思ってしまって、先生の人生を想像することすらしなかった。

どの年代にも、結婚しなかった人、子供がいなかった人、一人で生きてきた人、一度は結婚したり子供を持っても離れなければならなかった人、いろんな人がいる。その誰もが、仕事をしたり、ささやかな楽しみを見つけたりして、自分の人生を生きてきた。

それなのに、ホームドラマやCMには、そういう人はあまり出てこないか、イレギュラーな人として扱われる。「普通」の場面にはいないことになっている。この先も、存在しない、いやむしろ、自分が子供のころよりも、「標準」でなければ認められない空気みたいなものは強まっている気がする。実際は、一人で暮らしている人や、「標準」とは違った形で生きている人はどんどん増えているのに。

五十嵐も岩井みづきも、一人でしっかり生きているように見える。自分も今の生活でじゅうぶん楽しいはずなのに、それを自信を持って言えず、気にしてしまう。

春子は、孝太郎の職場の愚痴を聞きつつ、あとからあとから降ってくる花びらを目で追っていた。

ゆかりは、その夜遅くに帰ってきたようだった。

春子が寝る前に窓から母屋を見ると、明かりがついていた。黄色い家の二階も。沙希がほんとうに自分からゆかりに話すか、気がかりではあった。母屋の明かりはすぐに消えたが、黄色い家のほうはつけっぱなしだった。

21

四月に入ってから、通勤電車は混雑がひどくなった。沿線の高校や大学の新入生たちは、満員電車での身の処し方に慣れていないので、特に乗り降りのときに混乱する。

会社に着いても、皆その愚痴を言っていた。

「毎年のこととは言うてもなあ」

「連休明けたら大学生はごっそり減るんですけどね」

「いやそれが、近頃は大学の授業ってめっちゃ出欠が厳しいらしくて、意外に減れへんのですよ」

「そうそう、カードでぴっとやって」

「そのカードを友達に預けといたらええんちゃうの」

「そんな誰でも考えること、対策済みですがな」

学生が聞いていたらきっと苛立つようなのんきな会話やなあ、とキーボードでひたすら数字を入力しながら春子は笑ってしまった。

火曜日の夜、玄関を入ろうとすると、庭の向こうからゆかりが手招きする。

「沙希ちゃんが来てるからいっしょにごはん食べましょうよ」

楽しげなゆかりについて居間に入ると、奥の和室の座椅子に沙希が座っていた。

座椅子は、この間まではなかった。別の部屋に置いてあったのか、もしや沙希のために
ゆかりが新しく用意したのだろうか、と春子は他にも変わったところがないか、
つい家の中を見回してしまった。

沙希から、ゆかりに話した、と月曜日の夜にメッセージをもらっていた。

仕事が遅くなって沙希に差し入れに行けなかったのが気になっていたから、春子は
それを読んでほっとしたのだった。

「どない？　今日はなんか食べれた？」

「ゆかりさんが、うどん作ってくれて」

座椅子からこちらを見上げた沙希は、少し顔色がよくなっていた。しかし、まだ声も表情も疲れていた。

「春子さん、座ってね」

沙希とは対照的に、ゆかりは明るかった。普段よりもさらに細々と動き回って台所と和室を往復し、皿やグラスをテーブルに並べる。

「あ、カーディガン」

沙希が、つぶやいた。

ゆかりの黄色いカーディガンと、春子のライトグレーのカーディガン。初めてここで三人で夕食を食べたときに着ていた、同じファストファッションのごくシンプルなもの。お揃いになるのがなんとなく気恥ずかしくて避けていたのか、この家に春子が着てきたのはあのとき以来だった。

「わたしのは、どこいったんやろ……」

沙希はそう続けて、また少しぼんやりしていた。

「東京のお土産」

部屋に入ってきたゆかりが、春子に紙袋を渡した。開けてみると、牛のイラストが描かれた箱入りのクッキーだった。

「それね、今人気があるんですって。チーズのクリームが挟んであってね、二種類あるの」

「ありがとうございます」

「東京、行ってみたいな」

沙希の声に、春子は振り返った。

「行ったことないんやったっけ？」

「ディズニーランドはあるけど」

「えー、沙希ちゃんも行ったことあるんや。わたし、ディズニーランド行ったことなくて、前の会社でもそんな人いるんや、って散々驚かれて」

「ふつう、行くんちゃう？　わたしは、小学校のとき仲良かった子の家族といっしょに。でも並んでばっかりやったことしか覚えてない」

沙希は、座ったまま少し伸びをした。

春子にテーブルにつくよう促しながら、ゆかりが聞いた。

「沙希ちゃんは、東京のどこに行ってみたいの？」

「わからへん」

「東京タワーとか？　お台場とか？」

「うーん……」

　沙希は、旅行自体ほとんどしたことがないと温泉に行く前にも言っていた。旅行や観光と言われても、具体的なイメージがあまり浮かばないのかもしれない、と春子は思った。沙希が洋服かなにか買うために行きたいお店、というのも想像がつかない。

「わたしは、博物館かなー。国立科学博物館とか、切手博物館とか」

　春子が言うと、沙希は怪訝そうな顔をした。

「東京国立博物館は前に行ったことあるけど、全部回りきられへんかったからもう一回行きたいな。でもあそこって、普通の白い壁の部屋に仏像、神像が置いてあってんやん。大阪に住んでると遠足でも奈良、京都によう行くから、仏像ってお寺の中にあるものって結びついてるやん？　だからめっちゃ違和感あって……」

「ようわからんねんけど……」

「えーっとね、わたしは仏像って薄暗いところにあるイメージやってんけど、白い壁のつるっとした部屋にあるとありがたみが薄れるっていうか」

「わからへん」

「春子さーん、ビール飲む？」

ゆかりの声は、はずんでいた。沙希に頼られてうれしいのだろう、と春子は思う。数日前の自分を思い出すと、その心情は容易に察しがついた。

春子は明日も仕事なのでビールは遠慮したが、ゆかりは自分の分をテーブルに用意した。

「沙希ちゃん、無理しなくていいのよ。気が向いたら、こっちに来てなんでも食べて」

「はーい」

年末以降、妙に突っかかっていたことなどきれいに忘れてしまったように、沙希はゆかりに対してかわいげのある声で返した。

春子はゆかりの向かいに座って、テーブルに並んだ料理を見渡した。さやいんげんやにんじんを豚肉で巻いたもの、アスパラとパプリカのグリル、あさりのすまし汁、菜の花を混ぜ込んだごはん。それらも、いつもより張り切っている。先日のお花見のときの、写真映えするお弁当みたい、と春子は思った。

「東京、お見舞いに行かれてたんですか？」

「もう二人とも自宅で、ゆっくり過ごしてるんだけどね、なにかと家のこととか不便が多いみたいでね。それはそうよね、もう八十五歳と八十七歳だもの。二人とも自宅で暮らせてるほうが奇跡くらいのものよ。夫の姉が二日に一回通ってきてくれてるんだけど、二人暮らしはそろそろ難しいって、その相談もあってね」

夫が亡くなってからも夫の家族、親族との生活やつきあいは続いていくというのは、頭ではわかっていても、春子には実感の乏しい関係だった。

「だけど、わたしもすっかりこっちの風景に慣れちゃったのねえ。一年も経ってないのに、なんだか広々と緑の多い環境がさびしくなっちゃって。ここに帰ってきたら、そうそうこれくらい家と家との間が狭いほうが落ち着くわー、なんてね」

「そうですか。わたしは実家のほうはもっと密集してるから、最初にこのあたりに住んだときは、夜なんか特に静かすぎて不安で」

「人によって感覚って違うものねえ。春子さんのお家は大阪の街の真ん中なのよね。わたしなんてそのあたりに住んだら、びっくりしちゃうかしら」

「すぐ近くに高速道路走ってるから、うるさいですよ。わたしもこっちに慣れてもうて、実家にいると車の音が気になっちゃいますけどね」

「ねえ、ゆかりさん」

沙希の声が飛んできた。さっきまでと違って、はっきりとしていた。

「わたしも少し、なにか食べたいなー」

「あら、そう？　食べてるわたしたちを見てたら食欲が湧いてきたのかしら。なにがいい？　沙希ちゃんの食べたいもの、作るわよ。なんでも言って」

「うーん、なにって言われるとわからへんねんけど……。それやし、もしかしたら、食べたい気はするけど、実際に食べたらまた気持ち悪なるかもしらへんし……」

「いいのよ、そんなの。食べられなかったら、わたしが食べるから。春子さんもいるし。ね、春子さん。ちょっと太っちゃうかもしれないけど。ははは」

「じゃあ、苺」

「あ、さっき買ってきたあれね。ちょっと待っててね」

「うん。砂糖かけてもらっていい？」

「はいはい」

台所へ入っていくゆかりは、足取りも軽かった。

はしゃいでいる、と春子は感じる。沙希も、それをわかっているのだろう。わがままにふるまうぐらいが、ゆかりがよろこぶということを。こんなふうに甘えの混じった沙希の声を、春子は初めて聞いた。

ゆかりはすぐに戻ってきて、水色のガラスの器に盛られた苺を沙希に手渡した。

「春子さんも食べるわよね、あまおうよ、あまおう」

ぷっくりと大きくて赤く光る苺は、とても甘かった。それにさらにたっぷり砂糖をかけて食べる沙希を、ゆかりはにこにこと微笑んで見ていた。

「おいしい」

「よかったわあ。でも急に食べるとよくないかもしれないから、様子見ながら、ね」

「はーい」

座椅子で足を投げ出している沙希は、気を楽にしているようだった。つい数日前に、火事になりかけたときに抜け殻みたいだった沙希とは、ずいぶん違う。

春子は少々複雑な気持ちで、あまおうをゆっくり味わって食べた。そのあいだも、ゆかりは台所と居間を行ったり来たりして、お茶を淹れてくれたり、別のお菓子を春子に出してくれたりした。

「そうそう、ね、春子さん、『山帰来』のマダムがね、春子さんの作品はどんな感じかしらって言ってたわよ。お勤めもあってお忙しいだろうから無理は言わないけど、だんだん他の人のも揃ってきて買っていくお客さんも多いから、って」

「あー、そうなんです、やっとちょっと作り始めたところで」

「よかったら、わたしにも教えてくれない？　ここで、教室開いてちょうだいよ。ほら、今ならここに沙希ちゃんもいるし、いっしょのほうが楽しいじゃない？」

ゆかりは、楽しげに身を乗り出して春子に頷いて見せた。

「でも……、沙希ちゃん、しんどいんちゃうかな」

春子は、ゆかりと沙希を交互に見て言った。

「いいんちゃう？　わたしはやらへんけど」

沙希のほうは、どっちでもいい、という態度だった。そしてゆかりに苺のお代わりを要求した。

「苺って、おいしいなあ」

満足そうにしている沙希とまだ戸惑っている春子を横目に、ゆかりは、

「じゃあ、土曜日に……」

とさっさと時間まで決めてしまった。


お茶を飲んだあと、春子を送ると言って、ゆかりも庭へ出てきた。縁側からの明かりに照らされた庭では、櫨や楓のまだ柔らかい葉がぼんやりとした緑色に光っていた。草についた水分で、足下がしっとりしていた。半分開いた障子の陰に、少しだけ沙希の背中が見えた。その後ろ姿を振り返ってから、ゆかりは言った。

「とにかく、拓矢くんと話し合わないとね……」

さっきまでの妙に明るい声ではなかった。

「事件には二人とも無関係だったんだし、寛子、妹も、あのときは気が動転していたからって、今はもう落ち着いてて、拓矢くんがこっちに戻ったほうがいいと思ってるみたいなんだけど」

「本人はどうなんですか？」

「拓矢くんはね、両方の親が勝手にあれこれ言って、沙希ちゃんがなにも言わずにお母さんについて行ったことが、気に入らないみたいなのよね。立場がどうだこうだって、言って。それは沙希ちゃんがなんの相談もしなかったからショックだったのかもしれないけど……」

「立場？　なんですか、それ？　そんな問題じゃないじゃないですか」

めずらしく、春子は声を荒らげてしまった。沙希がつらそうにしていた姿を思い出すと、まだ知らないとはいえ拓矢だって父親になるのに、と思わずにはいられなかった。

「男の子ってねえ、そういうとこあるから」

「そんな。沙希ちゃんと直接話せばいいことやのに」

「子供が生まれるってわかったら、拓矢くんだって態度が変わると思うんだけど、沙希ちゃんがねえ」

ゆかりは、母屋のほうをまた振り返った。沙希の背中は、さっきと変わらず動いていなかった。

「とにかく、産みたいって気持ちだけは強いみたいだから。できるだけのことはしてあげたくて」

「……そうですよね」

「男の子か女の子か、どっちかしら」

ゆかりは、少しうっとりとしたような声で言った。うれしそうだった。

そのとき、春子は気づいた。子供が生まれてくるということは、よろこばしいことなのだ。ゆかりは、まずそのことで心を弾ませていたのだ。

「気が早いわよね、わたし」

笑うゆかりの顔を見て、自分もそこは素直によろこびたい、と春子は思った。

22

沙希は、来週からは仕事にも行くと言っているらしい。体調は落ち着いてきたようだが、いずれにしても何か月かすれば休まなければならないし、産休を取って復帰できる職場なのだろうか。

友人から聞いた世知辛い話がいくつも頭をよぎった。

忙しい時期がわかっているのに自己管理がなっていないと、同僚に面と向かって言われた友人もいた。産休や育休なんていい身分だ、自分は出産前日まで仕事をしていたのに今の子は甘えてる、など、男女問わず嫌味や叱責を聞かされたという話も聞いた。

そんなことを、世間一般の話として、春子は職場で昼休みに岩井みづきに話した。

「なんでそこまで仕事のために生活を捧げることを求めたり、自分がした苦労を同じようにさせたりしないと気が済まへんのやろうねえ」

昼休みはそろそろ終わりで、外に食事に出ていた上司や同僚たちも皆戻ってきていた。春子は椅子の背もたれに肘を乗せ、真後ろのデスクのみづきにため息交じりに言った。みづきも、深い息をつき、

「やっぱり、しんどい思いすることにいちばん価値があるってことになってるからとちゃいます？」

と返した。そこに、春子のデスクの隣にコピーを取りに来た渡部武司が、割り込ん

できた。

「それはそうでしょう。そうじゃなかったら、最初からできる人ばっかり得するやん。そんなのずるいやないですか。努力こそが認められないと」

渡部武司は仕事が立て込んでくると機嫌が悪くなるのだが、週初めからずっと落ち着かずにかえってミスが増えるという悪循環にあった。武司は、苛立ちを露わにするように乱暴にコピー機のボタンを押した。ぶうん、と機械は大きな音を立てて、紙を吐き出し始めた。

「でもさー、せんでもいい努力、っていうか、つらいことをどんだけやったかって、競い合わんでもよくない？」

「その最初からできる人っていうのがいたとして、楽になる仕組みを考えたり、その人がやることで仕事が早く終わるんやったらわたしらも得じゃない？」

春子とみづきはそう返したが、武司はますます語気を強めた。

「いや、だって、学校で教えられるでしょ？　一人はみんなのために、って。そこからなんでもやり遂げる気持ちが出てくると思うし」

「急に運動会の練習みたいなこと言い出して……」

「とにかく、ぼくはね、自分のことしか考えてない人は嫌いなんですよ。たとえばうちの会社でも、一人が自分のやりたいこと優先したら、みんながそれフォローせなあかんわけ？　仕事成り立たへんやないですか」

「子供産んで育てるのは、個人の趣味とかじゃなくて夫婦で助け合わなあかんことやし、社会全体のことでもあるやん」

「でも自分の能力の範囲でやることやと思うんですよね。女の人は、堂々と主婦になったらええのに、無理して仕事してまで人に認められたいんですかね。子育てってめっちゃ立派なことやと思いますけど。女性にしかできへんことなんやし」

「立派なのはもちろんやけど、育てるのは周りが協力してできることもあるやん？」

「うちの奥さんも、仕事辞めて、子供との時間をだいじにしてよかった、て言うてますよ。こんなにかわいいのに、置いて働きに行くなんか考えられへんわって」

　武司は妙に力を込めて言った。

「そういう話をしてるんじゃないねんけど」

「自分が働いてるからって、違う生き方してるうちの奥さんみたいな人をなんで否定するんですか。岩井さんとか仕事できる人がそうじゃない人にまで生き方を押しつけるから、うちの奥さんが肩身狭い思いせなあかんのですよ」

「そうじゃなくて……」

みづきが言いかけたが、ちょうど昼休みが終わり、みづきも春子もこれ以上言い合っても建設的な話にはならないとあきらめて、それぞれの仕事に戻った。春子は、自分のデスクについてから、渡部武司の奥さんと直接顔を合わせていたらまた別の話もできたんじゃないかと思った。

春子が完成した資料を上司がいる会議室へ持って行って渡すと、さっきのやりとりを聞いていた上司が言った。

「渡部の家、お父さんが会社してはってな、いずれは後継がなあかんってプレッシャーがあるんや。まだ若くてようわかってへんとこもあるし、見守ったって」

渡部武司が社長の旧知だか取引先だかの息子で、預かっているようなものだとは聞いていた。

しかし、それは社長や武司の関係にすぎない。受け流すことの多い春子だが、このときは思わず言い返した。

「それこそ、渡部さんが言うてた個人の事情を持ち込んでるんちゃうんですか」

「まあまあ、そないにカリカリせんと。北川さんのほんわかしたとこにみんな癒やされてるんやから、怖い顔されたら困るわー。男はつらいのよ。いろいろ背負てるからなあ。その点、女の人は仕事でも主婦でも選べて、自由で羨ましいわ。ここら辺の店でも、楽しそうにしてる女の人でいっぱいやんか」

机の上の書類を上司に投げつける映像が、春子の脳裏に鮮やかすぎるほどに浮かんだ。それから、いや、違う、と思った。書類も椅子も机もひっくり返して、わああーっと思いっきり叫びたい。うん、それや。

「……それは、なんとかがんばって楽しみを見つけてる、ってだけのことやと思うんですけど」

「そうそう。女の人はええね、生きるのがうまいから」

苛立つ一方なので、春子は適当に話を濁して、会議室を出た。席に戻ってからも、キーボードを打ちながら、同じことばかりが頭をぐるぐると回り続けた。

生きるのがうまい？　うまく生きている？　わたしたちが？

冬の間は、仕事が終わるともう真っ暗で、早く帰らなければと急かされるように電車に乗ることが多かったが、空に明るさが残るようになってくると、寄り道でもしようかなという気になる。会社近くの紅茶の店に、春子は久しぶりに入った。

紅茶やクッキーが並べられた棚の前のテーブルにいても、生きるのがうまいから、という言葉を、春子はまだ考え続けていた。部長には、そしておそらく渡部にも、そう見えているのだろう。わたしがこうしてケーキを食べて紅茶を飲んで、一時間ほど過ごす、至極ささやかなことに対しても。

確かに、見回せば店内は女性ばかりである。春子と同じように勤め帰りらしい一人の女性もいるが、たいていは、二人か三人で、よくしゃべってよく笑っている。その一人一人が、どんな厳しくて難しい状況を抱えていたとしても、理不尽なできごとがあったとしても、久しぶりに友人といる今だけは、笑って話そう、誰かが作ってくれたおいしいお菓子をちゃんと味わおうとしている。そのことが、お気楽で、贅沢で、自分たちに比べて得をしているように、映るんやろうか。生きるのがうまいのだろうか。つらいこと、納得いかないことを、互いに持ち寄って話して、少しでも心を和らげて、なんとか乗り切っていこうとすることが？　そうすることに女も男も関係ないはずだし、学生時代は性別関係なくぐだぐだ話し続けることはよくあった。

もし、それを「うまい」と言うなら、「うまい」方法だと知っているのなら、そうすればいいのに。できないなら、それを阻(はば)んでいるのはなんなのだろう。つらいというのは、どういう状況のことを言っているのだろう。上司にも渡部武司にも、それを聞いてみたかった。聞いてみたらわかることだってあるかもしれないが、いつも「男は」「女は」という話になってしまって、それは直美や岩井みづきたち同性と話しているときも同じで、いつまでもそこから進まないことが歯がゆかった。結局のところ、最初からわかってもらえると確信している相手に、同意してもらえると思っていることを言い合うことしかしていない。

つい考えてしまって、せっかくのお茶とチーズケーキを味わえなかったことを、春子は後悔した。

23

土曜日、洗濯物を干してから春子が母屋へ行くと、奥の和室にいつもはない大きな座卓が出ていた。

祖父母の家に盆暮れに親戚が集まるような感じ、と春子は思った。実際、その座卓は昔からこの家で使われていたものらしく、天板は少し剝げて古びていた。

沙希は、縁側近くの座椅子でくつろいでいた。その横には小さな円卓が増えていて、お茶とポテトチップスが置いてあった。この間は苺をよろこんで食べていたが、やはりまだ体調はよくないのだろう。夜は黄色い家に帰っているが、昼間はほとんどここで過ごしているようだ。

ゆかりは上機嫌で、上等のお茶を淹れて頂きものの羊羹も出してくれた。

春子は、座卓の真ん中に図案集を広げて、ゆかりに説明した。

「まずは、こういうのから簡単な絵を選んで、それを写します。ゆかりさんの好きな、はんこで使いそうなの、どれですか？」

「えー、やっぱり、お花かしらねえ。犬か猫もいいわね」

ゆかりは、ページをめくって行ったり来たりしながら、三センチ四方くらいに収まる小さなイラストを吟味した。

「なるべく単純なのがいいですよ。線が交差してるとこが多いのは最初は難しいから……」

迷った末に、ゆかりは庭で咲き始めたのと似た撫子の花と、猫の手の図案を選んだ。

春子は薄紙をその上に置き、鉛筆で写し取るように言って、少しやってみせた。

言われた通りに鉛筆を動かし始めたゆかりだが、撫子の花びらのところを少しなぞっては、手を止める。失敗したのか、紙をずらして再開したが、

「うーん」

と、首をひねっている。

「ゆかりさんって、意外に……」

「そうなのよ、細かいことって苦手で。母にもあんたはなんでそんなに不器用なの、って。うちの母はね、洋裁が得意でね、わたしたち姉妹の服なんかも子供の頃はほとんど作ってくれてたの」

ゆかりは、鉛筆を置いていつもの早口で話し続けた。

「わたしも、自分に子供が生まれたらそうしようって思ってたんだけど。ぜーんぜんうまくできなくて、早々にあきらめちゃったわ。ね、ほらここのぎざぎざしてるところが難しいの」

春子は図案集をめくり、梅の花を提案した。

「丸いから、こっちの方がよさそう」

ゆかりは気を取り直して、五弁の花びらをなぞり始めた。

ちらちらとこっちをうかがっていた沙希が立ち上がり、座卓に近づいてきて手元を覗き込んだ。

「それ、見せてもろていい？」

「沙希ちゃんも、やってみる？」

春子が聞くと、沙希は素っ気なく返した。

「それはええわ」

せっかく集中していたゆかりは、また手を止めてしまった。

「沙希ちゃん、うちにはテレビも普通のしか映らないし、退屈してるでしょう」

「別にいい。あんまり頭使いたくないし」

「そう？」

そのとき、インターホンの音が響いた。

「あら」

ゆかりは玄関のほうを振り向いた。

「五十嵐さんだわ」

「えっ、五十嵐さんも来はるんやったら言うてくれたらいいのに」

言われたからってなにを準備するわけでもないが、春子は思わずそう言った。

「ごめんなさいね、昨日の夜に急にお願いしたのよ。ほら、階段の電灯が切れちゃったんだけど、なんだかわたしじゃどうしても取れないのよ。夜に真っ暗じゃ怖いから困っててね、前から五十嵐さんがなにかあったら声かけてって言ってたから、ちょっと甘えちゃおうかしらって」

「ああ、どうも。毎度ですー」

大きな声と足音を響かせて、五十嵐が居間に入ってきた。牛とＵＦＯが描かれた黄色いTシャツに幅の太いジーンズを穿いていて、今日も不思議な格好やなあ、と春子はまじまじと見た。五十嵐は、奥の部屋にいる沙希に気づくと、ニット帽を取って笑顔を向けた。

「どうも、ぼく、五十嵐いいます。ゆかりさんにはお世話になってまして」

沙希は、不躾な視線を五十嵐の足先から顔まで素早く往復させたあと、愛想笑いを作った。

「どうも」

「きみが沙希ちゃんかー。なんや今どきのアイドルみたいな感じやな。ほら、やたらと人数ようけおる系の……」

「あー、ときどき言われます」

沙希はそれこそアイドルの営業用みたいな笑みを崩さず、しかし、その場から動こうともしなかった。

「春子さんにね、消しゴムはんこの作り方を教わってるの。春子さん、器用で、こういうのとっても上手なのよ」

楽しげな声のゆかりは、背後から春子の両肩を持ち、春子は少し驚いて振り返った。

「そんな、急に誉められたら、なんか嘘くさいやないですか」

「はんこ?」

五十嵐は、春子が手本に桜を彫りかけていたものを覗き込んだ。彫ったところがすぐわかるように表面だけが黄色くなっているはんこ用の消しゴムだった。表面以外は、白い、学校でごく普通に使っていた消しゴムと変わりない。

「へえー、こういうの見たことあるけど、ほんまに消しゴム彫るんやね」

「五十嵐さんも、どう? やってみない?」

ゆかりがすかさず声をかけた。

「いや、ぼくはこういう細かいことは……」

「だいじょうぶよ、わたしも苦手だから。でもね、春子さんが優秀な先生だから、きっとできるわよ」

「なんなんですか、その確信」

春子はツッコミを入れたが、ゆかりは気に留める様子もない。

五十嵐はしゃがんで、消しゴムにデザインカッターと彫刻刀で彫られた溝を、指でなでた。

「あー、柔らかいから彫りやすいんや。昔、年賀状とかで作ったゴム版とまた全然ちゃうんやな」

「そうなんです。でも、柔らかいだけにするっと滑って失敗することもあって」

「なるほど」

　興味深げに五十嵐は図案集をめくり始めた。ゆかりは相変わらずにこにこと微笑み、沙希は特に感情のない顔でその場を眺めていた。

「というか、電球替えてもらわんでいいんですか？」

「そうだわ、いやだ、わたしったら肝心の用事を」

　ゆかりは慌ただしく五十嵐を階段へ案内した。なんとなく浮足立っているこの感じはなんだろう。春子は釈然としないまま、脚立に上がる五十嵐を廊下の端から見上げていた。

　電球の交換は、すぐに終わった。そのあとは、結局五十嵐は見ているだけにして、居間のテーブルでゆかりが淹れたお茶をすすっていた。

　消しゴムに彫刻刀を滑らせながら、春子は言った。

「うちも、一つ電球切れたままになってるところあるなあ。あんまり困らへん場所やからそのままになってるんですけど。あと、押し入れを整理して収納ボックスを買いに行って並べて、とか、やらないとと思ってることはいろいろあるんですけど、なかなか手をつけられなくて。やっぱり車ないと不便ですよね。これから免許取るっていうてもなー」

「五十嵐さんに、お願いしたら？」

「なんでもかんでも、そんなわけにいかないですよ」

「車やったら、わたし出すよ」

口を挟んだのは、沙希だった。座椅子にもたれたまま、面倒そうな口調ではあるが、はっきりした声だった。

「ホームセンターやろ？　わたしも、買い物行きたかったし。もう運転できるから」

「ぼくのほうは、いつでも言うてくれてええですよ」

五十嵐は、いつもの気楽な態度を崩していなかった。

「だいじょうぶです。わたし、運転うまいですから」

「頼もしいね、今の若い子は。ま、女同士で行ったほうが買い物は気兼ねなくできるやろから」

「そうかもですね」

春子は、内心ほっとしながらそう言った。

五十嵐は、お茶を飲み終わると帰っていった。春子のはんこ教室はそのあと一時間ほど続いて、ゆかりは梅の花と猫の手のはんこを無事に完成させた。そのあいだに、春子のほうは「山帰来」に納入予定である絵はがきの柄の一部として、ジンベイザメとイトマキエイを仕上げた。

特に退屈そうでもなく、かといって話しかけるでもなく、ときどきスマートフォンをいじりながらゆかりと春子を眺めていた沙希は、春子が彫った屑をまとめ始めたのを見ると立ち上がった。

「春子さん、買い物行く？」

「今から？　ほんとにいいの？」

「うん」

「沙希ちゃん、だいじょうぶなの？　無理しちゃだめよ」

「出たほうが気分転換になるから」

「そう？　そうね……」

心配そうなゆかりをよそに、沙希は着替えるからと黄色い家に戻った。

片付け終わって春子が表に出ると、沙希はスウェットのワンピースを着て、もう車に乗り込んでいた。

春子が助手席に座ると、車は滑らかに細い路地を進んだ。若い女の歌手が甘い声で歌う曲がかかっていて、春子はそれを聞いたことがあったが誰のなんという歌かは知らなかった。流行りものがわからなくなってきたなあと思っているうちに、車はバス通りに出た。

「あの人ってさあ」

赤信号を見つめたまま、沙希が言った。春子は一瞬考えてから、返した。

「五十嵐さん？」

「あのおじさん、変じゃない？」

「変って？」

沙希は、その質問には答えず、青信号に変わった道に車を進めた。土曜日の道路は空いていて、目指す場所にはすぐ着きそうだった。傾きかけた日差しが穏やかに住宅街を照らしていた。

しばらくしてから、沙希はまた聞いた。

「あの人が乗ってる車、どんなんか知ってる？」

「五十嵐さんの車？　さあ？　見たことないし」

「去年からこの辺で眼鏡事件あるやん」

それが断続的に発生している夜道で通行人から眼鏡を奪って逃げる強盗のことだと

わかるまでにも、春子は数秒を要した。近所にパトカーが来ていた日以来、事件は起きていないが、犯人も捕まっていなかった。

「あの人とちゃう？」

「えっ」

「そう言うてた人がおった」

沙希の職場で沙希や拓矢が詐欺事件に関わっているのではないかと疑われていたとき、眼鏡強盗についても人の口に上ることがあった。その中で、酒屋の息子の名前を挙げた人がいた。なんの仕事をしているかもよくわからない中年男。昼間からぶらしているし、目撃情報とも特徴が似ている、など。

「それはないよ。そういうタイプじゃない」

「わからへんよ、そんなん」

まったく予想外のことだったので、春子には答える手がかりがなにもなかった。

「沙希ちゃんは、どう思うの？」

「さあ、知らんけど。捕まった先輩も、特別おかしい人ちゃうかったし」

沙希は、進行方向を見たままで、その横顔からは感情が読み取れなかった。すぐ前を行く軽乗用車には、赤ちゃんが乗っています、のステッカーが貼ってある。子供が生まれたらこの車にも貼るのかな、と春子はぼんやり思った。

「その先輩って、全然そういう感じせえへんかったん？」

「うん、全然。ほんまびっくりしたわ」

軽い口調で、沙希は言う。どのくらい親しかったのか知らないが、まるきり他人事のようだった。

「そうか。そういうもんやんね」

春子がそう言って考え込むように黙ったのを、沙希は横目でちらっと確認した。

「だからまじでとばっちり。ほんま、最悪や」

最後の部分には、実感がこもっていた。事件にまつわるいざこざがなければ、今頃は若い夫婦が初めての子供の誕生を心待ちにする、幸福な日々だっただろうか。と、春子は考えても仕方のないことをつい考えてしまった。

「まあ、とにかく、五十嵐さんはないよ。確かに昼間近所を出歩いてるから目立つのかもしれへんけど、しゃべっててもひっかかるようなとこ全然ないし」

春子は、言った通りのことを思っていた。五十嵐と変執的な強盗は、あまりにも結びつかない。目撃情報との共通点も漠然としすぎて、確かめようもなかった。

そのあとは、沙希は黙っていた。正確に車を運転し、ホームセンターや子供服店が入ったショッピングモールの駐車場にすんなりと停車した。

休日で、だだっ広い店内は売り出し商品を伝えるアナウンスが騒々しかった。春子はプラスチックの押し入れ用引き出しを三つ車に運び、沙希はフリースの膝掛けとクッションなんかを買った。沙希は選ぶときに大きさや素材など自分が重視するポイントを絞って、さっと決める。春子は、うろうろと迷ってしまうほうなので、沙希の買い方は頼もしく感じた。

買うものがなくても店内を見て回るのが好きな春子は一人なら長居するところだが、沙希は用が済むとすぐに店を出た。

車が再び走り出しても、沙希はしゃべらなかった。音楽もかけていない車内で、春子は少々気詰まりだったので口を開いた。

「やっぱりゆかりさんに言うてよかったね。頼りになるよね」

出かけていた人たちが帰ってくる時間なのか、行きに比べて道は混み始めていた。沙希は、青信号になっても発進しようとしない前の車に苛ついてハンドルを何度か軽く叩いた。

「ほかにどうしようもないからあそこにいてるだけ」

春子は、沙希の顔を見た。沙希は、春子を見ようとはしなかった。

「ゆかりさんって、単純やよね。ちやほやされると、すぐ乗っかる」

旅行のときの沙希を、春子は思い出した。ゆかりを挑発するように、きつい言葉を投げつけていた。

「……なんでそんなに、ゆかりさんのこと、悪く思ってるっていうか」

「ゆかりさんてさ、自分の娘が病むまで追い込んだんやって。春子さん、知らへんのやろ？」

「どういうこと？」

春子の声に少し動揺が交じったので、沙希のほうは余裕を感じたようだった。

「中学入ってすぐからいじめに遭ってて、学校に行きたくない、って毎日言うてて、死にたいとかまで言うことあったのに世間体が悪いからって無理やり学校行かせて。でも、娘さんは嘘ついてしばらく学校行ってなくて、それがある日突然登校したと思ったら教室の窓から飛び降りたんやって。二階やから足の骨折で済んだけど、大騒ぎになって。そのあとは学校に行かへんままだんなさんのほうのおばあちゃんの家で生活してたって」

近所の噂話でもするような言い方だった。

「娘さんは、確かオーストラリアかニュージーランドで暮らしてるって……」

「だから、ゆかりさんから逃げたんやろ。ほぼ絶縁状態で、孫の顔も見たことないねんて。兄ちゃんのほうも、そういう母親を見限って、寄りつかへんらしいしね」

確かに、ゆかりのところに子供が訪ねてきた様子はなかったが、遠くにいるからだと気にしたことはなかった。娘が学校になじめなかったと話はしていたが、今沙希が話すようなこととは思わなかった。

「その挙げ句に、今までは拓ちゃんのお母さんに押しつけてたあの家に強引に入り込んでさ」

旅行のときも沙希はその話をしていた。ゆかりが越してきた事情を春子は話すべきかどうか迷ったが、あのときもゆかりに止められたのを思い出して言わなかった。

「でも、今までしゃべってたりした限りでは、わたしはそんなふうに感じたことないよ。そりゃあ、多少、思い込みで行動するとこはあるかなとは思うけど」

「だから、春子さんには、自分の都合ばっかり、ええように言うてるってことやん」

「誰でも、話したくないことはあるんちゃうかな？　わたしにもあるし」

「あの五十嵐って人にも、色目使っててんちゃう」

「ちょっと、それはあんまりとちゃう？」

さすがに春子も、そこはすぐに言葉が出た。

「わからんもんやで、人間なんか。みんな、自分の欲で生きてるんやって」

沙希は言い捨てて、そのあとはしばらく黙っていた。

車がカーブを曲がると、後部座席に積んだプラスチックの引き出しがごとんと音を立てた。これからこの引き出しを運んで片付けるのかと考えると、春子は急に面倒になった。

「沙希ちゃん、どっかでお茶でもしようか」

ゆかりのことを聞きたいのかなんとなく一人でいるのがいやなのか、春子自身もなぜ自分がそう言ったのか、わからなかった。

「……ファミレスでパフェかパンケーキ食べたい。おごってよ」

沙希は次の交差点を、家とは反対の方向に曲がった。


休日のファミリーレストランは中途半端な時間でも混んでいて、名前を書いて十分ほど待った。

店の真ん中のボックス席に通されると、沙希は大きなメニューを広げ、すぐにバナナチョコサンデーを注文した。春子はもう少し吟味したかったが、沙希につられて苺サンデーを頼んだ。

隣の席は、三歳くらいの女の子と小学校低学年くらいの男の子を連れた家族だった。父親のほうは日焼けして体格がよく、春子より年上に見えた。母親のほうは、沙希と同じ年代だろうか。年の離れた夫婦のようだ。

「おしゃれなカフェとかのほうがよかったかな。ほら、交差点のとこに……」

「めんどくさい、そういうとこ」

沙希は、グラスの水を一気に半分ほど飲み干した。ほどなく運ばれてきたバナナチョコサンデーも、しゃべらずに食べ始めた。春子は、形のいい苺が乗ったサンデーに手をつける気になかなかならなかった。

「あのー、拓矢くんに、話したほうが、いいんとちゃうかな」

「そうやね。もうちょっと先」

白い生クリームの上のチョコレートソースがグラスの縁に流れ落ちた。

「産まなあかん時期になってから」

春子はなにも言えず、沙希の顔を見るしかなかった。

「誰を信用したらいいの？」

沙希は、そう言うとスプーンをアイスクリームに深く刺した。十五歳も年上の春子より、沙希のほうが周りに子供を持つ友人が多い。子供を持って苦労する姿やおそらくは妊娠したことでつらい目に遭う経験も自分よりよほど知っているに違いない、と思う。自分はなんて無力なんやろう、とも。

隣のテーブルの三歳くらいの女の子のほうが突然泣き出した。顔を真っ赤にして、喉から大きな声を響かせている。なにが理由なのかはわからない。若い母親は、慣れた様子で女の子を抱き上げた。

沙希はそれを横目で見たが、特に表情を変えることもなく、どさっとソファにもたれた。

「まあ、わたしも、打算があったんがよくなかったんかもね。拓ちゃんと結婚したら、あの家に安く住めるってわかってたからさー」

自嘲するように、わざと軽い口調だった。

「そうかあ。そういうことも考えるよね。家賃がやっぱり生活の中では大きいもんね」

春子がごく当たり前のことというふうに頷いたので、沙希は意外そうな表情を一瞬浮かべた。それから、少し緊張の解けた声になった。

「それだけじゃないけど。ここまで逃げるタイプとは思わへんかったなー」

「連絡とかしてないの？」

「親に謝ってほしいって言われたから。そのあとは、知らへん」

女の子の泣き声がいっそう大きくなった。それに反応したのか、店のどこかから別の泣き声が聞こえてきた。その声は、人々の話し声、店員が忙しなく動き食器がぶつかり合う音に混ざり、反響し合って増幅されるようだった。

「沙希ちゃんのお母さんにも？」

「わたしに散々、うちはお金がない、あんたも早く仕事して自立しいや、って子供のころからずーっと言うてたからさ、拓ちゃんと結婚したんもその刷り込みのせいが絶対あるわ」

沙希が長いスプーンでつつくグラスの中で、茶色いソースが白いクリームに混ざっていく。春子は、自分の育った家庭のことを思った。父は、働いて稼いでいないやつはなにも言う権利がない、が口癖で、それは家族に対してではなく世間一般の話として言っていたし、実際父だけでなく近所の人たちなんかからも聞いたことなのだが、それでもなんとなく、子供のころの兄や春子、それに母は、その言葉のプレッシャーをいつも感じていた。

一方で母は、女の子は勉強も仕事もそこそこがかわいげがあっていい、優しい人に好かれて結婚するのがいちばんやよ、と春子に言っていた。小中学生のころの春子は、それを聞くたびに、だとしたら自分はいつまでも「なにも言う権利はない」のじゃないかと、ぼんやりとした憂鬱に周りを覆われていく気がした。

今でも、なんとか正社員にはなったものの、補助的な仕事しか任されない自分はなにか足りないのではないかという気持ちが強く、人に迷惑をかけないように目立たないようにしていなければいけない、そんな思いがずっとある。親の言動のせいにしたくはないし、頭ではそれぞれの考え方があるからと割り切りつつ、それでも繰り返し言われたことはさっぱり消えてはくれない。

沙希は、律子とかなり密接な関係で育ったらしいから、その影響は大きいに違いない、と春子は、まだ青白い沙希の顔を見ながら思う。そして、沙希が結婚や子供を持つことにこだわるのは、その条件が揃えば世の中で認められると思うからなのかな、と思い当たった。沙希が自分で手に入れられる選択肢。そこから外れるといつまでも「世間」では認めてもらえない、根強い枠組み。

沙希は席を立って、ドリンクバーにお代わりに行った。隣のテーブルの女の子はまだぐずっていて、父親が席を替わってあやし始めた。さっきまでとは違う優しい声で、おもしろい顔を作ったりスマートフォンで動画を見せたりしているうちに、女の子はやっと落ち着き始めた。子供が生まれたら拓矢もあんなふうになってくれたらいいな、と春子は希望を込めて想像してみた。

ウーロン茶をなみなみと注いで戻ってきた沙希は、しばらく隣のテーブルにぼんやりと視線を向けていた。しかし、どこかを注目しているわけではなかった。

「お母さんと、なにがあったか、聞いてもいい？」

春子が遠慮がちに聞くと、沙希はゆっくりと向き直った。

「金もらっててん」

沙希の顔は疲れている、と春子は思う。この頃は若い子のほうが、こんなふうに疲れた顔をしている。

「別れた男に」

「それって、沙希ちゃんのお父さんやんね」

「やめてよ、その呼び方」

沙希が高校に通っていた三年間、母の律子が元夫に金銭的な援助を受けていたことを知って、ショックを受けたと沙希は話した。元は父親なのだから養育費をもらうのは当然なのではと春子が言うと、そんなことは知ってると沙希は語気を荒らげた。

「離婚してすぐは一切払えへんと逃げてんで。だから、めちゃくちゃしんどい生活してきたし、そのあとも、自分は一銭ももろてない、って何回も言うてててん。会ったこともない、って。だから、わたしは、母親の負担になってるって思って生きてきた」

沙希は深いため息をついて、呼吸を整え、そのあとは、抑揚のない話し方になった。

「だって、わたしはあいつに叩かれたとか怒鳴られたとかそんな記憶しかないねんで。それが、実家が建設会社かなんかの若い女と結婚して仕事もそこで面倒見てもろて、生活安定したからかそこの家ではいいお父さんみたいな顔してるらしいやん。その上わたしにも金出してやってるって、父親の義務果たしてるって思われてたと思ったら、悔しい。それやし、金額は少ないとか短期間とかじゃなくてとにかく嘘ついてたのが耐えられへん。それに、そんなに嫌な思いまでして出してもらうんやったら、もっともらえばよかったんちゃう？　そしたらわたしだって……」

自嘲気味になり始めた沙希はそこで言葉を切った。混乱が収まらないその心の内を、春子は想像してみるしかできなかった。隣の女の子はようやく泣き止んだ。泣き止んだと思ったら、もうけらけらと笑い、母親から手渡されたぬいぐるみを投げた。うさぎの小さなぬいぐるみは、テーブルの上を転がった。

「沙希ちゃんは、なにかしてみたいこととか、あったの？」

春子は、前から気になっていたことを聞いてみた。

「いまさらそれ言うてなんになるん？」

すぐに沙希は返した。

「とにかく、子供を育てるお金どうするかやわ。離婚してあの家出なあかんくなったら、行くとこないし。ゆかりさんだって、そこまで面倒見てくれへんから」

意地の悪いもの言いをするときは、沙希が不安なときなのだと、これまでの経験から春子にはわかってきていた。不安なのを自分で認めたくないから、強く見せようとするのかもしれない。方向が間違っているし、自分だってきつい言葉を聞くのはいやだが、沙希の弱さが気に掛かってしまうのだった。

沙希が言った通り親代わりをすることは、ゆかりにもできないだろう。しかも、沙希はゆかりの妹一家と険悪になっているし、そしてゆかりが母屋に住んでいることも妹たちにはよく思われていないらしいし、春子も考えるだけで気が重くなった。

「春子さんも、そうやろ？」

春子は、頷くしかなかった。

苺サンデーは食べきれなかったが、沙希はバナナチョコサンデーをきれいにたいらげた。そして、「ごちそうさま。ありがとう」と、言った。

24

黄色い家の前に停めた車から、プラスチックの引き出しを春子は一人で部屋に運んだ。沙希に手伝ってもらうわけにはいかず、ゆかりは出かけたようだった。他の荷物も合わせて結局三往復した。沙希は疲れたから寝る、と言った。なにかあったらすぐ連絡して、と春子は言ったが、沙希は連絡してこないだろうとなんとなくわかっていた。

座ってしまうとあれこれ考えてしまうばかりなので、とにかく片付けることにした。押し入れの洋服や寝具を出し、引き出しを設置したらぴったり収まってほっとした。布類をたたみ直して揃えると、少し気分が落ち着いた。

押し入れの片付けは何か月も懸案になっていて億劫（おっくう）だったが、やり始めてみると意外にはかどり、一時間くらいでかなりすっきりと収まった。お茶を淹れて、はんこ彫りの続きをすることにした。

自分は本来は、こうして一人で手を動かして、お茶がおいしい一日を送ることができればそれでいいのに、このところは落ち着かないことばかりだ。

チキンカレーを作り、出来が良かったので満足し、はんこ作成をし、明日は試し摺ずりをしてみようと道具を揃えた。いつもより少し遅い時間になっていて、お風呂に入ろうと立ち上がったところで、電話が鳴って驚いた。もう真夜中近い。液晶画面を確認すると、ゆかりだった。

「春子さん？　ねえ、さっきからなにか物音がしない？」

電話に出た途端に、ゆかりは言った。普段と違って、抑えた、低い声だった。

「いえ、わたしは特に……」

春子は、答えながら窓に近づき、母屋のほうを見てみる。雨戸は閉まっておらず、障子越しに居間の明かりがぼんやりと庭に広がっている。いつも通りの光景だった。もちろん、人影や動くものはない。

「ああ、ごめんなさいね、こんな時間に」

ゆかりは、やっと気づいたというふうに、声のトーンを上げた。

「見たことない車が停まってて。白の、小さいの」

昼間に沙希から聞いた、強盗の話が春子の頭をよぎった。動揺して詳しく聞かなかったが、その車の特徴くらい聞いておけばよかったと少し後悔した。

「沙希ちゃんにも電話したんだけど、寝てるのか出なくて」

黄色い家の二階にも明かりがついている。一階の窓は暗い。これも、昨日やおととい同じだった。先週沙希が戻ってから、二階の電灯はつけっぱなしになっていることが多い。一人でいるのはさびしいか、怖いのかもしれない。

ゆかりは、二十分ほど前から家の前で断続的に人の気配がする、二階の窓から外を見てみたら、家の前の路地に白い軽乗用車がエンジンをかけたまま停まっているが人の姿は確認できないと言った。

春子はまったく気づかなかったので、なにかあるとしたら庭とは反対側のほうだろうと思った。

「ちょっと、見てくるわね」

春子は気をつけるように言って、ゆかりはいったん電話を切った。春子はそのまま洋室の窓から覗いていたが、母屋の玄関は、そこからは見えない。

なにもわからないまま五分以上が過ぎて、様子を見に行こうかと窓から離れたところで再び電話が鳴った。

「春子さん、ちょっとこっちまで来てもらえる？」

上着を羽織り、春子が庭へ出ると、母屋の縁側に立つゆかりが手招きした。縁側から上がり込むと、居間の椅子には若い男が座っていた。

「どうも……」

拓矢は、春子に向かって軽く頭を下げた。前に会ったのはいつだったか、春子は記憶をたぐった。

「こんばんは」

春子が言うと、こんばんは、とあまり感情のない声が返ってきた。スウェットのパーカに、スポーツブランドのロゴが入ったジャージパンツ。沙希と似たような格好、と春子は思った。休みの日に車で来たのだから部屋着のままでもおかしくないし、誰でも家で過ごす服なんて似たようなものかもしれないが、それだけではなく似たような印象を受けた。なんとなく幼い、頼りなさがあった。

「拓矢くん、荷物を取りに来たんだけど、ドアにチェーンがかけてあって入れないんだって」

「沙希ちゃんは？　連絡つかないの？」

「自分の家なのに、開けてって頼むの、おかしくないですか？」

拓矢は、家に沙希が戻っていることも知らず、なんの心づもりもしていなかったので動揺していた。

拓矢は、憮然としているというよりは、ゆかりや春子の反応をうかがっているように見えた。癖なのか、手でしょっちゅう顔や髪を触って落ち着きがなかった。自分の考えが正しいかどうか承認を求めているのを、春子は感じた。

ゆかりは、場を取りなすように言った。

「沙希ちゃん、ちょっと体調が悪いから寝てるのかもね。二階の明かりがついてるから、いるとは思うんだけど」

「そうですか」

「仕事、毎日遅いんですってね。大変ね」

「まあ、そんなもんですから。なんか、沙希が迷惑かけてないですか」

拓矢は立ち上がって、縁側まで行った。ガラス戸に近づくと、右側に黄色い家が見える。拓矢の背中を見てもなにを思っているかわからず、ゆかりと春子は顔を見合わせた。

「お茶とか、淹れましょうか」

春子は、言ってみた。

「あ、おれ、コーヒーのほうがいいんですけど」

振り返った拓矢がごく日常的な会話の一部としてそう言ったので、春子は、ますます今の状況をつかめなくなった。

ゆかりが、自分が用意すると言って台所へ行き、春子は、ダイニングテーブルの端の椅子に腰を下ろして、縁側で所在なげな拓矢の後ろ姿を見ていた。幼く見えるのは、自分が年を取ったせいだろうか、と春子は思う。テレビで若い俳優を見ても高校生みたいと感じる。一方、昔の映画俳優や古い写真に写る学生は今の感覚からするとずいぶんと老けているので、時代が変わったせいかもしれないとも思う。昔の二十歳は今の三十歳、成人式も三十になってからでちょうどいいよ、と誰かが言っていた。

ゆかりがコーヒーが一つとお茶が二つ載ったお盆を持って戻ると、拓矢も椅子に座った。湯気の上がるマグカップをテーブルに置きながら、ゆかりは言った。

「……拓矢くんは、沙希ちゃんと話さないの？」

「返信ないから」

あっさりと、拓矢は答えた。

「そう。まあ、いろいろ難しいこともあるわよね」

拓矢は砂糖を入れたコーヒーをすすり、視線をさまよわせていた。

「沙希ちゃんがお母さんについて行ったことを、怒ってるの？」

だろう。

「ただ、わからへんだけです。沙希が、なに考えてんのんか」

素直、と春子は思った。拓矢は自分の気持ちをそのまま言っているのだろうと。

「沙希ちゃんは、ご両親に謝ってほしいって言われたのがショックだったみたいやけど」

今度は春子が言ってみた。

「それは……、そうですよ。だって、沙希のお母さんが突然キレたし、そもそもこの家だってうちの親のを住ましてもらってるんやし」

それも、拓矢にすれば正直な気持ちなのだろう、と春子は思う。ゆかりに聞く限りでは、一人息子の拓矢は両親と仲がいいらしいし、沙希のことを知らない別の誰かが聞けば、拓矢の言い分はもっともだと同意するかもしれない。

「その、事件に関わってた先輩って、拓矢くんは親しかったの？」

ゆかりが聞くと、拓矢はしばらく黙っていたが、コーヒーを一口飲んでから話した。

「おれはそうでもなかった。もともとは、沙希の知り合いやし。沙希のツレって派手に遊んでるやつが多いから、適当に合わせとかんと、あいつも機嫌悪くなるし」

「沙希ちゃんのためでもあったってこと？」

「それは、そうやないですか。結婚したんやから、おれが周りとそれなりにつきあっとかないと、沙希の立場もないやないですか」

拓矢の言っていることはあまりわからないが、彼は彼なりに考えて行動していたのだろう、と春子は拓矢の色の白い顔を見ながら思う。そして、自分はすぐにこうして人には人の事情が、と思って済ませてしまうところが、よくないのかもしれない、とも。

「そうやってうまく回しといて、なんかのときにはがつんと言わなあかん、言えるようにしとかないとあかんで、って、ほかの結婚したやつも言うてるし」

どこかで似たようなことを聞いた、誰やったっけ、と春子は思い出そうとした。

「がつんと、ねえ……。それは、たとえばどういうふうなことかしら？」

ゆかりは、テーブルに肘をついて身を乗り出し、拓矢に尋ねた。声は穏やかだった。問い詰める、という感じにならないように気をつけていると春子は思った。

コーヒーの香りが立ち上るマグカップを両手で持ったままの拓矢は、

「だから……、ばしっと決めないとあかんとか、そういう場面とちゃいますか？　男がしっかりしてへんとあかんし。言いなりで顔色うかがってるような頼りない男なんか、結婚したくないことないです？」

語尾で拓矢は、春子の顔を見た。同意を求めるその視線に、春子は戸惑うだけだった。

「うーん、もうちょっと具体的な場面がわからないと。時と場合によるっていうか」

なぜ自分は、思っていない、それは違うと言えないのだろう、と春子は思う。それこそ、がつんと言えばいいのに。

あんた、自分が結婚した相手のことをなんでまず思いやられへんの？　なんのために結婚したん？　二人でいっしょに生活を作っていくためちゃうの？　周りの人らにいい顔するためなん？　人からあいつは「がつんと言っててえらい」と思われるためなん？

感情と結びついた言葉は次々に春子の頭と胸のあたりを行ったり来たりして渦巻くが、春子はそれを口に出せなかった。遠慮なのか、人と対立すること自体が面倒なのか、反論されるのがいやなのか。だからといって、湧き出てくる言葉をどこかへ流し去ることもできず、言葉だけが体内で膨らんでいっぱいになっていく。

「寛子も、政昭（まさあき）さんも、拓矢くんが一人っ子だから、すごく期待して育てたと思うのよね。それで、拓矢くんも自分がしっかりしないと、両親のことを第一に考えないと、っていう気持ちが強いのかもしれないけど、沙希ちゃんはほかに頼る人もいないし……」

「おばさんは、どうなんですか？」

ゆかりの言葉を遮って、拓矢は言った。

「美菜子（みなこ）さん、ずっと帰ってけえへんのでしょ」

そのことを言えばゆかりが言い返せなくなると、拓矢は思っているらしかった。

「ミナコ」がゆかりの娘の名前なのだと、初めて聞いた春子は、彼女の存在を急に実体のあるものに感じた。顔もどんな話し方かもわからないが、自分の友人や同僚にもいそうな一人として思い浮かぶ感覚があった。

今まで、ゆかりは家族の話をするとき、夫、娘、長男、などという呼び方を使っていた。第三者に向かって関係を表す名称で話すのは、特に本人を知らない相手には、ごく当たり前の成り行きだ。それでも、春子はその呼び方が気になった。たいていの人は、直接話している相手にも、家族・親戚や職場の相手なら関係の名称で呼びかける。時には相手の立場から見て、たとえばゆかりは拓矢と話すときに自分の妹を「お母さん」と言う。子供のいる夫婦が、お父さん、お母さんと呼び合って、自分の親のことはおじいちゃん、おばあちゃんと呼ぶようになる。

それはごく普通のことで、それくらい、自分たちは「誰にとって、どんな立場か」から人間関係を考えるし、どう呼ぶかによってその人の人格や「正しいあり方」まで決めてしまうところがある。

自分も無意識に、ゆかりの「娘」として考えていた。

沈黙が続くと、庭を吹き抜ける風の音までよく聞こえた。

「お母さんたちがなんて言ったかはわからないけど、どうにもならないこともあるのよ。娘には、日本の学校や生活は合わなかったし、とてもかなしくてつらいけれど、わたしとも合わなかったんだって、仕方がないって、思うようにしてるの」

「それやったら、おれと沙希のこともほっといてくれてだいじょうぶですよ。気ぃ遣ってあれこれしてくれなくても、おれらはおれらでちゃんとやってるんやし。結局、おれのことが信用できへんってことでしょう」

拓矢の声には、苛立ちと、軽さというか相手を見下す感情が含まれていた。

「あのー、沙希ちゃん自体のことはどう思ってるのかな。そこの家に戻るつもりはあるのかな」

春子は、拓矢とゆかりとのあいだの緊張した空気がつらく、矛先を変えようとした。

拓矢は、春子の顔をじっと見、少し首を傾げてから言った。

「そらそうです。おれの家じゃないですか。沙希が、変な意地張らへんかったらいいと思うんです。おれ自身は、今までとなんも変わらへんし。変えてほしいとかもないし。今まで通り、いっしょに楽しくやっていきたいんです」

拓矢が沙希と結婚生活を続けていきたい気持ちはほんとうで、沙希のことを思う気持ちもほんとうなのだろう、と春子は思う。でも。やっぱりなにかがずれている。それを、どう言葉にすればいいのか、どうやって拓矢に、もしくは沙希に伝えればいいのか、うまくふるまえないことがもどかしかった。

沈黙にインターホンが鳴り響いた。

驚いて、ゆかりと春子は顔を見合わせた。拓矢も振り返った。

沙希に違いない、と同じことを三人とも思い、拓矢が立とうとしないので、ゆかりが先に、そのあとを春子がついていった。ゆかりが廊下のモニターを確認し、あっ、と小さな声を上げた。ゆかりが慌てて玄関の引き戸を開けると、立っていたのは、律子だった。

「すんません、こんな時間に」

律子は、春子のことも視界には入っていたが、見ようとはしなかった。

「電気ついてたから、起きてはるかと思って」

先週の沙希を思い出すような、心の定まらない、落ち着かない態度だった。仕事が終わってから来たのだろう。疲れた、ほとんどやつれたと言っていい顔をしている。路地に停めた車は、ライトがつけっぱなしになっていた。

「上がってください、ちょうど……」

ゆかりが言いかけたとき、居間から、拓矢が顔を覗かせた。誰なのか確かめようとしたのだろう。突然の訪問者が律子だとは予想していなくて、不意打ちにあったように表情が固まった。

一方律子は、拓矢を見て、飛び上がるほど驚いた。ああ、と息を吸い込むような奇妙な声を出した後、拓矢がなにか言いかけたのを遮って、突然、玄関で土下座をした。

「ごめんなさい、ほんまに、全部わたしが悪いんです！」

春子は目の前の光景を把握できず、まったく動けなかった。ゆかりも一瞬ひるんだが、すぐに三和土（たたき）に降り、律子の肩を抱えた。

「ちょっと、お母さん」

その手を振り払い、律子は額をタイルに擦りつけ続けた。

「悪いのは全部わたしなんです。突然、失礼なこと言うて。だから、沙希は悪くないんです。あの子はなんも悪くない、いい子なんです。そやから、うちに戻ったってください」

周りの状況は目にも耳にも入らず、流れ落ちる滝のように言葉を吐き出した。ゆかりはその肩に再度手を添えた。

「お母さん、とにかく、落ち着いて話し合いましょう。ね」

しかし、律子はまったく聞き入れる様子もなく、ほとんど叫びに近い声で、言い続けた。

「それで、いっしょに子供を育ててやってください！」

春子は、心臓をつかまれたかと思うほど驚き、血の気が引いた。

「それは、ちょっと待って！」

思わず大きな声が出た。ゆかりが、春子の顔を見た。それから、春子もゆかりも、振り返って廊下の先を見た。

そこに立つ拓矢は、ぼんやりした表情に見えた。

「子供？」

拓矢は、眉間に皺を寄せ、視力の悪い人が目の前のものを確かめるような、見えないものをなんとか見ようとするような、顔だった。

「沙希の……」

それから、何秒か置いてから、

「おれとの、ってことですよね。子供」

と言った。それを聞いて、春子はまず安堵した。テレビドラマなんかではこんなときに自分の子供なのかなどと言い出す場面をしばしば見てきたので、つい不安になっていたのだ。

ともかく、拓矢は自分の子供だとは認識したようだ。しかし、問題は、沙希が望んでいない形で、拓矢がそれを知ってしまったことだ。

「沙希ちゃんは、お母さんには言うてないって……」

「そんなん、わかります。わたしはあの子の母親なんです。すぐわかるに決まってるやないですか」

律子は、感情的に声を上げ続けた。

「あの子のことは、わたしがいちばんわかってるんです！」

そう叫んだあとは、玄関の三和土に突っ伏して嗚咽をもらした。丸いその背中を、春子はただ見ることしかできなかった。周りの状況も、娘の心情も考える余裕がなく、自分の激情をぶつけるその人に対して、春子はかける言葉をなにも思いつかなかった。

　そして、律子の背中をさするゆかりの目に涙が溜まっているのを、春子は見逃さなかった。律子の心情に共感しているからなのか、沙希の行く末を思いやったからなのか、それとも、自分の家族のことを思ったからなのか、理由はわからなかった。

「そんなん……、おれに言うたらええのに、なんで……」

廊下に立ちつくす拓矢は、自分に向かってつぶやいた。

春子は我に返り、なんとか拓矢が誤解しないようにしなければ、と焦った。

「沙希ちゃんも、すごく動揺してて。初めての経験やし、今、こんな状態やから、どうしていいかわからへんのやと思う」

拓矢は、春子を見たが、なにも言わなかった。

「とにかく、部屋に、ね」

律子を抱え上げたゆかりの目には、もう涙はなかった。律子はやっと立ち上がった。春子も反対側の腕を支え、廊下を歩くのを手伝った。

　居間の椅子に律子を座らせ、今度は春子がお茶を淹れた。律子はお茶には手をつけなかったが、なんとか呼吸を整え、廊下との境に立ったままの拓矢に向かって頭を下げた。

「お願いします。沙希は、しっかりしてるように見えるかもしれへんけど、そんなに強くないんよ。わたしが言うのもなんやけど、子供には父親が必要やの。うちみたいな、苦労させたくない」

拓矢は、ああ、とか、ええ、とか曖昧なうめきのような声を返すだけだった。

「沙希ちゃんは、拓矢くんには自分で話したいって言うてたんです。体調が落ち着いたら連絡するつもりで」

春子は、言葉を選び、拓矢の様子をうかがいつつ言った。律子はさきほどよりは落ち着いたが、目も鼻も真っ赤にしてすすり上げている。

「そうですか。でも、あの子は、気が強いように見えて、肝心なことは全然話さへんとこがあるでしょ。わたしが言うていかんとあかん、あの子のためや、ってわたしも自分に言い聞かせてるんです」

律子が、沙希のためになんとか事態を打開しようとしていることは、春子にも理解できた。しかし、沙希がなにを思っているか、沙希がどうしたいのか、律子はわかっていないように思った。いや、わかろうとしていない、と。今までずっとそうだったのだ。沙希は、自分の気持ちを人に伝えることをどこかであきらめている。

「とにかく、沙希ちゃんと話さないと始まらないわよ」

ゆかりは、少し明るい声を出して、立ち上がった。

「電話してみようかしら」

時計を見ると、もう午前一時を過ぎている。縁側から黄色い家を確認すると、二階の窓の灯りは、やはりつけっぱなしのようだ。

ゆかりと春子は、通話ではなく、携帯電話にメッセージを送ってみることにしたが、返事はなかった。

沙希は、母屋で拓矢と律子が顔をつき合わせているとは思いもよらないで眠っているのだろうか。それとも、なにかしら起きていることには気づいていて、関わりたくないのだろうか。

「お母さん、疲れていらっしゃるでしょうから、うちで休んでいかれたら。拓矢くんも。ね。二階の部屋もこっちもあいてるし、布団もね、やたらとあるのよ。今まで使うことなかったから、きれいだし」

ゆかりの提案に、部屋をうろうろ歩き回っていた拓矢はすぐに答えた。

「おれは、車で寝ます」

玄関側は袋小路になっているので、車を停めっぱなしにできた。

「朝、沙希が出てけえへんかったら、とりあえずそのまま帰りますから」

腫れたまぶたの下の虚ろな目で、律子は拓矢を見上げた。

「お母さん、おれはいつでも話聞くから、って、沙希に言うといてもらえますか」

そう言い残して拓矢が出ていったあと、律子はしばらく、放心したように、椅子でじっとしていた。ゆかりと春子も、かける言葉を思いつかず、そして短い時間の騒動に疲れてもいたので、テーブルを囲んで、黙ってお茶を飲んだ。

壁に掛けた時計の中で、金色の振り子が音もなく揺れていた。あの時計はゆかりが東京で住んでいた家でも掛けていたものかなと、春子はふと思った。ゆかりと夫との暮らしを見ていたのだろうか、と。

25

外は変わらず静かだった。なんの物音も聞こえてこなかった。こんな時間まで起きていたのは春子は久しぶりだったが、眠くはなかった。律子が少し落ち着いたようなので、春子は、言ってみた。

「あの、律子さん」

律子は、疲れた顔を上げた。

「沙希ちゃんから聞いたんですけど、その、沙希ちゃんのお父さんからお金を送ってもらってたって……」

「……やっぱり、沙希が出てった理由はそれなんやな」

律子は、大きくため息をついた。ゆかりは、少し意外そうに目を見開いた。

「仕方なかったんですよ。お金もらうのも、それを沙希に黙ってたのも」

律子は、テーブルの上のティッシュを取り、目の下を拭いた。前に会ったときよりも年を取ったように、春子には見えた。

「あの人は、沙希を叩いたり怒鳴ったりして、沙希は怖がってたから、二度と近づけたくなかった」

話しているうちに、律子の声はだんだんと高ぶっていった。

「養育費も払わんかったし、それやったらもう関わりたくなかった。でも、わたしが働いたところで、たいして稼がれへんやないですか。昼間パート行って、夜は店に出て、睡眠時間削ったって知れてる。昼間、沙希の世話はおばあちゃん、わたしの母が助けてくれたけど、でもその分も、わたしは働かなあかん。最初は一人でがんばったけど、沙希が高校に通ってる間は、あの子もバイトがんばってくれたけど、どうしてもしんどかった。だから、あの人に頭下げたんです。さっさと再婚して、その人の実家の会社でええように役員かなんかに納まってて、うちらに暴力振るてたことなんかきれいさっぱり忘れた顔して、子供のために恵んでやるみたいな態度取られた。自分は心が広いんや、っていう顔してた。死ぬほど悔しかった」

律子の湯飲みを持つ手が震えているのに、春子は気づいた。

「それでも、生活していかなあかんかったから、沙希を育てなあかんかったから、しかたないでしょう。沙希にはそれを知られたくなかった。あの子に引け目を感じてほしくなかったんです。あの人にも、自分になつかへんかった沙希に会うつもりはないって言われたし。たかだか月に何万かのことやった。でもその何万かが、わたしには稼がれへん金、どうしても必要なお金やったんです」

テーブルを挟んで座るゆかりは、眉根を寄せ何度か頷きながら、つらそうな顔でその話を聞いていた。ゆかりよりも離れてテーブルの角のところに座っている春子は、二人の顔を交互に見ていた。

律子は元夫から沙希よりも暴力を受けていたに違いない、とその絞り出すような声から、春子は推測した。直接殴ったりされたかはわからないが、元夫が律子に対して相当威圧的だったのは確かだろう。経済的に援助を受けることで再びその関係が続くことになってしまって、そこに沙希を巻き込みたくなかったという心情は、春子にもわかった。

「沙希が就職してからやっと少しずつやけど貯金もできるようになって。あの子が結婚するときにはちゃんとした結婚式とかさせてやりたかったんです。こっちは参列する親族もうちとおばあちゃんだけやから、引け目感じへんようにしてやりたかったし」

律子は、言い終わると、深い呼吸を繰り返した。その顔は、皺や顔色が、というよりも全体に老けて見えた。春子は、自分とそう年の変わらない律子の顔をじっと見つめた。律子くらいの年齢の知り合いを思い浮かべても、律子は疲れているし、話すことも一昔前のドラマを見ているようだと、春子は思い、それは自分の経験が狭いからなのだろうとも思う。

ゆかりが立っていって、お茶を淹れ直してきた。それを待っている間、春子はガラス戸の外の、静まりかえった空気を感じた。その穏やかな世界から、この場にいる三人だけが、いや、沙希も拓矢も含めた自分たちだけが、切り離され、取り残されていくような気持ちになった。ゆかりが注ぎ足したお茶から立ち上る湯気を、律子は眺めているようでもあったし、どこも見ていないようでもあった。

春子は、自分で自分の言葉を確かめながら、言った。

「沙希さんは、たぶん、お母さんが自分のために必死で働いてくれてる、それをわかってるから、自分もがんばらないとって思ってきたと思うんですよね」

律子は顔を上げたかと思うと、春子をにらんだ。

「沙希がおたくにそう言うたんですか？」

春子はひるんで、慌てて言葉を継いだ。

「いえ、そういうわけではないです。わたしが勝手に、もしかしたら、って思っただけで」

「沙希ちゃん、子供のころ、将来なにかになりたいって夢があったんじゃないかな、ってわたしも何度か思ったことがあるんだけど」

ゆかりが横から春子を助けるように言った。律子は、再び語気を強めた。

「夢見たってどうなるんです？　結局あきらめて、つらい目見て、違いを思い知らされるだけやないですか。そら、やりたいことなんかなんぼでもあったけど、それはみんなうちには関係ないことなんやな、って思い続けてきた。それが人生なんや、って親からも言われてきたしね。でもわたしは、沙希には、我慢しろなんて一回も言うたことないですよ。高校卒業して、もし進学したいんやったらどうにかするから、って言うてきましたよ。おばあちゃんも、助けたるからな、って言うてくれてたし」

律子の言うことは理解はできる、と春子は思う。厳しい環境で生きてきた律子にとっては、それは真実だし、沙希のことをいちばんに考えてきたのもほんとうだと思う。

「沙希もずっと、わたしは勉強嫌いやから学校なんか早よ終わらしたい、大学行きたい人なんか気が知れへん、って言うてたし」

それでも春子は、つい沙希のことを思ってしまっていた。しばらくの沈黙のあと、ゆかりが口を開いた。

「ご自分は離婚されて、その相手の方のことであまりいい思いはされていなくて、一人で立派にがんばってこられたのに、さっきはどうして拓矢くんに……」

「自分が離婚したからですよ。きれいごと言うたって、結局、女一人は舐(な)められる。誰からも下に見られて、ろくなことない。生活もお金も、一人で全部背負わなあかん。ちょっと弱音でも言おうもんなら、そんな男とわかってて結婚したのが悪い、稼ぎもないのに離婚したのが悪い、おまえが悪いって、百倍も返ってくるんです」

「それは、とてもご苦労されたんだと思うけど、拓矢くんは義理の息子なんだし、あんなふうに頭を下げるのは……」

ゆかりの言葉を遮って、律子は自嘲気味に言った。

「わたしはあんなん、どってことないんです。沙希のためやったら、なんでもしますよ。親って、そういうもんでしょ。それが親の愛情やないですか」

そのとき春子は急に、拓矢は、ひたすら驚いて戸惑っていただけではないか、と思った。さっきは、ぼーっと突っ立ってなにを考えているのかと思ったが、妻の母親に突然頭を下げられて叫ばれ、どういう態度を取ればいいかわからなかったんじゃないか。

「沙希も、今は意固地になってても、落ち着いたらわかってくれるはずです。沙希のことを、いちばん考えてるのはわたしやって。沙希よりも、沙希のこと考えてるって」

律子は頑なだった。そう感じるのは、自分に子供がいないからだろうか、と春子は、考える。子供を産んで、育てた経験があれば、律子に同意できるのだろうか。たとえばゆかりなら。

と、見たゆかりは、腕組みをしてなにか考え込んでいた。

「律子さん」

またしばらく間があいたあとに、ふと名前を呼ばれ、律子は顔を上げた。

「律子さん、お仕事、お忙しいのはよくわかっているんですけども」

ゆかりは、穏やかに微笑んでいた。

「もしよかったら、今度、お休みを取って、いっしょにどこかに出かけませんか。そうねえ、これからだと、さくらんぼ狩りとか」

律子は、疲れた無表情のまま、ゆかりを見た。春子も、ゆかりがなにを話し出したのかわからずに、続きを待った。

「あ、『山帰来』の奥さんはね、ブルーベリー狩りがよかったって言ってたわ。最近は果物もいろいろあるのよね」

「なに言うてはるんですか、急に」

律子の声は、かなり苛立っていた。

ゆかりは、顔から笑みをなくすことなく続けた。

「わたしもね、娘のことで、難しかった時期があったんだけど、そのころにね、ご近所の方がりんご狩りに誘ってくださって。信州のとっても景色がいい農園だったのよ。それですごく気持ちが楽になったことがあるの」

しかし、律子は、はっ、とため息とも笑いともつかない息をもらし、早口で返した。

「そんな、お気楽なもんとちゃいますよ。ふざけんといてください。これから沙希の一生がかかってるんです」

「だからよ」

ゆかりの声は、とてもはっきりとしていた。春子は、ゆかりの顔をじっと見つめた。

「そういうときだから、関係のないことをしたほうがいいってこともあると思うの。普段と違う場所に行ったら、自分の考えてたことが急に別の方向から見えて、開けてくることもあるから。わたしもね……」

その言葉を、律子は拒絶するように右手を振って遮った。

「なに言うてんのか、わからへんわ。それでなんでよう知らん人と出かけなあかんのですか。すいませんけど、わたし、そういうの好きとちゃうから」

そうなのやろうな、と春子は、律子の苛立った表情を見ているとその気持ちもなんとなく想像できた。

「山帰来」や、自分がランチや仕事帰りに立ち寄るカフェの客たちは、たいてい女性ばかりで、それが当たり前のこと、女性なら誰でも女同士で集まって話すのが好きみたいに錯覚してしまうが、苦手な人だって当然いる。

高校のときに、男の子とばかりしゃべる女の子がいて、異性にだけいい顔をしていると陰口を言われていたが、春子は一度その子と授業の準備をいっしょにしなければならなかったことがあり、一時間以上二人きりで過ごすうちに彼女は女子と話すときのほうが緊張してしまうのだと気づいたことがある。男子とはその場限りの会話でいいが、女子とは関係を壊さないように常に気を遣ってしまうのだと。

律子は、彼女とはまた違うタイプだが、他人と気さくにしゃべることができないんじゃないか。前に春子の部屋に上がったこともあったが、あのときは少々酔っていたし、饒舌さも空回りだった。店で客の相手になって調子よく話をするのとはまた違って、誰かと個人的に長い時間を共有することに慣れていない。

春子にとってはとても気楽に過ごせるこの母屋の居間で、律子は落ち着けずに頑な態度を取り続けていた。

「そうね、ごめんなさいね」

ゆかりは首を振って、椅子から立ち上がった。

「もう休みましょう。お母さん、こっちの部屋でもいいし二階もあいてますから」

律子は、腫れぼったい瞼をなんとか持ち上げ、不信や不満の消えない視線をゆかりに向けた。

「ずいぶん疲れてらっしゃるから、運転するのは、心配だわ。ちょっとくらい仮眠でもされたほうがいいと思うの」

「わたしも、そう思います」

春子は、なるだけ強制する響きにならないよう気をつけながら言った。春子もゆかりの側に立って自分を責めている、と律子に思わせないように。

律子は、腕組みして部屋を見回していたが、ようやくのっそりと腰を上げた。

「わかりました。ほな、そこでちょっと、二時間か三時間、休ましてもらいます。布団とかは出してもらわんで結構ですから」

律子が指したのは、和室にぽつんと置かれた座椅子だった。昼間は、沙希が使っていた座椅子。律子はそれを知らないまま、背もたれを倒し、こちらに背中を向けて体を預けた。

ゆかりが毛布を持って行くと、小さく礼を言って受け取り、ほとんど頭まで被った。相当に疲れていたのに違いない。きっとほんとうは、布団でゆっくり眠りたいだろう。

ゆかりが沙希のために用意した座椅子は、ふかふかと柔らかそうだった。この数日、ここで沙希がなにを思い、春子やゆかりを頼りに、本人としては利用していると思いながら、なんとかこの先の生活の目処(めど)をつけようと、どれだけ不安な気持ちで過ごしていたか、春子はそれを思うと胸が詰まった。

律子は、毛布を被ったまままったく動かなかった。ゆかりはそっと襖(ふすま)を閉め、春子を促して玄関に回った。

「春子さんも、疲れたでしょう。急に呼び出されて、思わぬことになって」

ゆかりは、ちょっとさびしげに笑みを作った。

「いえ、わたしは全然……。明日の朝、また様子見に来ますね。ゆかりさんも、寝てください」

「そうね」

玄関のドアを開けかけて、春子は振り返った。

「あの、わたし」

呼吸を整えて、明確に言った。

「ブルーベリー狩り、行きたいです」

今度はゆかりが、意味を飲み込めない顔をしていた。

「さくらんぼでも、他のでも。なんとなく、ゆかりさんがそう言った理由が、わかるような気がして」

ゆかりは、黙ったまま小さく頷いた。

「わたしは子供いてへんし、なんにもわかってないのかもしれないですけど」

「子供を産んだから、育てたからって、全員が同じ気持ちじゃないわよ」

ゆかりはようやく、緊張が解けた声になった。

「みんなそれぞれなのよね。当たり前だけど。子供の気持ちだって全然わからないんだし。経験してるからってわからないことも、経験してなくてもわかることも、どっちもあると思うわ」

言葉の一つ一つを確かめるように聞きながら、春子は、やっぱり自分は全然わかっていないように思えた。想像はできるが、わからない領域がそこに横たわっていると思った。ゆかりの中にも、律子の中にも。

「ブルーベリー、聞いておくわね」

寝静まった路地に気遣って、ささやくようにゆかりは言った。

26

春子が玄関から出て、門から袋小路を覗くと、拓矢が乗って来た白い自動車が、沙希がいつも乗っている青い車の向こうに停まっていた。車内灯がついていたが、シートの陰になって拓矢の姿は見えなかった。

春とはいえ、部屋着に適当なものを羽織っただけで出てきたので、夜の空気が冷たかった。

暗い庭を横切ると、草についた夜露のせいか足が湿った。

部屋に戻った春子は、熱いお茶を淹れて体を温めた。三時ごろにやっと布団に入ったが、いつも寝る時間はとっくに過ぎて目が冴えてしまったし、母屋でのできごとが頭をぐるぐると回り続けてなかなか寝つけなかった。

しかし、ようやく眠りに落ちると、疲れていたせいかここしばらくなかったほど熟睡したようだ。

ぱっと、スイッチが入るように目が覚めた。部屋の中はとても明るかった。時計を確かめると、もう十時を過ぎていた。

春子は起き上がり、カーテンを開けて、庭越しに母屋を見た。


もうかなり高くまで昇った太陽に、庭の草木の新緑が照らされて眩しかった。淡い黄緑色の葉が重なり合って、美しい模様を作っていた。名前を知らない黄色い花が、飛び石の脇に咲いていた。

眩しさに目を凝らし、春子は母屋のほうを見つめた。縁側に、二人が座っていた。まさか、と思ったが、沙希と拓矢だった。少し距離を開けてはいるが並んで座り、楽しそうに話しているように見える。

春子は急に目がはっきりと覚め、スマートフォンを見てみたが着信もなにもない。ゆかりにメッセージを送ってみると、ごはんを食べに来ない？　沙希ちゃんも拓矢くんもいっしょだから、と返信があり、事情が飲み込めないもののとりあえず行くと返した。

手早く身支度を済ませ窓からもう一度母屋を確かめてみると、さっきは開いていたガラス戸も障子も閉じられ、誰もいなかった。そのせいで、やっぱり見間違いだったのだろうか、と春子は思いながら下へ降り、庭を横切って母屋の玄関へ回った。

昨夜、というよりは今朝方まで起きていて疲れているはずなのに、妙に機嫌のいいゆかりに出迎えられ、通された居間には、テーブルに沙希と拓矢が並んで座っていた。

「おはようございます」

明るい、しかしちょっと照れたような声で挨拶をしたのは、拓矢のほうだった。

春子は、眠いせいもあって、昨夜のことが夢だったのか、それとも今が夢の中なんじゃないか、と頭の片隅で思いながら、テーブルに並んだ色鮮やかなサラダやオムレツ、フルーツにトーストと、二人の顔を順に見た。台所からコーヒーのいい香りが漂ってきた。

「昨日は、なんかややこしい感じになって、すいませんでした」

拓矢に軽く頭を下げられ、春子はさらに戸惑った。

「沙希は、やっぱりしんどくて寝てたみたいで」

隣に座る沙希は、そう言う拓矢をにこやかに見つめ、それから春子に向かって言った。

「全然気づかへんかって。春子さんにもうちの母がいろいろ言うたみたいで、ごめんなさい」

「いや、わたしは別に……。律子さんは？」

「朝方にうちに帰ったみたいなんです。このあと、拓ちゃんと二人で母のとこに行こうと思ってて」

そう言って沙希は、拓矢と頷き合った。

「あ、そうなん……」

どう答えていいかわからず、その場に立ったままでいると、廊下からゆかりに声を掛けられた。

「春子さん、コーヒーでいいわよね。さ、座ってよ」

「ありがとうございます」

と、言ったものの、釈然としないまま、とにかく沙希の向かいの椅子に腰を下ろした。

ゆかりがコーヒーを拓矢と春子に、オレンジジュースを沙希に運んできて、ずいぶん遅い朝食が始まった。

「おれも、きっかけがなかったっていうか、もともと沙希に対してはなんも思ってなかったし。なんていうか、お互いの親が勝手にちょっとヒートアップしただけなんすよ」

「そう、やろね」

拓矢は、どことなくはしゃいだ調子で、昨日とは別人のように和やかに話し続けた。

「おれもほら、父親じゃないですか。しょうもない意地なんか張ってる場合ちゃうっていうか、おれがしっかりして、うちの親も、沙希のことも、自分が守っていかなあかんのやって」

「拓ちゃん、ずっと子供ほしいって言うてたもんね」

「子供といっしょにサッカーとかゲームとかやるの、ずっと夢で」

「まだ男か女かわからんし」

「あ、そうか」

目の前で楽しげにやりとりする二人を、春子は曖昧に頷きながら見ていた。ゆかりは台所と居間をせわしなく行ったり来たりしながら、そうよね、ほんとよね、と合いの手を入れるように言葉を挟んだ。沙希は、春子の顔をじっと見て言った。

「わたし、いろいろ考えすぎやったんですよね。まず拓ちゃんに連絡すればよかったのに」

「そうやで、ほんま」

拓矢は満足げな表情で沙希の肩を撫でたりしていた。春子は、沙希に頼られていると思っていた自分が気恥ずかしいというか、拍子抜けしたような気分で、絶妙な半熟具合のオムレツの味もよくわからなかった。

「そうそう、わたしもね、寛子たちの話も沙希ちゃんの話も聞いてて、どっちの気持ちもわかるから、妙にあれこれ気を回しちゃってたのよね。シンプルなのがいちばんよね」

やっと椅子に落ち着いたゆかりは、それでもそれぞれの皿に取り分けたりコーヒーを注ぎ足したりしながら、うれしそうにしていた。沙希は、まだそんなに食べられないようで、果物ばかりつまんでいた。

「拓矢くんはすぐこっちに戻ってくるのよね？　わたしも片付けるの手伝うから、沙希ちゃんは無理しないで、ここでゆっくりしてたらいいのよ」

「とにかく母に」

沙希は、笑みを崩さないまま、拓矢にそろそろ出発しようと促した。

「そうだったわね。律子さんも、すっごくよろこぶと思うわよ」

春子は、まだ釈然としない気持ちで、久しぶりの賑やかな食卓で取り残されたようになっていた。


食べ終わって、律子のところへ向かう二人の車が走り去っていくのを、春子とゆかりは玄関先で見送った。

「急に、全然違うから、びっくりしたというか」

春子は、ゆかりの表情をうかがいながら話した。ゆかりは、今度は紅茶を淹れ、中川さんにもらったというクッキーを居間のテーブルに並べた。

朝に沙希と拓矢が二人で訪ねてきたのだとゆかりは言った。

「そりゃ、わたしだって驚いたわよ。そんな急展開、予想してなかったじゃない？玄関開けたら二人が立ってて、ちゃんと話し合いました、これからもよろしくお願いしますって。二人ともまだまだ若いし、感情も揺れ動くもんなのよ。おばさんたちがあれこれ気を回したって、野暮だったわね。わたしだって、若いときは夫とけんかして実家に帰ったことあるものね。夫婦げんかは犬も食わない、って言うじゃない？」

テレビドラマの中でしか聞いたことがなかったセリフ、と思いながら、春子はクッキーをつまんだ。

「そんなもんですかねえ。沙希ちゃんが、本人たちが納得してるんやったら、もちろん全然いいんですけど」

「それは、心配なところだってあるわよ。やっぱり、危なっかしいっていうか。でも、そこはわたしも春子さんも見守っていくしかないと思うの、今まで通りに。沙希ちゃんも、わたしや春子さんにも、前よりは話をしてくれるようになったんだし」

ゆかりは、沙希と拓矢がまた黄色い家で暮らし始めることがよほどうれしいようだった。

「そう、ですよね」

「沙希ちゃん、必要なもの用意しなきゃね。これからが大変なんだから」

りんごの香りがついた少々甘ったるい紅茶を味わいつつ、春子は、ゆかりにはこのあとのことが具体的に思い浮かんでるんやろうな、と思う。自分も直美や何人かの親しい友人の妊娠や子育ての経過は見てきて多少の知識はあるが、実際に体験している人とは相当な差があるだろう。

「春子さんにも、買い出しを手伝ってほしいのよね」

「もちろん、いいですけど」

春子が答えたところでちょうど、インターホンが鳴った。五十嵐が、現れた。

「悪いわねえ、急に頼んじゃって」

上機嫌な声で、ゆかりが五十嵐を出迎えた。

玄関先に立つ五十嵐は、昨日とたいして変わらない格好で、昨日と同じ愛想のよさだったが、ゆかりの妙な明るさに少々戸惑っているようでもあった。

「いや、ぼくはどっちみちたいした用事もあれへんので。すぐ、出ます?」

「それがね、わたしはちょっと宅配便を待たなくちゃいけなくてね、そうそう、電話もかかってくるのがあって、出られないのよ。だから、春子さんに代わりに行ってもらおうと思って」

振り返ったゆかりに笑顔を向けられ、廊下に立っていた春子は頷くしかなかった。

「悪いわねえ。五十嵐さんが車出してくれるそうだし、買ってきてほしいものをリストにするからお願いしていいかしら。ちょっと待っててね」

ゆかりは慌ただしく居間や台所を行き来し、メモを春子の手に握らせた。

門の前に停めてあった車は、黄緑色の軽自動車だった。それを見た途端に、春子は、前日に沙希が五十嵐の車について尋ねたことを思い出した。関係ない、とは思うものの、沙希からもう少し情報を得ておけばよかった、と思いつつ、促されて助手席に座った。違う、ということを確認するために強盗の目撃情報と比べたかった。車は実家のを借りてきた、と五十嵐は言って、ゆっくり路地を走り始めた。

「ゆかりさん、なんや楽しそうやな」

「そうですね。まあ、終わりよければすべてよし、みたいなことですかねえ」

「終わり？」

春子は、昨夜の騒ぎと、今朝の急なできごととを、五十嵐に話した。車は、前日に沙希に乗せてもらったのとまったく同じ道を通っていたので、春子は余計に昨日の一連のできごとが夢みたいに感じられた。

五十嵐は、ええー、とか、へえー、とか適当な合いの手を入れながら聞いていた。

「まあ、若い男女のことやからなあ、離れるのもくっつくのも、わーっと盛り上がるよってに」

「そんなもんなんですかねえ。わたしはなんか、気になるんですけど」

「どこらへんが？」

「そう言われたら、はっきりどことは言えないですけども」

「人間っちゅうのは、多かれ少なかれ不可解なもんですよ」

「そうですねえ」

幹線道路沿いのショッピングモールには、ホームセンターのほかにスーパーマーケットや洋服店、ファストフード店などが入っている。

沙希に必要なものがあると言っていたが、ゆかりから渡されたリストは照明器具や洗剤などゆかりの家で使うものが大半を占めていたし、わざわざ買い物を頼むほどのものでもないように思え、春子は五十嵐に悪いような気もしつつ、とりあえず赤ちゃん用品の店へ先に向かった。

沙希のものにしたって、ゆかりが選んで渡しても使うのやろうかと気になりつつ、指定されたものは沙希が母屋で使うらしき妊婦用の抱き枕やスキンケアセットなどだったので、五十嵐と順に回って揃えていると頓狂な声が響いた。

「あらあ」

髪に紫色のメッシュが入り、虎の顔プリントのTシャツという、派手な格好の女性が五十嵐の肩を叩いた。春子の両親と同年代に見えた。

「お嫁さん？　おめでとうございます。予定日はいつ？」

「ちゃうちゃうちゃう、ちゃいますって。頼まれ事で来ただけで、彼女もこんなおっさんといっしょにされたらかなわんやないですか、ねえ」

　慌てて否定した五十嵐が気遣うように視線を向けたので、春子も隣で同意した。

　愛想笑いを作りながら、春子は、沙希が五十嵐とゆかりの関係を疑っていたのを思い出した。自分もなにか不自然なところを感じてはいるが、沙希が想像しているようなことでは全然ないと思う。それでも、なんとなく五十嵐の隣でぎくしゃくしてしまい、あんな話を聞かなければ普通に接していられたのに、とつい考えてしまった。

「そうなん？　あんたももうええ加減にお父さんとお母さん安心させたげなあかんで」

　虎シャツの女性は、大きな声でしばらく同じような言葉を繰り返したあと、少し離れたところにいた小さい子を連れた夫婦に呼ばれて去って行った。母親の友人なのだと五十嵐は春子に説明した。

　次にホームセンターに向かった。パステルイエローの抱き枕を抱えた五十嵐はちょっと目立ってしまったが、車まで戻るのは面倒だからとそのまま買い物を続けた。五十嵐もこの店にはめったに来ないらしく、広い店内をきょろきょろと見回し、目的のものにたどり着くまで、二人で延々と続く棚の間を行ったり来たりした。

「あら」

洗剤の棚の前で、五十嵐とぶつかりそうになった女性が声を上げた。さっきの虎シャツの人と同年配だが、こちらはグレーのブラウスを着たおとなしそうな人だった。

「どうも、お世話んなってます」

「……どうも、……」

女性は、五十嵐と時候の挨拶的な言葉を交わしたあと、娘か息子の妻らしき人と去って行った。その姿が棚に隠れる前、彼女たちがなにやらささやき合い、五十嵐のほうを確かめるようにちらと見たのを、春子は見逃さなかった。

実家の配達先の一人だと、五十嵐は春子に言った。

「ぼくは、別に、全然気にしてへんのやけどね」

五十嵐は、さっきの人が去って行った通路をうかがうように見てから、声を低くして言った。

「去年からここらで続いてる強盗とぼくと、関係あるんちゃうかって言う人がいてるみたいでね」

「あ、えーっと、そうなんですか」

急に五十嵐に言われて、春子は動揺をごまかした自分の返答がかえって不自然になってしまったと思った。五十嵐のほうも、その声のわざとらしさをなんとなく感じ取ったようで、軽く笑った。

「昼間からぶらぶらして、なんの仕事してんのかようわからん五十男なんか、怪しまれてもしゃあないわなあ。まともな暮らししてる人から見たら、ろくなもんやない、て思って当たり前や」

笑ってはいるが、その横顔はどこかさびしげだと春子は思った。レジへ向かってカートを押して歩きながら、春子は言った。

「これくらいの年になって一人でいることって、そんなにおかしいんですかね。厳しいけどなんとか働いて、ちゃんと生活してても、人格が欠けてるみたいに思われるのは、なんでなんでしょうね」

実家の近所の人たちや仕事で会う人から結婚していないというだけで気を遣われたり憐れみの交じった視線を向けられるのに慣れてしまったのは、自分が女だからだと春子は思っていたが、男性もいろいろあるのだろうな、と思う。大企業では結婚しているかどうかが昇進に響くという話もあるし、男性のほうが昼間家や近所にいるだけでこうして怪しまれてしまう。

会計を終え、エレベーターを待っていると、五十嵐が言った。

「北川さんは、全然ちゃんとしてはる人やで。仕事して、一人できちんと暮らして、それからほらなんか消しゴムのアレも作ったりしてはるやん。でもぼくは、えらそうに言える人間とちゃうから」

広いエレベーターは、他に誰も乗っていなかった。五十嵐の顔を見上げ、春子は思い切って言ってみた。

「あのー、お仕事とかなにしてはるのか、聞いてもいいですか？」

一度降りたエレベーターに、春子と五十嵐は再び乗った。向かったフードコートは、日曜の午後とあってかなり混雑していたが、幸いに目の前の小さなテーブルが空いたところだった。五十嵐は春子に注文を聞き、買いに行ってくれた。若い家族連れが多いそこで並んでいる五十嵐の後ろ姿は、遠くからでもすぐに判別できた。わたしたちはどういう関係に見えるだろうかと、春子は思った。テーブルの周りを囲む何組ものお父さんお母さんたちと年齢的にはそう変わらないから、さっきの五十嵐の知り合いのように夫婦だと思うかもしれない。

二人分のドーナツとコーヒーを、五十嵐はトレイに載せて運んできた。自分の代金を春子は払おうとしたが、五十嵐はこれくらい出せますよ、と笑った。

久しぶりに食べたチェーン店のドーナツは、学生時代を思い出す味だった。チョコレートがかかったのを一口かじった五十嵐は、前置きもなく話し始めた。

「マンションと株、持ってるんよ」

春子は、なんと返していいかわからず、五十嵐の顔を見た。

「そない言うたら、えらい儲けてるみたいに聞こえるかわからんけど、ちまちま利益を確保してるくらいで、派手に売り買いしてるとかとは違うんや」

「はあ、まあ、そんなふうな感じはしないんで……」

「ははは。正直やな、春子さんは。金持ってそうな顔してへんて？」

「そういうわけでは」

「大学出てすぐ証券会社に就職したんや。その当時は、誰でも就職できるいうか、面接も今の人から見たら接待されてるようなもんやったし、内定の日には他に行かへんようにって貸し切りバスでリゾートホテルに連れて行かれたほどで」

「話には聞いたことありましたけど、ほんまにそんなことあったんですねえ」

「営業行っても普通のおじいちゃんやら主婦でもばんばん株買うてくれて、そしたら賞与ものすごい上がったから、同期のやつらもみんな無茶してた。でも、おれはたまたま、仕事教えてもらった先輩が、頭のいいしっかりした人でね」

その人のアドバイスで、堅実な株の運用を実践し、バブル崩壊後の不動産価格が暴落した時期に大阪の中心部の中古マンションの一室を購入した、その家賃収入と株の利益で、築四十年の木造アパート2Kでの暮らしをまかなっている、と、五十嵐は淡々と話した。

「そこの会社や営業先で失敗した人もようさんおるし、会社も証券会社が次々潰れたときに実質なくなって。家のローンやら抱えて離婚したとか田舎に帰ったとか、そんな話もようさん聞いた。そのときは、ぼくはもうとうに辞めてて、実はそのころに兄貴が二人とも東京へ出てもうて、うちの商売継がされるのがいやでアメリカに行ったんよ。いちおう、ミュージシャンになりたいっていうか、音楽に関わる仕事がしたいとか思ってて、でもそんなええ加減な気持ちで行ったやつが、あんな世界中から集まった人らが死に物狂いで競争してる街でやっていけるわけもなくて、半年で帰ってきた。早っ、って言わんでええで、自分がいちばんわかってるから。ははは！。それから、天満橋(てんまばし)のほうでバーいうか、趣味と実益兼ねてって虫のええこと考えて小さい店始めて、五、六年やっとったかなあ」

店では週末に友人たちのジャズバンドの演奏があり、たまに五十嵐も出演した、とその部分だけは五十嵐らしい、と春子は思った。それ以外は、それまで知っていた五十嵐とうまく重ならなかったし、自分たちの世代とは違う世界やなあ、とも正直なところ思った。

「そのときに、いっしょに住んでた女の人がおってね。ずいぶん助けてもろたんやけど、愛想尽かされて、出て行かはったわ」

五十嵐は、自分を嘲るように力なく笑った。春子は、ただ頷いた。

「いや、愛想尽かされて、なんていう言い方は、自分に都合がよすぎるな。結局ぼくは、その人から取れるもんをみんな取ってただけやった。その人は会社勤めしてはったのに、店も手伝うてもろて、身の回りのことも当たり前みたいにやってもろて。ほんまにあほなことに、その当時は、彼女がそれを好きでやってると思ってたんや。世話好きで、人の役に立ってると思えるほうが気が楽やねん、とか言うてる人やったから。もしほんまにそういう性格やったとしても、そこに自分がつけいってただけや。自分でも信じてへん夢みたいなことばっかり言うて期待でつなぎとめてただけや、あとから思ったら」

フードコートの茫漠とした空間に、数え切れない話し声、誰かを呼ぶ声、子供の泣き声、叱る声が、わんわんと反響し合い、五十嵐の声はところどころ聞き取りにくかった。周りのテーブルでは、子供がヒーローの真似をし、別の母親は子供がひっくり返したジュースの始末に追われている。ここでこんな話をしているなんて誰も知らんのやな、と春子は、思った。

「彼女と別れるとき、老けたなあ、と思った。家賃やらなんやら精算したんを渡すために、よう行ってた川沿いの喫茶店で会うたんやけど、いつも座ってた窓際の、日当たりのええ席で。夕日が差したその人の顔が、知らん人みたいに見えた。ぼくより年下やったのに、ずっと年上の疲れた人に思えた」

「……わたしの友達のことなんですけど、大学時代からずっとつきあってた彼氏が小説家志望やったんですよね。最初は会社勤めしてたんですけど、新人賞に応募する作品に集中したいって仕事辞めて奈良の実家に帰って」

　春子は、二つ目のシナモンがかかったドーナツに手を伸ばしながら、話した。

「といいつつ、週末は彼女のマンションに居候してて。熱心に書いてる様子もなくまだ完璧じゃないとか繰り返すばっかりで。そのうち地元の元カノとヨリが戻ってるのがわかって、それこそ愛想尽かしたというか、真夜中に追い出して、ベランダから荷物投げ捨てたらしいんですけど。別れて二、三年経ってから、その彼氏が書いた小説をインターネットに載せてるのを見つけて。読んでみたら、画家の設定になってたけど芸術に身を捧げる自分を彼女が支えてくれたけど自分は彼女の人生をダメにしてしまった、みたいな、彼女の若さも美しさも自分が奪ってしまったとか書いてて。結局、そんなダメなオレに陶酔してるだけの話やんって、仲良かった子で集まって飲み会して、大騒ぎしてそれで終わり」

十人ほどが集まったその夜の光景が、春子の頭に浮かんだ。今でも連絡がある子もいるし、どこで何をしているのかわからない子もいる。彼女はそのあと知り合った人と半年ほどで結婚して、今は子供が三人いて福岡で暮らしている。

「その子がね、なにがいちばん腹立つって、自分のために彼女は犠牲になった、って書いてたことや、って。わたしはなにひとつ減ってない、どこもおまえのためになんか使てないわ！　って叫んでました」

「……笑たらいかんね、ぼくは」

五十嵐は神妙な顔つきで、残りのコーヒーを飲み干した。

春子はその顔を見ながら、かといって、その昔の彼女が幸せになってってよかったとかいう話をし出しても、わたしはこの人に腹が立つやろうな、と思った。

五十嵐は自分のために話してくれたのだと、春子はわかっていた。言わないこともたくさんあるだろうし、わたしの気を楽にするために発したり脚色したりした言葉もある。わたしも、それに応えるように自分ができる話をした。だけど自分のことじゃないから、少しずるい。自分に都合よく解釈した話にしたかもしれない。あの小説家志望の人は何度か会ったけど、話しやすくて優しくて、友達がその人のことをとても好きなのはよくわかった。

「店閉めて彼女にも出て行かれてから真面目に働きました、いう展開やったらよかったけど、そのあと知り合いの紹介で勤めた会社も続かんと辞めてもうてね。その会社はそれこそ、ちょっと怪しげな浄水器やら健康食品やらをようわかってない人に売りつけるとこで、ノルマがきつくて、社長や上司は社員を怒鳴りつけたりするんが当たり前のとこで。昔働いてたころとは時代が変わったんやなって、骨身に染みたわ。ちょうどうちの親も年取ってきたから仕事も家のことも手伝わないとなって考えるようになって、十年ちょっと前に戻ってきた。手伝ういうて、もう介護とかが現実的になってきてるし、酒屋も近いうちにたたむことになるやろうけど。でもそんなんもみんな言い訳なんやろね。結局ぼくは、人の下で働くこともできへんし、自分のことしかできへんねん。人のことまで考えられへんし、ちょっと好きな音楽やって、あとはとにかく人には深く関わらんとひっそり暮らしていくんがええわ」

「そうなんですか」

春子は、空になった皿を眺めて、それから、言った。

「ちょっとだけ、わたしも似てるかもです」

「そんなん、北川さんは毎日ちゃんと通勤して会社で働いてはるんやろ。それだけでも、えらいって言うのもあれやけど、ちゃんとした暮らししてはるやん」

フードコートは、見慣れてくると、家族連れ以外にも高齢者が多いことに、春子は気づいた。仲のいいおじいちゃんおばあちゃんといった感じの組み合わせもいれば、一人で不機嫌そうな顔でうどんをすすっている男性もぽつぽつといた。その人はずっと一人で暮らしてきたのだろうか、以前は家族がいたのだろうか、それとも今も家族と住んでいるがここで一人で食べているのやろうか。

「ちゃんと、って、どこまでがちゃんとで、なにがちゃんとしてないか、わからないじゃないですか」

春子は、空になったコーヒーカップに視線を落としながら続けた。

「五十嵐さんだって、自分で自分の生活をまかなってるんやし、もしそうじゃなくても、一日一日生活してるってだけで、じゅうぶんなんちゃうん、って思うことあるんですよね。そう思いたいだけかもしれないですけど」

「そうやね。そんな感じやね」

「わたしも、それなりに生活できて、自分の好きなことが少しできたらそれでいいんですよね。あんまり驚くようなこととか、すごいこととか、なくていいし、人と長時間いっしょにいるのも苦手っていうか、一人の部屋に帰ると落ち着くし」

「ああ、めっちゃわかるわ。人と話すんも好きなんやけど、一人の時間がないとだんだん楽しまれへんようになってくる」

「でも、その好きなことが少しだけのそれなりの生活をするのが、今はすごい難しかったりするんですけどね」

「せやなあ、ほんまに」

五十嵐の相槌は、特別に心情をわかってくれるというよりは、調子よく合わせているだけにも聞こえるので、笑ってしまいそうになりつつ、心のどこかでは居心地のよさも、春子は感じていた。

春子は、五十嵐をしっかりと見て言った。

「でも、最近は、今まで十年ぐらいこうやって暮らしてこれたんやから、その一人でやってきた自分にちょっと自信持ってもいいんちゃうかな、って思い始めてるんですよ」

こんなことを人に言うのは初めてだったし、春子自身もはっきり言葉にして考えたことはなかった。言ってみると、とても気持ちが落ち着いた。しばらく前からそう思っていたのだと、わかった。

「もちろんやん。そんなん、春子さんは、誰にもなんも気兼ねすることなんかない。好きなように、毎日過ごして、それはすごいことなんや」

五十嵐は、にっと笑って頷いた。

27

春子と五十嵐が荷物を抱えて母屋に戻ると、ゆかりは再び大げさなほどの機嫌のよさで迎えた。

「ほんと助かるわあ。二人のおかげねえ」

「すんません、ちょっと、遅なってもうて」

五十嵐が軽く頭を下げると、ゆかりの声はかえってうわずった。

「いいのよ。ゆっくりしていらしたんでしょ？　お茶でも飲んできたのかしら？」

「ええ、まあ」

曖昧に答えた春子の脳裏には、ショッピングモールで会った五十嵐の知り合いの視線や、沙希の言葉が渦巻いていた。

「ね、晩ごはん食べていってくださいな。用意してあるのよ、適当に作ったものばっかりだけど。春子さんも、五十嵐さんも、いっしょに、ね」

ゆかりは、春子と五十嵐の顔を交互にせわしなく見て、しきりに頷いた。

そのとき、春子はようやく、ゆかりの意図するところを理解した。

そうだったのか、と、突然わかった。

五十嵐は、夜に実家で用があるからと固辞して、帰っていった。ゆかりは五十嵐を送り出しながら、とても残念そうに何度も、また来てくださいね、と繰り返した。

居間の食卓には、豚の角煮や炊き込みごはんなど、どう見ても適当に作ったのではないメニューが、皿やテーブルに敷いた布の色まで含めてきれいに整えられて並んでいた。

「五十嵐さんは残念ねえ。食べきれない分は、春子さん、持って帰ってちょうだいね。張り切って作り過ぎちゃったわあ」

おずおずと席に着いた春子のグラスに、ゆかりは缶ビールを注ごうとした。テーブルの料理をじっと見ていた春子は、ゆかりの手をやんわりと押し戻した。

「あの、ゆかりさん」

「なあに？」

「わたしの勘違いだったら申し訳ないんですけど、その」

ゆかりはまだ、にこにこと笑ったままだった。

「わたしと五十嵐さんと、会わせようとしてますか？」

「えっ」

ゆかりは、一瞬動きを止め、ビール缶をテーブルに置いた。

「それは……、春子さんも五十嵐さんもいっしょのほうが楽しいかしらと思って」

「あの、わたし、そういうの、苦手で」

「五十嵐さんとは、楽しそうにお話ししてたから」

「そういうことじゃなくてですね、わたしがお願いしたとかでもないですし、五十嵐さんもそのために呼び出されてたらご迷惑じゃないんでしょうか」

春子の声の、今までにない硬さに、ゆかりはやっと少し慌てだした。

「ごめんなさい、でも、わたしだってもちろん五十嵐さんに無理にはお願いしてないわよ、ちゃんと予定もうかがって」

「だからそうではなくてですね」

「春子さんと五十嵐さんなら気が合ってそうだし、春子さんがずっと一人で暮らしてるのもちょっと心配だったものだから」

「だからですね」

春子は、一呼吸置いた。

「それが、いやなんです」

自分の声が、思ったよりも強く自分の耳に響いて戸惑った。ゆかりの顔からも表情が消えて、それを見ると躊躇(ちゅうちょ)はしたが、思い切って春子は続けた。

「わたしは、一人で暮らしてて、それはもちろん困ることもあるし、さびしいと一瞬も思わないわけではないですけども、だからって電球替えてもらうために誰かと暮らすわけじゃないと思うんです」

さっき五十嵐に聞いた話や、そのときの五十嵐のなにかをあきらめたような顔を、春子は思い出しながら話した。

「正直なこと言ってしまうとですね、わたしは恋愛も結婚も前から興味持てないですし、そんな自分はどこかおかしいのかなって悩んできたけど、どうしようもないんです。それに、もし、いつか誰かといっしょに暮らしたくなったとしても、それがもしかして五十嵐さんていうこともあるかもしれないけど、それはわたしが決めることなんです」

ほんの一時間ほど前に、五十嵐と話していて生まれたささやかな安堵感みたいなものが、消えてしまうような気がして、春子は苛立っていた。

「ゆかりさんでも、うちの親でも、誰でも、とにかくわたし以外のほかの誰かが決めることじゃないんです」

ゆかりはなにも言えず、ただ春子を見ていた。

「わたしのことをいろいろ考えてくれはったのはわかりますけど、それはあの、ちょっと、困ります。わたしは……」

「……そうね。……ごめんなさいね」

弱々しい声で、ゆかりは繰り返した。

「ごめんなさい。勝手に」

「いえ……」

そのあと二人は、沙希たちのことについて当たり障りのない会話をし、ゆかりがタッパーに詰めた料理を持って、春子は自分の部屋に戻った。

そして、はー、と大きな息をついて、床に寝転がった。ゆかりの暗い顔を思い出すと、強く言いすぎてしまったのではないかと気にかかった。

28

連休前なので通勤の電車でも会社にいても人々は少し浮き足立っていると感じるが、一方で休みに入る前に終わらせなければならない仕事が詰まっていて、春子は毎日残業が続いた。一、二時間だが、続くと実際の労働時間以上の疲労を覚えた。

ゆかりからも沙希からもなんの連絡もなかった。午後九時ごろにようやく帰宅すると、母屋も黄色い家も明かりがついているが誰かの姿を見かけることはなかった。なんとなく気になりながら、一人で適当な夕食を済ませた。

木曜日に出勤してすぐ、コピー機の前で岩井みづきから、ランチ楽しみですね、と肩を叩かれて、一瞬、怪訝な顔を向けてしまった。もしかして忘れてました？　と聞かれ、近くに新しくオープンしたお店に昼休みに行く約束を先週したことを思い出した。いやいや覚えてたよ、と答えたが、声をかけられなければうっかり忘れるところだった。動揺しているのやな、と春子は思った。

表通りから少し入ったところにオープンしたこぢんまりとした店は、古い木材を使った内装のおしゃれなカフェという雰囲気だったが、メニューは和風の定食だった。春子は梅しそ鯵（あじ）フライ定食、みづきは鶏南蛮定食を頼んだ。味もよかったし、雑穀ごはんにサラダとみそ汁もついていて、出遅れると行列になるのも納得だった。

「いやー、それは言いすぎじゃないと思いますよ」

　春子がゆかりとの件を話すと、みづきはすぐにそう返した。

「だって、善意かもしれへんけど、悪気なかったらなにやってもいいってことやないでしょう。北川さんか、その五十嵐さんていう人が、きっかけ作ってほしいとか頼んだとかならまだわかるけど」

「そうやねんなあ。五十嵐さんからも、一人で生きていくつもりやって話を聞いたばっかりやったし」

「でも、そのくらいの世代の人、っていうか若い人でもいてるけど、結婚してるほうが絶対幸せ、一人で生きるのはさびしくてかわいそう、って信じますもんね。ずっとそのためにがんばってきたから、その価値観はよほどのことがないと変わらないやろうなー」

　自分よりずっと若い沙希が結婚や子供を持つことにこだわっていて、むしろ今の二十代のほうが自分たちよりその圧力というか焦りが強い気も春子はしていた。

「うん。なんていうか、自分が今まで条件いいわけでもないけどなんとか働いて生活してきたことを、否定っていうたら大げさやけど、それじゃ足りへんって思われてた気がしてしまって」

「そうですよ。わたしも仕事どれだけやっても、大きな企画取ってきて成功させても、結婚してないから、嫁に行ってないから、の一言で済まされますもん。会社周りでも、親戚も」

「岩井さんぐらい仕事できてもなのかー」

「業績上げてる研究職の友達も、仕事ができすぎるから男が寄ってけえへんとか、アドバイスとして言われたりしてますねえ。最近は女の人にそういうこと言ってはだめってわかる人も増えたし、女同士は文句言い合えるけど、男の人は職場でもあからさまに奥さんもらわないと仕事も一人前にできないとか言われたり実際に役職に就けないこともあるらしいし、大変ですよね。陰では女に興味がないんちゃうかって噂されるしね」

みづきは、東京で関わりのあった人たちの具体例をいくつか挙げた。東京でもやっぱりそんなもんなのか、と春子は軽くため息をついた。

「友達にはいい人に出会ってないだけって言われるんやけど、そもそもわたし、誰かを好きになってわーっと盛り上がるみたいなことって、実は今までに一回もなかってんね。高校の同級生とかテレビに出てる人とか、素敵やなと思ったことぐらいはあるけど、それ以上の感覚って湧かなくて。大学時代にバイト先の話が合って気楽にしゃべれた人とつきあったことあるねんけど、そうなったら途端にぎくしゃくしてしまって結局一年も経たずに別れてしまってん。それから、とんと縁もないし、わたしはどこか欠けてるんかな、人間として足りへんのかな、ってずっと思ってて。このまま、自分は、条件満たしてない存在として生きていかないとあかんのかな」

やめてほしい、と告げたときのゆかりの顔が春子の脳裏に浮かんだ。あんなにはっきり誰かに自分の意思を伝えたことはなかったかも、と思う。でも、どうしても言わないと、という気持ちがあのときはあった。

「大家さんやし年も離れてるし、友達っていうと違うかもしれへんけど、ごはん食べたり話したりできて心強い感じがしてたところやってんけど、ゆかりさんはわたしのことを違うふうに思ってはったんかなって」

「わかってくれてるやろうって思ってたところに言われたから、ショックやったんでしょうね」

春子の話に頷きながら、みづきは鶏南蛮を平らげた。春子は、かき玉のみそ汁をすすった。出汁の利いたその味に、ゆかりが作ってくれた料理を思い出してしまった。ゆかりに、自分の好きなことができるのはすごい、堂々としていればいい、と言われてずいぶん励まされたのを思い出し、胸が詰まった。

「そう言われると、自分の甘えって気もする。今までに自分の人生観を説明したわけでもなかったし」

「そんな面接みたいなことせえへんでしょ、友達には」

みづきは、少し笑った。

「そらそうやけど……」

「相手の考えを吟味（ぎんみ）してから友達になるわけでもないし」

「うーん。年齢が違ったり環境が違ったりすると、友達みたいな関係になるのは難しいんかなあ。今までも、親しくなったのってほぼ同世代の、似たような人ばっかりやもんなー」

「まあ、それはわたしもそうですね。結局、似た者同士で集まってしまって、わかるわかるって簡単に肯き合えるけど、それはそれで狭くなってしまう」

わらび餅がテーブルに置かれた。きなこに黒蜜がかかっていて、甘すぎずおいしかった。こうしておいしいものを食べる人がいっしょにいるのは楽しいことで、それはゆかりや沙希とでも感じることで、結婚相手でもなければ毎日食事をすることはないかもしれないが、ときどきでもそんな時間があればじゅうぶんだと思う。結婚したって、毎日楽しくいっしょに食事をする生活が送れるとは限らないのだし、ゆかりさんに言った通り、そもそもそれは誰かに決められたり用意されたりするものではないのだし、と春子はやはり悶々と考えてしまっていた。少しの沈黙のあと、みづきが話し出した。

「……前に、東京で勤めてた会社でのこと話したことあったじゃないですか」

上司からの性的嫌がらせをみづきの協力で訴えた元同僚のことだった。別の同僚が少し前に彼女と会ったらしい。彼女はみづきのことについて、会社でのことを思い出したくなかったから連絡を取らなかった、両親は彼女の気持ちを汲み取ったつもりでみづきのせいで会社を辞めなければならなかったと思い込んでいた、と話していたそうだ。

「そうかー」

「直接話してみないとわからないし、この先その子に会えるかどうかもわからへんけど、やっぱり、ほっとしました」

みづきは、緊張が解けた穏やかな顔をしていた。ふと、春子は聞いてみた。

「岩井さんは、うちの会社でずっと働くの？」

「わたし、今、考えてることあって」

みづきは、春子をじっと見た。

「もう少し具体的になってきたら、北川さんに聞いてもろてもいいですか？」

「もちろんやん。楽しみにしてる」

二人が店を出ると、表にはまだ待っている人がいた。


一時間の残業のあと、春子は、いつもとは違って地下鉄に乗った。大学時代の友人が個展の案内をくれていたので、見に行くのだった。ギャラリーではなくカフェの展示スペースだから、なんとか時間もぎりぎり間に合いそうだった。

その場所は、実家から歩いて五分もかからない。しかし、春子は、実家には寄らずに帰るつもりだった。

父にも母にも特別に用事はないし、かといって会いたくないというわけでもなくちょっと顔を出したほうが、とも思う。思うが、実家で交わす会話を想像すると、また母が気を回して中心を迂回するようなことを言い続け、それをなにも気にしない父が、その友だちは結婚してんのか作品てなんぼで売れるんや、などと身も蓋もないことを言い出すのが易々と浮かんできて、それにわざとのんびりした調子で返答する自分までがワンセットなので、足が重くなってしまうのだった。

友だちみたいに、とは思わないが、もう少し気楽にその個展や友人のことや今日の仕事の愚痴なんかを話せる関係だったらよかったのに、もっと家に帰れるのに、とつらつら思いながら乗換駅のエスカレーターを降りたところで、ホームのベンチに知った顔を見つけた。渡部武司だった。

こっちの沿線だったっけ、と春子は思わず立ち止まった。渡部武司は、座って、なにもしていなかった。顔は上げていたが、どこを見るでもなくぼんやりとしている。スマートフォンの画面も見ずにただぼんやりしている人、というのは今ではめずらしい存在で、しかも、電車が入ってきたのに、武司は立ち上がらなかった。ちらっと視線が動いたようだったが、興味を示さず、ため息を一つついただけだった。

誰かを待っているのだろうか。それにしては時間を確かめたりもしない。

春子は、秋ごろに母屋の縁側に座っていたゆかりを思い出した。心がここにないような、体の中が空洞になってしまったような、そんな感じ。今、目の前でぼんやりしている武司も、そんなふうに見えた。

気を取られている間に、春子も電車を一本逃してしまった。そして、武司が向いている側にも次の電車がやってきたが、やはり彼に反応はなかった。時間を確かめるそぶりもなかった。いつまでも見ているのも気が引けて、春子は次にやってきた電車に乗り込んだ。ドアが閉まる向こうで、やっと武司も立ち上がって反対方向の車両に乗るのが見えたので、ほっとした。一駅揺られている間に、春子が思い出したのは、兄のことだった。家業を継ぐことを避けて遠い街へ移った兄と、それについて話し合ったことはない。武司はコネで優遇されていると言えばそうだが、会社での様子が親に筒抜けなのは息苦しいだろう。そういえば自分も、父が知り合いの会社の事務職を紹介すると言ってきたことがあったが、すぐに断った。

それから、みづきが昼間言った「考えてること」をあれこれ想像してみた。そして、自分はどうするのか、と考えた。

このまま同じ仕事を続けるのだろうか。今どきの経済状況や労働環境を考えれば仕事や条件は恵まれている。しかし、「恵まれている」というのは、自分に対して使うときも、誰かに対して使うときも、納得したりさせたりするために使う言葉のような気がした。

29

母屋は明かりがついていたが障子が閉まっていて、中の様子はわからなかった。春子が離れの玄関に入って靴を脱いだ途端にインターホンが鳴った。思いがけない音にドキリとして、ドアスコープを覗くと、沙希が立っていた。

二階に上げると、沙希はジュースはないかと聞いた。春子がお茶しかないと言うと、沙希はじゃあなにもいらないと答えて、春子がいつも使っている座椅子に足を投げ出して座った。

「ゆかりさんをいじめられると困るねんけど」

なんの前置きもなく、沙希は言った。

「なんかさー、ため息ばっかりついて、めんどくさいんよね」

「いじめるって、そんなん、全然。ただ、わたしは自分が困ることをそう伝えただけで」

春子は、鞄や上着を片付ける間もなく、慌てて説明した。

「春子さんは好きにすればいいと思うねんけどー、傷つきやすいやん、あの年頃って」

「年頃……」

座椅子を取られた春子は、自分の部屋なのに所在なく、立ったままだった。

「ゆかりさんは、今、部屋にいてはるの？」

「親戚に呼ばれたとかで、連休の前半は東京やって。拓ちゃんも実家帰ってるし、あの部屋のほうが居心地いいから使わせてもらってた」

わたしが帰ってくるのを待ち構えていたのだろうか、と春子はここも自分の部屋のような顔をしている沙希を見下ろして思った。わたしと、話したかったたっていうことかな。

沙希は、なんでもないような態度を取り続け、春子のほうは見ないで言った。

「子供が生まれたら、ゆかりさんに今よりも手伝ってもらわなあかんし、機嫌良くしといてほしいんよね」

「拓矢くんは？」

「今のところはやる気見せてて、このままいってくれたらいいとは思うけど、いつどうなるかわからんし」

春子は、台所の窓を開けた。母屋の明かりはつきっぱなしで、縁側のガラス戸も少し開いたままだった。春子は、沙希の向かいに腰を下ろした。

「律子さんとは、話し合ったん？」

「うん。子供のことはよろこんでたし、できることは手伝ってもらう。……でも、心から信用するって感じにはもうなれへんと思う」

先日から沙希が「ハハちゃん」と言わなくなっていることに、春子は気づいていた。

「……沙希ちゃんは、それでいいの？」

「どういうこと？　それでいいも悪いも、とにかく、子供生まれてくるねんから、それを第一に考えなあかんやん。どうやって生活していくか」

沙希は、春子を少し睨むように見た。視線の鋭さに春子はひるんでしまう。子供のことを出されると、自分はなにも言えないな、と思ってしまう。それを見透かしたように、沙希は視線をそらさずに続けた。

「そういう意味では、母の気持ちもわかるけど。とにかくわたしのためにやってたんやなって」

「そう」

ゆかりさんも、わたしのためって思ってたんやろうな、と春子は思った。わたしもたぶん、誰かに対して、こうしたほうがいいとか、あれはよくないとか、思っている。

自分の思いなのに、「相手のため」をくっつけてしまう。

「ゆかりさんが、自分の娘のことを話し出してさー」

ゆかりは、娘に対しても自分の気持ちを押しつけてしまったことを後悔している、と沙希に言ったらしかった。沙希は、自分が拓矢経由で聞いたゆかりの親子関係にまつわる話はちょっと大げさだったかもしれない、とも言った。春子は、ほんとうのところがどうなのかはわからないけれど、ゆかりが話したら自分はそのまま聞くやろうな、と思った。

開けた窓から入ってくる夜の風は生ぬるく、季節は変わっていくのだと春子は感じた。一日中空調の効いた会社の中にいると忘れてしまっているが、連休はもう夏みたいに暑いだろう。

「自分のことやったら別にいいって思えることやのに、自分のことじゃないのになんで、こうあるべきとか、それはあかんとか、思うんやろう」

「春子さんは、一人でお気楽に生きてはるからわからんと思う」

「……そうやろね」

「とにかく、なんでもいいからゆかりさんの機嫌取っといてよ。わたし、拓ちゃんと離婚とかになってここに住まれへんようになったら困るから」

「わたしは、ゆかりさんに怒ってないよ。五十嵐さんのことも、そんなにたいしたことじゃないし」

機嫌、ってなんなんやろ。と、沙希が繰り返すその言葉について、春子は考える。誰がどう思って、どうしたいから、話し合ってやっていく、というのとは違う。ただ感情的に、互いを牽制したり、勝手に気を遣ったりする。

「じゃあ、自分でゆかりさんにそう言えばいいやん」

沙希は、語気を強めた。一時期の体調が悪くて沈んでいたのに比べれば元気でいいとは思うが、不安定ではある。

「春子さんは、わたしがゆかりさんのこと利用してるって思ってるんかもしれへんけど、春子さんだって、打算とか妥協とかないとは言われへんやろ?」

「それは、そうやけど」

自分も、この部屋に住み続けたいと思っている。割安で、やっと居心地よく整えて、ゆかりさんが来てからはごはんを食べさせてもらえるし庭で過ごすこともできる。この生活を手放したくないと思ってはいる。それでなんとかうまくやっていこうとすることが「機嫌を取る」ということなのだろうか。

沙希はそのあとしばらく、出産しても仕事を続けられるかどうか職場のほかの人の

例を挙げて愚痴などを言っていたが、一通り話して気が済んだらしく、

「帰る」

と立ち上がった。

玄関まで降りて、ドアに手をかけてから、沙希は急に振り返った。

「わたし、先輩から預かってたあの荷物、中身がお金やって知っててんやん」

唐突だったので、春子はなんのことか理解するのに時間がかかった。そのあいだにも、沙希は話し続けた。

「最初は知らんかったけど、中身もなにやって儲けてる金かっていうことも、あとでわかってきて。知ってて隠してたってことになったら犯罪になるから、早く手を切りたかったのに、拓ちゃんはのんきにいっしょに飲みに行ったりするし。わたし、ずっと前にちょっとトラブったときにその人に助けてもらったことあったから預かってしまってんけど、先輩からもし通報したら最初から知ってたって警察に言うぞって脅されて」

「なんで、今そんな話するん？」

沙希は、それには答えずに、春子をじっと見上げた。その表情からも、春子は沙希の心の内を読み取れなかった。

「誰かに、一人ぐらいは知っておいてほしくて」

沙希は、自分で確認するようにゆっくりと言った。

「他に言える人がいてないから。このこと知ってるのは、春子さんだけ」

「……沙希ちゃんは、拓矢くんのことはどう思ってるの？　結婚相手としてというか、その……」

「嫌いじゃない。出て行ってほしいとかはない」

沙希は、会話を断ち切るように外へ出てドアを閉めた。閉じたドアの前に、春子はしばらく立っていた。


連休に入って、春子は部屋の大掃除をし、消しゴム版画の制作に精を出した。連休の間に「山帰来」で売ってもらう分を全部作ろうと決めていた。一人の部屋でひたすら作業をしていると、心が落ち着いた。もしも全然売れなくても、これで誰かに手紙を出してみよう、などと考えていた。

30

連休の後半に入り、洗濯物を干そうとベランダに出ると、母屋の縁側が開け放たれているのが目に入った。そして、その前に立つゆかりが手を振っていた。

春子はほっとしてベランダから身を乗り出し、お帰りなさいと言った。その真下まで、ゆかりは近づいてきた。

「明日ね、食事会をするのよ。沙希ちゃんと拓ちゃんと、うちの妹夫婦たちと。春子さんも、来ない？」

天気がいいなあ、と春子がベランダで高い空を見上げていると、インターホンが鳴って直美がやってきた。母屋での食事会にお友達もぜひ、とゆかりは森田一家も呼ぶことを提案したのだった。

春子は直美を二階に上げて、直美が連休の前半に出かけた静岡で買ってきてくれたお茶を淹れた。明斗は、孝太郎が近くの公園へ連れて行っていてあとから来るということだった。

　ここしばらくのあいだにゆかりや沙希とのあいだに起きた顛末、特に五十嵐を巻き込んでの一件を春子が話すと、

「意外」

　と、直美は一言つぶやいた。

「えっ、そうかな。わたしはずっと一人で自分のペースで生活してきたし……」

「そうじゃなくて、はっきりイヤって言うたんやなって」

　直美は、真顔で春子を見つめていた。

「春子は、思っててもあんまり言わへんていうか言われへんていうか。多少のことは愛想笑いで流すタイプやん。だから、やっぱりゆかりさんて話しやすいんちゃう？」

「そうかな……。うん、それは、そうと思う」

　春子は、母屋でゆかりと話したときのことを思い返した。自分でもめずらしいことだとは、そのときも感じた。しかし、気づいたら拒否の言葉を口に出していたのだ。

　お茶請けに出したバウムクーヘンをちょっと考えるような顔で食べてから、直美は言った。

「春子が恋愛自体に興味なさそうっていうのは、だいぶ前からわかってた。周りに話

合わせてたけど、なんか避けてるっていうか、話したくなさそうって思ったことあった」

春子は、お茶を淹れ直そうと立ち上がりかけていたが、腰を下ろした。

「そうか。わかってたんや」

「うん、なんとなくやけど。あんまりその話題には触れられたくなさそうやなって、思ってたから」

「ものすごくいやとかじゃないねんで。でもなんか、嘘言うてる気がすることがあって……」

「嘘？」

「心にもないこと言うてる感じ？　特に若いときはさ、それが話の中心になるやん。女子同士だけやなくて、男子がいても。誰と誰がつきあってるとか別れたとか気があるとかないとか。そういうこと思ってないと、おかしいみたいで。誰のことも好きじゃないって、冷たいのかな、とか」

「そんなことないよ」

直美は軽く微笑んで返したが、ふと神妙な面持ちになった。

「いや、うん、そう思ってたかも。好きになるのが当然で、好きになったらいっしょにいたくて、それで結婚したら幸せで子供育てて、っていうのが当たり前で、いちばんいいことやと思ってたわ。誰でもそうなんやって」

高校や大学の教室やバイト先や友人同士の飲み会で繰り返された会話を、春子は思い出す。

楽しくなかったわけではない。人の、たとえば直美と孝太郎がつきあうかどうかというときは、みんなで盛り上がって、自分のことみたいにうれしかった。ただ、その話が自分に向いたときにどう答えればいいかわからなかっただけだ。

春子は黙って頷き、直美は続けた。

「それに比べたら同性を好きになるみたいなほうが、まだ想像できたかも。漫画とかドラマでもそういう話はけっこうあったし。でも、興味ないとか好きにならへんっていうのは、盛り上がるお話が作られへんもんね」

直美は言葉を選びながら話しているようだった。

「今まで、他の人からもそんな話聞いたことなかったから、やっぱり、恋愛感情を持たへん人はおらへんってことになってるんかも、って思う」

「わたし自身も、わからんけど。もしかしたら、世の人が言うように、出会ってないだけかもしらへんし、なにかが欠けてるんかもしらんし」

「それでもええんちゃう、と思うけどな」

春子は、そう言った直美の顔を見た。

「わたしだって、若いときにそういうもんやって思い込んでたから森田くんとつきあって結婚したんかもしれへんやん？　今はもう、家族っていうか情が湧いてるっていうか、ほんまにそれが恋愛でどうしてもこの人じゃないとあかんような気持ちやったかどうかなんか、わからへんし。今も好きは好きやけど、家族としてかけがえのない存在っていう気持ちはめっちゃあるけども若いときと今と、同じように思ってるわけでもないし、もっと年取ったらそのときはまた違う感情になるかもね」

「……そうやね。わたしがいちばん、大ごとに思ってたんかも。そういうのがないのは、人としておかしいんや、知られたら普通じゃないと思われる、って」

「春子が？　そんなん、わたしは春子のこと普通とかおかしいとか、そういう基準で考えたことないよ」

「そうか。……そうやね」

「でも、言うてたよね、わたし。誰かが彼氏できたり結婚したりしたら、次は春子やで、とか」

「あー、うん、言うてた。けっこう、毎回」

「そうかー」

開けている窓から、風に乗って話し声が聞こえてきた。母屋では、ゆかりたちが準備を進めているのだろう。

「そろそろ行く？」

「せやね、手伝ったほうがよさそう」

窓から母屋を見ると、縁側のガラス戸も障子も開け放たれ、人影が見えた。


母屋の玄関に回ると、いつもと違って靴がいくつもあった。

ゆかりに今日は人手が多すぎるくらいだから手伝わなくていいと遠慮され、春子と直美は縁側に腰掛けて、食卓の準備が整うのを待った。

ゆかりと、妹の寛子とその夫、三姉妹の真ん中の京子とその次女で大学三年生のりえが台所と居間を行ったり来たりしていた。沙希と拓矢はまだのようだった。いつものテーブルではなく、奥の和室とつなげた空間に座卓が三つ、縦に並べられていた。田舎の祖母の家を春子が思い出していたら、直美も似たようなことを思ったらしかった。

「子供のころはこういう賑やかなん、あったなあ」

「うちも、前はお正月とかお盆とか親戚で集まったりしてたけど、だんだん減って、おばあちゃんが亡くなってからはもうないなあ」

「さびしいけど、うちのお母さんはそういうのなくなってよかったって言うてるわ。長男の嫁やねんけど、四人兄弟の奥さんの中でいちばん年下やからめっちゃ気ぃ遣うし、違う地方の出身で味付けとかも全然合えへんかったから、よう嫌味言われたって。わたしは子供でそんな事情は全然わからなかったから、賑やかで懐かしいなーとか、思うんやろうなあ」

「そうよー。こうして姉妹三人が中心だと気楽だけど。ねえ」

と、ちょうど後ろで座卓に皿を並べていたゆかりが話に入ってきた。

「そうそう。田舎で親戚一同の集まりやと嫁はお手伝いさんみたいなもんやもんね。男の人らはお酒飲んでたらええけど」

料理を運んできた寛子が笑うと、その後ろでビール瓶を抱えた夫の政昭が言った。

「おれは苦手やったなあ。親父とその兄貴があんまり仲良うのうて、親父のことを馬鹿にするためにおれのことをいっつもネタにするんや。言われたくない失敗話を何回もされて、みんな笑てるし、しゃあないからおれもへらへらしてたけど、親父がおもしろない顔してるんわかってたし」

「あら、そうやったん。あの京都のおじさんのこと？　そんなん、言うてくれたらよかったのに」

「男は、そういうの言われへんもんや。女同士はすぐ寄り集まってやいやい言うて気が済むみたいやけど」

「男の人も不自由なんやねえ」

寛子は心から気の毒そうに言った。

孝太郎と明斗、京子の夫・孝行もやってきて、普段はその空間をさびしくさえ感じることもある母屋の一階は狭いくらいになった。

「この家にこんなに人が来るなんて、何年ぶりやろね」

「そうねえ、お父さんがまだ元気だった頃は年の瀬に庭で餅つきなんかしてたわね。あのときはご近所の人たちもたくさん来て」

三姉妹は、昔のことを思い出し、懐かしそうに話した。

「そうやったわ。りえちゃん、覚えてる？」

京子の次女であるりえは、小柄でかわいらしい顔つきで、大学三年だが高校生くらいに見えた。

「なんとなく。わたしも丸めたりしたかったのに、全然やらせてもらわれへんくて」

「だってあんたは粘土で動物でも作るみたいにいつまでもこねくりまわしてたやんか」

笑い声が、縁側を越えて庭まで届く。賑やかだった当時の話を聞きながら、春子は、この家にもそういう時間があったのだなと想像した。

引っ越してきた頃には、もう大家さんのおばあちゃんは少し足が悪くて静かに暮らしていた。ときどき寛子や京子が訪ねてきていたが、親戚が集う場面に遭遇したことはなかった。年末年始は娘たちの家に行っていたらしく、雨戸が閉じられてむしろひっそりしていた。

人も家も、時間が経つにつれて様相が変わっていく。この家がまた賑やかになることはあるのやろうか、といつもとは違う部屋の中を、春子は見回した。

座卓には、ちらし寿司や唐揚げ、ローストポークなど、収まりきらないほどの料理が並べられた。

「ああ、沙希ちゃん、いらっしゃい」

ゆかりに出迎えられて、沙希が居間に入ってきた。見覚えのあるパステルピンクのカーディガンに膝丈の白いフレアスカートで、親戚の集まりで好感度の高い服装に見える、と春子は感心した。そして、ゆかりと春子と色違いのあのカーディガンを着ていることを、うれしくも思った。

沙希は、控えめかつ愛想よく皆に挨拶をした。

「拓ちゃんはもうすぐ来ます」

「そう。そこの端に座っててね」

ゆかりはまだ慌ただしく台所と居間を行ったり来たりしていた。

沙希と隣に座る寛子夫婦とは、和やかな様子で当たり障りのない会話をしていた。それなりに和解というか話はしたのだろうと春子は思う。自分があれこれ臆測するのはやめようとも考えた。

直美と孝太郎の間に座る明斗が、午前中に遊びに行っていた公園でのできごとを興奮した声でしゃべっていた。

「子供がおると、ぱーっと明るくなってええねえ」

寛子がにこにこと微笑んで言うと、京子が沙希に聞いた。

「沙希ちゃんは、男の子と女の子、どっちがええの？」

「え……、わたしは……」

「そんなの、まだわからないんだし、どっちでもいいじゃない。どっちでもかわいいし、おめでたいことよ。ねえ」

ゆかりがあいだに入り、沙希は曖昧に頷いて回答を避けた。

今度は寛子が、直美に聞いた。

「お子さんは、お一人？」

「ええ。わたしも夫も三人きょうだいやから、きょうだいいないとさびしいかなって思うこともあるんですけどねー」

一人っ子はかわいそうとよく言われて困る、と直美が普段から言っているのを知る春子は、直美が先回りしてそう答えたのがわかった。

そのあと、明斗が小学校に入ってから仕事との兼ね合いがかえって難しくなったことについて直美は春子に話した。

「年上の人にもっと話聞いたりできたらよかったなって思うわ。年が離れた人と親しくなるような機会がなかったし、職場もわたしの上って全然女の人いてへんかったんよね」

「あー、わかる。わたしらよりちょっと上の世代の人って、結婚したら辞めるか、ずっと働いてきて仕事内容も変われへんのにパートにならなあかんかったり。それやし、仕事がんばってはる人はめっちゃエネルギーがあって遠い存在みたいに思ってしまってた。自分は将来どういうふうにやっていくんか、目標っていうか参考っていうか、わからへんかったもん」

二人をじっと見ていたりえは、不安そうな目で聞いた。

「あの――、こんなこと急に言うてなんやって思われるかもしれないんですけど、えーっと、年取るのって、怖くないですか？」

「え、だって……」

怖くても怖くなくても年は取るし、と返しかけて、春子は思い直した。

「そうやんねえ。若いほうがいい、将来はしんどいことがこんなにもある、世の中は厳しくなる、って言われてばっかりやもんね。身の回りでも、ドラマとか漫画でも、大人になるって、なにかあきらめるとか我慢するみたいな意味になってるし」

りえは大きく頷いた。

「好きなことできるんは今のうち、楽しいのは今だけやって友達もやたら言うんですよね」

「それはわたしらもそう言うてたよね。学生の頃は」

座卓の端に少し離れて座っている沙希は、会話は聞こえているようだが、話には入ってこなかった。眠そうにも見える目で、少しぼんやりしてどこを見ているかわからなかった。

「実際はなんも変わらんねんけどね。変わらん過ぎて、怖いぐらいやわ」

「でも、変わってないようで、やっぱりちゃうなって思うことあるよね。体力とかは当然として、なんやろなあ、なにを選ぶかとかも変わってることある、ふとしたときに」

「それって、やっぱり悪いこと、えーっと、よくないことですか？」

「悪いとかいいとかいうことでもないかな」

「うん、そうかも。違うっていうだけ。違うから、それに合わせたやり方にせなあかんことはあるかも」

「そこが難しいねんけどね」

「せやな、難しいな」

「難しい……」

年を取ることは悪いことじゃない、楽しいこともおもしろいこともいっぱいある、ってもっと力強く、断言できたらいいのに、と、話しながら春子は思っていた。

これから先が待ち遠しくなるようなことを、言えるようになりたい。

「年を取るのが待ち遠しくなるような感じに、年を取れたらええなあ」

春子は、言葉にして言ってみた。

「待ち遠しい？」

直美が聞き返したところに、

「さあ、みんな、始めましょうよ」

ゆかりがひときわ明るい声で言い、後ろ手に、廊下との境の襖を閉めた。参加者は互いにビールやお茶を注ぎ合った。

「乾杯しましょうか。ね。じゃあ……」

「カンパーイ！」

突然、場違いなほど大きな声が響いた。全員が、勢いよく開け放たれた襖のほうを見た。そこに立っていたのは、拓矢だった。

「沙希、おめでとう」

手には、ピンク色の花ばかりで作られた大きなブーケを持っている。

「おれ、ちゃんと言うてなかったやろ。赤ちゃんのこと、うれしいって。だから、ここで宣言します。これから二人で幸せに生きていきます」

春子や、直美一家、りえは、状況が飲み込めずに、笑顔を浮かべる拓矢をただ見ていた。政昭が、拍手をした。

「拓矢、しっかりがんばらなあかんで」

「沙希ちゃん、拓矢はまだまだ頼りない子やけど、これからもよろしくね。うちらも、協力するから、なんでも言うてや」

寛子は、隣に座る沙希の肩に手を置いた。沙希は、口元には曖昧な笑みを浮かべ、ありがとうございます、と挨拶を返すように小さくつぶやいた。

春子たちは、突然のホームドラマみたいな展開を飲み込めないまま、彼らを眺めていた。

ゆかりは、ゆっくりと確かめるように話した。

「ねえ、沙希ちゃん。不安なこともたくさんあるでしょうし、元は他人だった者同士が生活していくんだから難しいこともあって当然だけど、せっかく、親戚になった、隣に住んだご縁だとわたしは思うから、できることはさせてもらいたいの。おばさんがでしゃばってうっとうしいかもしれないけど」

沙希は、どういう表情をすればいいのか決めかねているようだった。

「そんなことは……」

「ありがとう、ねえさん」

声を詰まらせながら、寛子が言った。

「わたしたちもね、拓矢と沙希ちゃんと二人が幸せなのがいちばんやって思てるの。

それは変わらへんから、困ったことがあったら言うてちょうだい。ね、沙希ちゃん」

「……はい」

「沙希」

拓矢が沙希の横に座り、座卓の上で沙希の手を握った。

「おれは、沙希のことを全然わかってなかった。沙希がそんなにいろいろ悩んだり、しんどい思いしてるのに、自分のことばっかり考えてた。でも、これからは違う。信じてほしい」

拓矢は、今までに見たことがない真剣な顔と声だった。沙希は、黙って頷いた。

嘘を言っているのでも無理をしてるつもりでもないのだろう、と春子は思う。たった今、心から言った通りのことを思っているのだと。

ゆかりも、寛子や政昭も、思ったままを言っている。何日か前や、何か月かあとのことはわからないが、ともかくも今はそう信じて言っているのだと、春子は感じとった。だからこそ、自分は戸惑っているし、危うくも感じてしまう。

あまり事情が飲み込めていないりえも、直美や孝太郎も、その場の雰囲気に押されて沙希と拓矢を黙って見つめるしかなかった。ついさっきまではしゃいでいた明斗も、おとなしく座っていた。

「うん。ありがとう」

沙希は、やっと、そう言った。笑みを作ってはいたが、平坦な感情の読み取れない声だった。

「おれ、がんばるからな」

拓矢がひときわ大きな声で宣言した。

「さあさあ、もう一度、ちゃんと乾杯しましょう」

ゆかりが手を叩き、皆はグラスを合わせ、軽やかな音が響いた。

「おめでとう」

いくつもの祝いの言葉が交わされる中で、沙希の目に涙が溜まっているのを、春子は見逃さなかった。それは目の縁にほんの少しで、そしてすぐに消えてしまったが、確かにそこにあって微かに光った。

ほかの誰かがそれに気づいたとしても、うれしい涙、と思うだろう。この場面では。わたしにはわからない、と春子は思った。拓矢の宣言や親戚たちの祝福がほんとうにうれしいのかもしれないし、この状況に混乱しているのかもしれないし、もっと別の感情かもしれない。

少なくとも、単純な気持ちではないことだけは、確信できた。

「ゆかりさん、わたし、普通のお茶もらえるかな」

沙希が言うと、

「あ、おれが」

と、拓矢がすぐに席を立った。春子が今までに見てきた拓矢とは、明らかに違う行動だった。隣で、直美が冗談めかして言った。

「森田くんもあれくらい張り切ってたとき、あったよね」

「今もやる気はある」

「やる気だけ?」

春子が孝太郎に向かって言うと、直美がフォローするように答えた。

「行動に移してくれるときもあるよ。二割ぐらいは」

「三割はいってるって。……でも、なんていうか、慣れてしまうよな。うれしい気持ちも、これからがんばろうみたいなことと思うのも」

孝太郎は、お茶のピッチャーとグラスを運んできた拓矢を見ながらつぶやいた。

「そうやな。それは、わたしもそうやと思う」

結婚したばかりのころの直美と孝太郎のことを春子は思い出そうとしたが、浮かんできたのはなぜかもっと前の、同級生たちで遊びに出かけた場面ばかりだった。

ふと顔を上げると、沙希と視線が合った。

沙希は、春子をじっと見ていた。なにか言いたげな目だった。

春子は、これまでに沙希が困っていたり話したいことがあるときに、それを話すことができずに相手を混乱させるようなことを言っては結局は人との関係を悪くしてきた場面を思い出した。

沙希ちゃん、と言いかけたが、しかしすぐに、沙希は寛子にこれからの生活のことを話しかけられ、我に返ったように目を逸らした。

沙希には関わっていくんだろう、と春子は思う。このあとも、予想もしないことが起こるかもしれないが、そのたびに、自分は沙希のことが気になるだろうし、話をするだろう。少なくとも、沙希がここに住んでいる間は。

料理もビールも順調に減り、三姉妹を中心とした昔話が続いて、笑い声が絶えなかった。それを聞いているのは楽しかったし、いつにも増して料理もおいしかったが、春子はなんとなく所在なくも感じた。

ゆかりが五十嵐を呼ばなかったのは自分が拒否する発言をしたからだと、春子は宴会が始まってから思っていた。こないだみたいな不自然なのじゃなくて、こういうときはむしろ五十嵐さんがいてくれたほうが気が楽やのに、こんなふうな、家族の集まりからはみ出した者同士として。

でもそれは自分勝手な考えなんやろうかと、春子の気持ちは行ったり来たりしていた。こんなときだけ、頼りたくなって。

明斗が庭に出たそうにしていたので、ゆかりに促されて森田一家は縁側から庭へ降りた。飛んできた小さな白い蝶を、明斗が追いかけた。

春子が縁側に腰掛けて直美たちを見ていると、隣にゆかりが座った。

「わたし、賑やかなのがつくづく好きなのよねえ。こうして人がいて、おしゃべりして、自分が作ったものをおいしいって言って食べてもらって。それが幸せなんだなって、すごく思うの」

「友達とごはん食べてしゃべるのが楽しいっていうのは、わたしも同じです」

蝶は飛び去ってしまい、明斗は今度は足下に咲いている黄色い花に関心を示した。

春子は、言葉を続けた。

「でも、わたしはそれと同じくらい、一人でいるのも好きなんですよね」

「強いのね、春子さんは」

「そういうことではないです。なんていうか、人といっしょにいるにはエネルギーがいるから、一人の時間にそれを貯めてる感じです」

「へえー、おもしろいわねえ。わたしは一人で過ごさないといけない時間のために、こうして賑やかにしてたくさん力をもらうの。一人でいるのはさびしいから。正反対ね」

ゆかりは素直に感心した様子で言った。その言葉を聞いて春子は、ゆかりの「一人」は、子供たちや夫がいなくなったあとの一人だと思った。自分にとっての一人の時間とは、たぶん別のものだ。

明斗に花の名前を伝えてから、ゆかりが言った。

「違うってことが、わかってなかったのね。それがわからなくて、娘には自分がいいと思うことを押しつけてしまった。春子さんにも」

「わたしも、わかってもらえてるはず、って思い込んでたとこ、ありますから」

「わたしが春子さんくらいの年齢だったころは、なんにもわかってなかったわ。自分は平凡でごく当たり前に結婚して子供を育ててきたから、なにもかもそれで普通のはずだって考えてた。ううん、そんなふうにはっきり思うこともないくらいに、家族のことをするだけで精一杯だったのね」

「それは、そうですよ。今、わたしはわたしのことだけでもちゃんとできてないです」

春子は、自分はゆかりのことも沙希のこともまだ全然わかっていないと思った。高校から友人としてつきあってきた直美と孝太郎のことでさえ、ほんの一面しか知らない。

南に向いた縁側には陽光が差し、座っていると暑いくらいだった。青い空の高いところを小型の飛行機が飛んでいき、もっと低いところを鳥が横切っていった。裏手の家も今日は来客があるのか、開け放った窓から子供の甲高い声が聞こえた。

沙希が、座椅子を持ってきて、春子とゆかりのうしろに腰を下ろした。しかし、二人に話しかけるわけではなく、その肩越しに庭を黙って眺めていた。

和室では、ビールで酔いの回ってきた政昭と孝行が、拓矢に向かって結婚生活や子育ての心構えを説き始めた。すぐに寛子や京子が、自分はできてへんやん、えらそうなことばっかり、などと言って笑いが起きる。

そのどこにでもあるような会話は、ここや彼らの集まる場所で何度も繰り返されてきたことなのだと、春子は感じた。

「十年も二十年も同じ家で暮らしてるってすごいですよね、元は他人の、全然知らへん者同士やったのに」

「そうねえ。いつの間にか、いっしょに育った親やきょうだいより、他人と作っていった家族のほうがずっと近い存在になるんだものね」

ゆかりは、妹たちのほうを振り返って少し懐かしそうに微笑んだ。

直美と孝太郎と、春子が知り合ったのは、同じ日だ。高校二年の始業式の日、仲のいい子が誰もいなくて不安になりながら入った教室で、直美が話しかけてきたのを春子は今でもよく覚えている。わたし、一年のときも同じ担任やってんやん。そのとき隣の席に座っていたのが孝太郎だった。二十年以上経ってこんなふうに同じ場所にいるなんて、あのときは想像もしなかった。

その光景と同時に、このとりあえずは和やかでおめでたい空気になっている席にいない律子の顔と、職場から三十分もかからずに行けるのにお正月以来帰っていない実家の両親の顔を、春子は思い浮かべた。

「ねえ、春子さん、ブルーベリー狩り、六月の半ばにどう?」

不意の言葉に、森田一家を眺めていた春子は、気の抜けたような返事をした。

「あ、そうですね……」

「こんなうるさいのといっしょじゃ落ち着かないかしら?」

ゆかりは、冗談めかして言った。

「いえ、行きたかったんです。わたし」

春子は、慌てて返した。

「よかった。ご近所の方も、お誘いしてみる？　山帰来のマダムは、お店があるからねえ」

ゆかりは、具体的な日程と行き先と同行者の候補を早口で次々に挙げた。手頃なツアーをすっかり調べてあるようで、その意気込みに春子はちょっと笑ってしまった。ちらりと振り返ると、沙希が春子を見ていた。

「沙希ちゃんも、ブルーベリー狩り……」

春子が言いかけたのを、沙希はすぐに遮った。

「わたし、ブルーベリーは好きとちゃうから」

「じゃあ、苺はどう？　今年はもう終わっちゃったから、来年」

すかさずゆかりが提案し、春子はまた笑ってしまう。沙希は、眠そうな、はっきりしない表情を変えなかった。

「来年のことなんか、わからないです」

「それはそうね。じゃあ、来年になったらまた聞くわ。苺狩りは何月からあるのかしらね」

明るく話すゆかりを、めげないなあ、と春子は少し羨ましく思った。それから、めげないようにしているのだ、と思い直した。

「楽しみです。お天気、よかったらいいなあ」

春子が見上げた空は雲一つなく、その深い青色がどこまでも海のように満ちていると感じられた。ブルーベリー狩りに行くときには、きっと真夏みたいに暑いだろう。

「ほんとうね。ね、夏になったら、ほかにもどこか行きましょうよ。海でも山でも、温泉でもいいわね」

「ゆかりさんは、行きたいところがたくさんあるんですね」

「それはそうよ。行きたいところもやりたいことも、ありすぎて困っちゃうくらいよ」

「わたしも、そうです。でも、ゆかりさんみたいに実行力が伴わないけど」

「慣れよ、慣れ。それに、年取ってくるとどんどん実現しないと追いつかない、って焦ってくるから」

「そうですよねえ」

春子は、行ってみたいと言いながら旅行の計画さえ立てたことのないいくつもの国や場所を、あとで書き出してみようと思った。

「わたしは当分、旅行なんかできへんやろうな」

つぶやきが聞こえて振り返ると、沙希は庭にしゃがんでいる明斗のほうを見ていた。

「子守なら、わたしがいくらでもするからだいじょうぶよ」

　ゆかりが言うと、沙希は、

「そうですね」

とだけ返して、目を閉じた。

　座卓の端でりえがスマートフォンをいじって少々退屈そうにしているのに気づき、春子は声をかけた。りえも縁側にやってきて、春子とゆかりの隣に腰掛けた。

「こういう家っていいですねえ。でも、わたし、虫が苦手やから……」

「りえちゃんは生まれてからずっとマンション住まいだものね」

「春子さんは、あの部屋に住んではるんですよね」

　りえの視線の先に、春子も目を向けた。

「うん。もう六年になるかな」

　外から見ると、母屋以上に古びた、とても小さな家だ。焦げ茶色の板壁。特に趣があるわけでも、今風に改装されているわけでもない。不動産屋に案内されたときの第一印象と変わらず、住んでみたいと積極的には思わない外観だ。

「わたしも、一人暮らししてみたいかも。今まであんまり思ってなかったけど」

「へえー、りえちゃん、就職するのは絶対近いところって言ってたのに」

「いや、なんとなく、今思いついただけなんですけど」

「人生はね、思いつきってけっこう重要なのよ」

ゆかりの娘は遠く離れた場所でどんな暮らしをしているだろう、と会話を聞きながら春子は思った。その町にいつか遊びに行ってみたいな、とそれこそ思いつきに過ぎなかったし、実現の見込みもないが、悪くない気がした。

直美と孝太郎に呼ばれ、春子も庭へ出た。

黄色い小さな花の咲くところまで歩いて行くと、明斗が、離れを指差して、春子さんのおうち、と言った。

「うん。あとで遊びにくる？」

春子は、その小さな家の中を順に思い浮かべた。玄関を入ると靴箱の上に犬の張子が置いてあって、階段を上がると緑色のシャギーのラグが敷いてある。台所には赤いホーローの鍋とお揃いのコーヒーポット。

そこにあるものは、自分が持ち込んだものだ。一人暮らしを始めてから買ったものがいちばん多くて、それから実家から持ってきたもの、友人から誕生日プレゼントやお土産でもらったものもある。この家に移ってきてから平日は仕事に通い休日は掃除をしたり友人に会ったりしながら、作ってきた自分の生活だった。これからも当分は、ここにいるだろう。

見上げると窓ガラス越しにカーテンの亜麻色がある。ここに引っ越したときからだから、そろそろ買い替えようか。今度はもう少し明るい色がいい。そう、黄色か黄緑の、日差しが透ける生地のを買いに行こう、と春子は思った。

（完）

解説

倉本さおり

起きる。食べる。眠る。あるいは、働く。購う。憩う。

はたして「生活」の内訳とは――人の営み、人生の内訳とは、どんな項目で成り立っているのだろう？　どんなものが揃っていれば人は納得できるのだろう？

わたしたちは日頃から当然のようにその言葉を用いるけれど、各々の目に映る暮らしの輪郭や色合いは、けっしてぴったりとは重ならない。にもかかわらず、誰が決めたのかも判然としない、あるべき見本に近づけようともがくうちに互いの手足を引っ張り合い、ときに傷つけてしまう。

柴崎友香は生活の姿を書き続けてきた作家だ。そこにある差異やグラデーションを塗り潰すことなく、細かく正確に写し取ることで、ひとりひとりが過ごしてきた時間の質量までみごとに体現してみせる。それが人の生を言祝ぐための、たったひとつの冴えたやり方であることを知っているからだ。

本作の舞台は大阪近郊の住宅地に建てられた古い一軒家だ。その離れを一人で借りている春子の視点から物語は綴られていく。ある日、高齢だった大家さんが亡くなり、代わりに娘のゆかりが東京から母屋へ引っ越してくる。「わたしもね、一人暮らしなのよ。だからね、お互いにね、助け合いましょうよ」。話し始めたらなかなか止まらず、初対面でもおかまいなしに距離を詰めてくるゆかり。彼女のテンポに乗せられ、家の裏手に住む沙希も巻き込んだご近所づきあいを始めるうち、春子が住む世界は別の顔を見せるようになる。

物語は、ゆかりが春子を訪ねてくる場面から幕をあける。

大家さんのお葬式のときにいちばん泣いていた人だ。

と、春子は、すぐにわかった。（5頁）

大家さんの葬儀の日も、土曜日だった。雨が降っていた。梅雨がそろそろ明けるかどうかというところで、駅から十分ほどの道を脚に水が跳ねるのを気にしながら歩いた履き慣れない黒パンプスの感触が思い出される。（8頁）

この小説においては、どの出来事もどの一日も、こんなふうに春子の体験や感覚を丁寧に経由してかたちを伴っていく。

大家さんが大往生だったこともあり、どちらかというと穏やかな表情の列席者が多いなかで、声を出して泣くゆかりの姿は春子の瞳にはずいぶんと目立って見えていた。そして、とっさに「苦手なタイプ」と思ってしまったことも春子はまた思い出す――。ゆかりという人物の印象が鮮やかに立ちのぼってくる場面だろう。「会ったばかりなのに十年前から親しいような距離感」でぐいぐい話し込んでくる隣人の姿に、ちょっと煩わしさを感じてしまった読者も少なくはないだろう。とはいえ本当に着目してほしいのはそこではない。

あたかもこちら側にはみ出してくるような、エネルギッシュなゆかりの存在感は、かえって春子が持つパーソナルスペースを読み手に意識させる。二十九歳のときに実家を出て以来、幾度かの引っ越しを経て、ようやく気に入った住処で営んできた一人ぶんの生活――それは春子にとって、ささやかだけれど大切な持ち物なのだ。

春子は超氷河期といわれた頃に就活を経験した世代だ。すぐ上のバブル世代が売り手市場だったのとは打って変わり、企業が大幅に求人を絞ったため、この世代は新卒でも正社員として就職することが難しく、契約や派遣などの非正規の仕事しか得られないケースも多かった（例えば春子とほぼ同世代の私が就活をしていた当時、数千人の応募に対して採用者数がたったの一人という事態もザラにあった）。運よく就職できた人も、勤め先の業績悪化に伴い経費削減やリストラの波に揉まれ、どこか不全感を抱えている人も多い。春子自身はといえば、大学卒業したあと非正規雇用を転々とし、事務職としてようやく今の会社に正社員登用されたものの、給料にさして違いはないまま残業が増えただけ。休日は同世代の友人と出かけたり、趣味の「消しゴムはんこ」づくりにいそしんだり、自分なりに充足してもいるのだが、自信を持ってそう言うのはどこか憚られるような気がしている。

そんな春子の生活に、ゆかりの登場はさまざまな変化をもたらす。そのひとつが、ゆかりの甥っ子の「お嫁さん」である若い沙希をまじえたつきあいだ。

三十九歳の春子に、六十三歳のゆかり、二十五歳の沙希。世話好きのゆかりが作るさまざまな手料理を囲みながら過ごす時間は春子の心に彩りを与える一方、育った時代も環境もまるで異なる人びととの会話は齟齬や軋轢も連れてくる。とりわけ沙希の直截的な物言いには読者のほうがどぎまぎさせられてしまう。「北川さんは、こんなとこで一人って、変わってますよね」「不安じゃないですか？」「子供いないのって、だいじょうぶなんですか」——実際、春子はいくつかの事件を経るたびに、結婚をせず子供を産まず家庭と呼べるものを持たない自分が、常になんらかの説明を世間から求められているという苦い事実を改めて思い知る。まさにその煩わしさから逃げるために地元を離れ、一人暮らしを続けてきたのだ。

だが会話を重ねるうちに、沙希の言葉の辛辣さは沙希自身が受けてきた抑圧の裏返しであると気づく。「ハハちゃんも、子供いてへんかったら将来さびしいで、わたしはあんたがおってよかった、女は子供育てて初めて一人前やから、ってよう言うてるし」。沙希は女手ひとつで自分を育ててくれた母・律子のことを「ハハちゃん」と親しげに呼びならわし、「かなりの美人」であると誇らしげに語って聞かせる。一方、当の律子は、沙希が何か言おうとする前に覆いかぶせるようにものを言う。「うちなんかねえ、親子揃ってなんの取り柄もないから」——その言葉を浴びて育った沙希は、春子やゆかりの前ではこちらがたじろぐほど強気な言動を見せる半面、地元のつきあいの「先輩」たちの前では別人のように愛想をふりまく。

娘の生き方が理解できない両親とのあいだで交わされる、ちぐはぐなコミュニケーションに耐えかねて実家を出てきた春子。外国で暮らす娘とはもう何年も会っていないことに加え、夫の病死をきっかけに嫁ぎ先の親族と折り合いが悪くなってしまったゆかり。母子家庭で育ち、さまざまなことを我慢してきたからこそ、保守的な生き方から外れているように見える春子たちに苛立ちをぶつけてくる沙希。三人がユニクロを彷彿（ほうふつ）とさせる同じファストファッションブランドのカーディガンを色違いで着ている場面は象徴的だ。「全然違う服に見えますよね」。沙希がいうとおり、三人のカーディガン姿はまるで異なった印象を与える。その相異には、単純な年齢の違い以上に、それぞれの人生の選択のありようが透けて見えてくる。

各々が「自分で手に入れられる選択肢」。

柴崎友香という作家は、それらを上から見下ろして差配したり裁定したりするようなまねをしない。あくまで春子の視点で――春子というひとりの人間の感覚を通じて、ままならない世界の姿をいくぶんかぎこちなく立ち上げていく。そこには、人ひとりぶんの生に対する誠実な態度と敬意があるのだ。

物語の後半、いつもは周囲の勢いに気圧（けお）される春子が、めずらしく感情をあらわにする場面が描かれる。会社の上司から、苛立っている男性の同僚に配慮するよう一方的にフォローを入れられた後のことだ。上司は「男はつらいのよ。いろいろ背負てるからなあ」という台詞(せりふ)に続けて、女は「自由で羨ましい」「ここら辺の店でも、楽しそうにしてる女の人でいっぱいやんか」と悪びれずに言い募る。

「……それは、なんとかがんばって楽しみを見つけてる、ってだけのことやと思うんですけど」

「そうそう。女の人はええね、生きるのがうまいから」（262頁）

生きるのがうまい。その発言は春子がなによりも大切にしている部分を傷つける。

例えば春子がしょっちゅう週末を共にする友人の直美は、大学の同期の中ではめずらしく希望に近い仕事を続けていたものの、出産を機に十年も働いた職場を辞めざるを得なかった。春子のランチ仲間で有能な同僚のみづきは、前の会社で横行していたハラスメントに声をあげたことが原因で転職に追い込まれ、今も余裕のない男性社員が押し付けてくる理不尽に辟易(へきえき)している。

彼女たちは「それなりの生活」を——つまりは自分なりの生活を、自分で自分に◯をつけられるような生活を守るために、「つらいこと、納得いかないことを、互いに持ち寄って話して、少しでも心を和らげて、なんとか乗り切っていこうと」しているにすぎない。そうした奮闘を「うまい」のひと言で片付けてしまえるような乱暴な力に、まさにこの小説は丁寧に抗っていくのだ。

　にわかに始まったご近所づきあいのなか、時にはゆかりの余計なおせっかいに、時には沙希のぶしつけなふるまいに、困惑してわだかまりを抱えることもある。だが春子は、その場で相手を論破したり否定したりはけっしてしない。かといって、相手の「機嫌」をとるようなこともしない。牽制することも阿ることもなく、ただ相手の言葉を、出来る範囲でゆっくりと受けとめ、自分の言葉が見つかるまでじっと待つ。理解と呼ぶにはおぼつかない。むしろ、わかりあえなさの確認のような、不器用なやりとりだ。

　けれど、たどたどしくも自分の言葉で自分の選択をふちどっていく春子の姿は、人生の後半期にぱっくりと口をあけた「一人」の時間にとまどうゆかりの心を落ち着かせ、「家庭」の規範やしがらみに苦しんでいる沙希の世界に風穴をあけることになる。

「わたし以外のほかの誰かが決めることじゃないんです」

　人と比べられて気まずい思いを強いられたり、「みんな」と同じ条件や要素を手に入れられないことに疎外感を持ったりする世の中にあって、その言葉はすべての「わたし」の人生を支えてくれるお守りのようなものだろう。いうなればこの小説は、ひとりの人間が自分の内側からその言葉を紡ぎ出していく過程を丹念に言語化したものなのだ。

デビュー作『きょうのできごと』（二〇〇〇年、河出書房新社、のち文庫化）をはじめ、柴崎友香はそれぞれの「いま」と「ここ」が複雑に交差し重なり合っていくさまを丹念に捉えてきた。同じ時間に存在している別の場所。同じ場所を通り過ぎてきた別の時間。そのモチーフは作品ごとに豊かに枝を広げ、小説でしかすくいとれない一瞬を抱きとめてきたが、今作では世代ごとに異なる顔を見せる抑圧の姿を巧みに写し取り、分断された人びとの不安にやわらかく寄り添ってみせた。その言葉のまなざしに、私はきょうも生かされている気がする。

（書評家）

本書は、２０１９年６月に毎日新聞出版より単行本として刊行されました。
文庫化にあたり加筆修正を行いました。

柴崎 友香（しばさき ともか）

1973年大阪生まれ。2000年に『きょうのできごと』を刊行（04年に映画化）。07年『その街の今は』で芸術選奨文部科学大臣新人賞、織田作之助賞大賞、咲くやこの花賞、10年『寝ても覚めても』で野間文芸新人賞（18年に映画化）、14年に『春の庭』で芥川賞を受賞。小説作品に『ビリジアン』『わたしがいなかった街で』『週末カミング』『パノララ』『千の扉』『公園へ行かないか？ 火曜日に』『つかのまのこと』『百年と一日』、エッセイに『よう知らんけど日記』『よそ見津々』など著書多数。

毎日文庫

待ち遠しい

印刷 2023年1月20日
発行 2023年2月1日

著者 柴崎友香

発行人 小島明日奈
発行所 毎日新聞出版
〒102-0074
東京都千代田区九段南1-6-17 千代田会館5階
営業本部：03(6265)6941
図書第一編集部：03(6265)6745

ブックデザイン 鈴木成一デザイン室
印刷・製本 中央精版印刷

 ISBN978-4-620-21053-7